Le triomphe de la passion

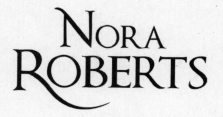

NORA ROBERTS

Le triomphe de la passion

Collection : NORA ROBERTS

Titre original : THE PERFECT NEIGHBOR

Traduction française de JEANNE DESCHAMP

HARLEQUIN®
est une marque déposée par le Groupe Harlequin

Photo de couverture
Femme : © GETTY IMAGES/IMAGES BAZAAR
Réalisation graphique couverture : ATELIER D. THIMONIER

© 1999, Nora Roberts. © 2013, Harlequin S.A.
83-85, boulevard Vincent-Auriol, 75646 PARIS CEDEX 13.
Service Lectrices — Tél. : 01 45 82 47 47
www.harlequin.fr
ISBN 978-2-2802-8490-5

Chapitre 1

Fidèle à ses habitudes, Jody, la voisine du second, fit irruption dans l'atelier sans s'annoncer.

— Alors ? Ça y est ? Tu as enfin réussi à lui arracher trois mots ?

Sans lever le nez de sa planche à dessin, Cybil Campbell continua à délimiter une série de vignettes sur sa feuille blanche.

— Mmm... Pardon ? Réussi à arracher trois mots à qui ?

Un soupir découragé accueillit sa réponse. Cybil réprima un sourire. Elle savait pertinemment à qui sa voisine faisait allusion.

Les poings sur les hanches, Jody pivota dans sa direction.

— A ton mystérieux voisin du 3B, bien sûr ! Voilà déjà une semaine qu'il a emménagé dans l'immeuble et il n'a encore adressé la parole à personne. Pas même à Mme Wolinsky !

— Mmm... C'est louche, en effet. Aucun nouvel arrivant, en principe, n'échappe à un entretien avec Mme Wolinsky.

— Exactement ! Et toi qui habites sur le même palier, tu es la mieux placée pour lui extorquer des informations, à notre homme-mystère. Tu conviendras qu'il nous faut un minimum de détails sur le personnage.

Cybil détacha un instant les yeux de son travail. Juste le temps d'adresser à son amie son sourire le plus innocent.

— J'ai été pas mal occupée, cette semaine. Je t'avoue que j'avais déjà oublié son existence.

Mais Jody ne s'en laissa pas conter. Elle émit un « ha ! » sarcastique.

— A d'autres ! Tu vois tout et tu entends tout. Je ne connais personne d'aussi observateur que toi.

Jody se pencha par-dessus l'épaule de Cybil et fit la moue. Il n'y avait encore rien d'intéressant à voir sur le papier à dessin : rien que des lignes bleues pour définir les perspectives.

— Il n'a même pas encore mis son nom sur sa boîte aux lettres, Cybil ! Et personne ne l'a vu quitter l'immeuble en plein jour.

— Mmm… Si cet homme ne sort qu'à la tombée de la nuit, on peut raisonnablement en conclure que nous avons affaire à un vampire, suggéra Cybil en taillant son crayon.

Les yeux de Jody s'illuminèrent.

— Ce serait cool.

— Ah, tu trouves ? Tu ne dirais pas ça s'il habitait l'appartement en face du tien !

Cybil continua à préparer sa feuille d'une main experte tout en écoutant d'une oreille le bavardage incessant de son amie. Qu'on envahisse son atelier à toute heure du jour et de la nuit ne l'empêchait pas d'avancer dans son travail.

Elle aimait la compagnie. Le calme, le silence et

l'isolement n'avaient jamais été de bonnes muses pour Cybil Campbell. Voilà pourquoi elle se plaisait tant à New York, au cœur d'une ville bruyante et toujours en mouvement. Elle adorait son vieil immeuble, ainsi que sa collection de voisins qui passaient leur temps à se rendre visite mutuellement.

Non seulement l'ambiance lui convenait sur un plan personnel, mais les conversations, les individus et les situations nourrissaient son inspiration en permanence.

De tous les occupants de l'ancien entrepôt reconverti, Jody Myers était sa préférée. Trois ans plus tôt, lorsque Cybil était venue s'installer à New York, elle avait trouvé en Jody une jeune mariée absolument radieuse. Si radieuse même que Jody ambitionnait d'appliquer sa recette personnelle du bonheur à la terre entière.

Même après trois années de vie commune, et la naissance du jeune Charlie, désormais âgé de huit mois, Jody continuait à porter le mariage aux nues. Pour le plus grand désespoir de Cybil, d'ailleurs. Car Jody n'avait toujours pas renoncé à la convertir.

— Vous ne vous êtes jamais croisés sur le palier, ton voisin et toi ? interrogea Jody avec insistance.

— Pas encore, non.

Cybil cueillit un crayon dans sa boîte et se tapota les lèvres.

— Bon, puisque c'est toi, je vais quand même te confier un secret, Jody : j'ai vu de mes yeux notre mystérieux M. 3B quitter l'immeuble en plein jour. Donc, l'hypothèse du vampire tombe d'elle-même.

— Tu l'as vu sortir !

Son intérêt éveillé, Jody se percha sur un tabouret à roulettes et se rapprocha de la planche à dessin.

— Allez, raconte, Cyb ! Quand ? Comment ? Où ?

— Quand ? A l'aube. Où ? Sur Grand Avenue. Comment ? A la faveur d'une de mes rares insomnies.

— Tu étais debout à l'aube, toi ? Je n'y crois pas !

Se prenant au jeu, Cybil entra dans les détails :

— Je sais, ce n'est pas courant chez moi. Mais ce matin-là, inexplicablement, je me suis réveillée avant 6 heures. En fait, j'ai ouvert les yeux, en proie à une vision obsédante : le plat de *brownies* qui restaient de la soirée de la veille.

— Il faut dire qu'ils étaient excellents, concéda Jody.

— Exact. J'ai très vite compris que je ne me rendormirais pas avant de m'en être mis un morceau sous la dent. Et une fois levée, je n'ai pas eu envie de me recoucher tout de suite. Alors je suis montée ici et je me suis mise à la fenêtre pour voir à quoi ressemblait la ville de bon matin. Et c'est là que j'ai surpris notre homme, s'éloignant à grands pas sur le trottoir. J'ai su immédiatement que c'était lui. Il était vêtu de noir comme d'habitude. Et personne d'autre dans l'immeuble n'a la taille et la carrure de notre 3B.

— Ah, mon Dieu, oui, sa carrure…, commenta rêveusement Jody.

Les deux jeunes femmes échangèrent un regard entendu.

— Autre détail, qui n'est pas sans importance : il portait un sac de sport, poursuivit Cybil. J'en ai conclu qu'il s'entraînait dans le club de remise en forme un peu plus haut sur l'avenue. On ne se fabrique pas des épaules pareilles en restant vautré sur un canapé à descendre des bières et à croquer des chips.

Jody leva un index triomphant.

— Mais dis-moi… Tu ne t'intéresserais pas à lui d'un peu près, par hasard ?

— Tu me prends pour quoi, Jody ? Un reptile à sang froid ? N'importe quelle humaine normalement constituée remarque un beau type bien charpenté, avec une aura de mystère et des fesses à damner une sainte. C'est normal que je l'observe et que je me pose une ou deux questions sur lui.

— Se poser des questions, c'est bien. Mais aller frapper à sa porte, c'est encore mieux. Apporte-lui une assiette de cookies faits maison ou un truc comme ça. Et souhaite-lui la bienvenue dans l'immeuble au nom de nous tous. Ça te permettra de savoir ce qu'il fabrique dans la journée, de déterminer s'il est célibataire ou non et de découvrir comment il gagne sa vie. Tu verras d'autre part si…

Avec l'acuité auditive propre aux jeunes mères, Jody tourna la tête en sursaut.

— Ah ! J'entends Charlie qui se réveille.

Sourcils froncés, Cybil tendit vainement l'oreille.

— C'est incroyable, Jody. Depuis la naissance de Charlie, il a dû te pousser des antennes. Tu as une ouïe de chauve-souris.

— Je le récupère dans ta chambre, je le change et je sors pour une promenade. Ça te dit de venir mettre le nez dehors avec nous ? Ça te ferait du bien de t'aérer un peu.

— Incontestablement, oui. Mais ma bande dessinée

ne se fera pas toute seule, fillette. Je n'ai même pas encore commencé à écrire les dialogues.

— Tant pis. On se retrouve ce soir alors ? N'oublie pas qu'on dîne ensemble à 19 heures.

— Ne t'inquiète pas, c'est enregistré.

Cybil sourit stoïquement lorsque Jody quitta l'atelier au pas de course pour aller récupérer son Charlie à l'étage en dessous. Mais elle fit la grimace dès que son amie eut le dos tourné.

Dîner à 19 heures, oui. En compagnie du soporifique cousin Franck que Jody rêvait de la voir épouser. Quand réussirait-elle à rassembler son courage et à faire comprendre à son amie qu'elle n'était pas pressée *du tout* de rencontrer un partenaire pour la vie ?

Et si encore il n'y avait que Jody ! Mais Mme Wolinsky, du rez-de-chaussée, était animée d'intentions similaires. Ainsi que M. Peebles, le locataire du premier. Même sa teinturière semblait fermement décidée à lui trouver un mari. A croire que son entourage au grand complet s'était donné le mot pour la « caser » coûte que coûte.

Cybil poussa un soupir perplexe. Si encore elle frisait la crise de milieu de vie, si son horloge biologique s'essoufflait, si elle commençait à compter ses cheveux blancs par paquets de dix ! Mais elle n'avait que vingt-quatre ans, à la fin ! Elle était jeune, heureuse, comblée par l'existence.

Ce qui ne voulait pas dire qu'elle avait l'intention de rester seule jusqu'à la fin de ses jours, d'ailleurs. Les enfants, l'amour, la famille, elle n'avait rien contre. Elle envisageait même à la longue de quitter la ville pour la campagne. Tôt ou tard, elle adopterait un mode de vie plus calme, avec maison, jardin et balançoire pour les chères têtes blondes. Et un chien, bien sûr. La maison et le jardin devraient nécessairement aller de pair avec un chien.

Mais chaque chose en son temps. Pour l'instant, elle n'avait pas encore épuisé les charmes de la vie de célibataire. Et elle avait horreur de faire les choses à moitié.

Les coudes en appui sur sa planche à dessin, Cybil cala le menton sur ses poings et laissa son regard se perdre dans le vide. Elle sentait le printemps dans ses veines. Comme si ce n'était plus tout à fait le même sang qui circulait en elle que durant les longs mois d'hiver.

Avec un léger soupir, Cybil se mit à la table lumineuse et entreprit de crayonner à la mine bleue la première case de sa bande dessinée quotidienne. Elle avait toujours eu des facilités en dessin. Et pour cause, d'ailleurs. On pouvait dire qu'elle était née avec un pinceau dans une main et un crayon dans l'autre. La renommée de peintre de sa mère dépassait les frontières nationales. Depuis une dizaine d'années, Genviève Grandeau exposait dans le monde entier. Mais c'était sur les traces de son père que Cybil avait choisi de marcher. Grant Campbell était le dessinateur humoriste qui avait créé les célèbres *comics* publiés chaque jour dans les journaux sous le titre de *Macintosh*. A eux deux, ses parents avaient transmis à leur progéniture une culture artistique certaine, des bases affectives solides et une belle dose d'humour.

Lorsqu'elle avait quitté la maison familiale dans le Maine, Cybil était partie le cœur tranquille, sachant qu'elle pourrait toujours y retourner si New York ne voulait pas d'elle.

Mais elle n'avait pas eu à rentrer chez ses parents la tête basse. Non seulement New York ne l'avait pas rejetée, mais la ville mythique l'avait accueillie à bras ouverts. Sa série *Voisins et Amis* connaissait un succès croissant — dans la Grande Pomme et ailleurs. Elle était fière de son travail, fière de ses personnages, qui étaient attachants sans pour autant sortir de l'ordinaire. Ce n'étaient pas des héros. Mais pas tout à fait des anti-héros non plus. Juste des gens normaux, chaleureux que leurs petites faiblesses rendaient sympathiques.

Cybil n'avait jamais cherché à imiter l'ironie mordante de son dessinateur humoristique de père. Ni à se lancer comme lui dans de brillantes satires politiques. Pour elle, les mille et une complications de l'existence étaient une source inépuisable de situations comiques dans lesquelles elle puisait son inspiration. Se retrouver coincée dans une queue interminable au cinéma ; entrer dans un magasin de chaussures et en ressortir avec une paire d'escarpins importables ; survivre à un rendez-vous catastrophique avec un homme repéré grâce à un site de rencontre sur Internet.

Nombreux étaient ceux qui voyaient son alter ego dans Emily, son personnage fétiche. Mais si Cybil avait de l'affection pour son héroïne, elle ne l'avait jamais considérée comme son double sur le papier pour autant. Emily, après tout, était une grande blonde sculpturale qui avait le plus grand mal à garder un job. Et sa vie sentimentale oscillait entre le « tout juste passable » et le « carrément catastrophique ».

Alors qu'elle-même était châtain foncé, de taille moyenne et faisait une carrière en tout point enviable. Quant aux hommes, ils ne constituaient pas une priorité. Elle ne se considérait donc pas comme « en échec » sur le plan sentimental. Même si elle n'avait personne dans sa vie en ce moment.

Cybil fronça les sourcils en se surprenant à tapoter du crayon sur sa feuille. Depuis une demi-heure que Jody était partie, elle n'avait encore quasiment rien fait. Pas moyen de se concentrer, aujourd'hui. Elle passa les doigts avec impatience dans ses courts cheveux châtains. Peut-être avait-elle besoin d'une petite pause ? Rien de tel qu'un carré de chocolat ou deux pour remettre la machine en route.

Obéissant à un réflexe dont elle cherchait à se débarrasser depuis l'enfance, elle glissa son crayon derrière l'oreille et quitta l'atelier baigné de soleil pour descendre à l'étage en dessous. Son appartement offrait un espace très ouvert, sans séparation entre la cuisine et le séjour, à l'exception d'un bar.

De grandes et hautes fenêtres laissaient entrer des flots de lumière ainsi que le plaisant vacarme de la rue new-yorkaise. Cybil esquissa un pas de danse. Elle avait toujours été souple, agile, à l'aise dans son corps. Son père disait qu'elle avait hérité de la légendaire « grâce Grandeau ». Tout le monde s'accordait d'ailleurs pour affirmer qu'elle tenait sa démarche et son allure de sa mère, elle-même issue d'une très vieille famille aristocratique de Louisiane.

Pieds nus, Cybil passa dans le coin cuisine et ouvrit le réfrigérateur. Mmm... Et si elle se préparait une petite douceur pour se donner du cœur au ventre ? Quelques années plus tôt, elle avait renoncé à la danse classique pour se lancer à fond dans les cours de cuisine. Et ne s'en était lassée que lorsque son enseignante n'avait plus rien eu à lui apprendre.

Mais elle oublia momentanément ses projets culinaires lorsque le chant mélancolique du saxophone s'éleva de l'appartement d'en face. La musique vint nourrir une partie d'elle qui avait faim de tout autre chose que de gâteaux et de chocolat. Fermant les yeux, elle soupira de délice. La mélodie était triste, solitaire et douloureusement sensuelle. M. Mystère du 3B ne jouait pas tous les jours mais elle n'aurait pas demandé mieux que de l'entendre plus souvent. Son jeu la touchait : elle aimait les longues notes et les émotions qu'elles libéraient chez elle.

Qui était cet homme ? Tout en préparant machinalement ses ingrédients, Cybil laissa partir son imagination en roue libre. Un saxophoniste désargenté qui avait décidé de percer à New York ? Un musicien au cœur brisé, en tout cas. Car cet homme souffrait *forcément* d'un immense chagrin d'amour. Sinon son jeu n'aurait pas pris aux tripes tel un hurlement de douleur poussé au plus profond de la nuit.

Cybil émit un soupir vibrant d'empathie pour le musicien vêtu de noir. Oui, il y avait une femme derrière tout ça, c'était évident. Une rousse fatale au cœur de pierre, qui l'avait pris dans ses filets pour le frapper de son charme létal. Après lui avoir mis le cœur à nu, elle l'avait broyé de la pointe effilée d'un talon aiguille et s'était éloignée en faisant rouler ses hanches magnifiques, sans même un regard en arrière.

Cybil secoua la tête, amusée par le déferlement

de scénarios que son esprit inventif lui livrait en permanence.

La veille, elle avait composé à son voisin une biographie encore plus tragique. Là, M. Mystère avait fui à seize ans une famille richissime mais perverse qui lui avait fait vivre une enfance infernale. Contraint de chercher pitance dans la rue, il avait survécu en jouant du saxo sur les trottoirs de La Nouvelle-Orléans. Puis il avait fui de nouveau vers le nord lorsque sa sinistre famille, sous la houlette d'un oncle amoral et féroce, avait écumé la région pour retrouver sa trace.

Elle n'avait pas encore réussi à trouver une explication plausible à cette poursuite familiale acharnée. Mais une chose était certaine : 3B était traqué comme une bête, condamné à ne sortir que la nuit, et la musique était sa seule consolation.

Autre scénario possible : il s'agissait d'un agent secret travaillant en sous-marin.

Ou d'un serial killer à la recherche de sa prochaine victime.

Riant d'elle-même et de son imagination débordante, Cybil examina les ingrédients qu'elle avait alignés sans réfléchir sur le plan de travail.

Elle sourit de plus belle. *Tiens, tiens…* Apparemment, elle était partie pour faire les cookies que Jody lui avait suggéré d'apporter en guise de cadeau de bienvenue à leur nouveau voisin…

Son nom était Preston McQuinn. Et il aurait été stupéfait si on lui avait dit que ses voisins le considéraient comme une énigme. Loin de lui l'idée de s'entourer d'un quelconque mystère. Il tenait simplement à ce qu'on lui fiche la paix. Et il ne voyait rien d'étonnant dans ses habitudes de reclus. Paradoxalement, c'était son besoin d'anonymat qui l'avait amené à prendre ses quartiers en plein cœur d'une des villes les plus agitées du monde.

Temporairement, par chance.

Juste le temps de finir les travaux de restauration dans sa maison isolée sur la côte rocheuse du Connecticut. Certains de ses amis l'appelaient « la forteresse McQuinn ». Un concept pour lequel Preston avait une certaine sympathie. Pouvoir actionner un pont-levis et tenir le monde à distance était exactement ce dont il rêvait lorsque l'inspiration le gagnait.

Preston posa son instrument de musique et se prépara à remonter au premier étage. Comme il ne comptait rester que quelques mois, il n'avait pas pris la peine d'aménager les pièces du bas. Il ne descendait donc que pour jouer du sax. Ou parfois pour s'entraîner lorsqu'il n'avait pas le courage de faire le trajet à pied jusqu'à la salle de sport.

Au premier étage du duplex, il avait établi une sorte de campement de fortune qui se résumait à un lit, une armoire, un éclairage correct et un bureau pour poser ses ordinateurs. Cet équipement, si spartiate soit-il, suffisait amplement à ses besoins.

Spontanément, il se serait passé de téléphone pendant ces trois mois. Mais son agent — ou son agente, plus précisément — l'avait harcelé jusqu'à ce qu'il accepte de se munir d'un portable. S'il avait écouté Mandy, il aurait laissé le maudit engin allumé en permanence.

Sa grande concession à son agente était de ne pas l'éteindre *tout le temps*.

Preston s'assit à son bureau et constata avec satisfaction que sa petite séance de sax lui avait éclairci les idées. Mandy suivait avec anxiété la progression de sa nouvelle pièce. Mais elle avait tort de ronger ses jolis ongles vernis en piquant crise sur crise. De toute façon, il continuerait à écrire à son rythme sans se laisser imposer de dates.

Sourcils froncés, Preston scruta la page affichée à l'écran. Le problème avec la célébrité, c'est qu'elle avait tendance à générer toutes sortes de contraintes. Si le public, toujours fantasque, se prenait soudain d'enthousiasme pour l'une de vos œuvres, c'en était fini de votre tranquillité. Il fallait tout de suite recommencer à grande échelle pour faire la même chose, mais en mieux. Et sans perdre de temps, de préférence.

Mais Preston était indifférent aux attentes du public comme à celles de la presse et du monde du spectacle. Les gens pouvaient se précipiter pour voir sa nouvelle pièce, lui accorder un nouveau Pulitzer, le gratifier de quelques prix supplémentaires et lui rapporter de l'argent par containers entiers, si ça leur chantait. Mais il ne leur en voudrait pas non plus s'ils boudaient sa création, le torpillaient à coups de critiques assassines et désertaient la salle de spectacle avant l'entracte.

Seul son travail comptait pour lui. Il écrivait parce que écrire était sa voie. Mais il ne s'intéressait que modérément à l'impact de ses pièces.

Mandy se désespérait régulièrement à son sujet :

— Ton problème, Preston, c'est que tu n'as pas besoin de gagner ta vie pour subsister en tant qu'auteur dramatique. Si tu étais harcelé par tes créanciers, tu ne te payerais pas le luxe de regarder ton public de haut. Ni d'envoyer bouler tous les metteurs en scène, sauf deux ou trois triés sur le volet dont monsieur apprécie l'intelligence et le talent !

Mais Mandy avait beau pester contre lui, il lui arrivait aussi de reconnaître que c'était précisément sa totale indifférence au succès qui faisait de lui un génie.

Preston passa la main dans ses cheveux drus en désordre et se concentra sur la dernière réplique qui apparaissait à l'écran. Il fit abstraction du vacarme hallucinant qui montait jour et nuit de la rue new-yorkaise et entra dans la peau tourmentée de son personnage. Un homme qui se battait désespérément pour venir à bout de ses passions destructrices.

Il jura avec force lorsqu'on sonna à sa porte. Coupé net dans son inspiration, il se trouva brutalement ramené sur terre, dans son appartement new-yorkais temporaire — îlot de calme relatif perdu dans un océan de vaine agitation humaine.

Qui pouvait bien se permettre de le déranger en pleine création ? Il n'existait donc pas de lois, dans cette ville, pour protéger les honnêtes citoyens de l'indiscrétion de leurs voisins ? Car il s'agissait forcément d'une personne de l'immeuble. Un intrus venu de l'extérieur aurait eu recours à l'Interphone.

Preston hésita. Il pouvait s'abstenir de répondre, bien sûr. Mais cela ne lui vaudrait qu'un répit temporaire. Tôt ou tard, son visiteur reviendrait à la charge.

La solution la plus directement efficace consisterait à descendre et à décourager l'envahisseur une fois

pour toutes. Maintenant qu'il y pensait, c'était sûrement la vieille femme au regard perçant qui occupait
l'appartement du premier. La Mme Wolinsky en
question avait déjà tenté d'engager la conversation
à plusieurs reprises. Rébarbatif par nature, il avait
toujours réussi à couper court. Mais si la brave dame
refusait de comprendre le message, il n'hésiterait pas
à passer au mode offensif. Quelques réflexions gros-
sières devraient faire l'affaire. Ensuite, la rumeur se
répandrait comme une traînée de poudre : le nouveau
locataire du troisième n'était qu'une brute asociale
dépourvue d'éducation. Ainsi les autres occupants
de l'immeuble seraient avertis qu'il valait mieux le
laisser tranquille.

Lorsque Preston jeta un coup d'œil par le judas,
il ne vit pas la vieille femme au regard d'aigle mais
une jolie brune aux cheveux courts, avec de grands
yeux couleur d'océan.

Reconnaissant la locataire d'en face, Preston se
demanda ce qu'elle pouvait bien lui vouloir. Comme
elle lui avait fichu une paix royale pendant une semaine,
il en avait conclu qu'elle persisterait dans cette louable
attitude jusqu'à la fin de son séjour. Et il s'était même
félicité d'avoir trouvé en elle une voisine idéale.

Déçu qu'elle vienne tout gâcher par ce regrettable
changement de politique, il ouvrit d'un geste brusque.
Puis il se planta dans l'encadrement de la porte, afin
de lui signifier clairement qu'il n'avait aucune intention
de la laisser entrer.

— Oui ?

Espérant briser la glace, Cybil salua son nouveau
voisin avec sa cordialité coutumière.

— Bonjour !

Vu de près, 3B était encore plus attirant que de loin. Un visage long et mince, à l'ossature marquée, une bouche sensuelle quoique sévère, des yeux d'un bleu froid et pur qui rappelait les glaces de l'Arctique.

— Je suis Cybil Campbell, de l'appartement d'en face, précisa-t-elle gaiement en désignant la porte derrière elle.

Il se contenta de hausser les sourcils.

— Oui. Et alors ?

Cet homme-là n'était pas un bavard, de toute évidence. Cybil continua à sourire. Tout en regrettant que le regard dissuasif de son voisin reste dardé sur elle. S'il avait détourné les yeux, ne fût-ce qu'un instant, elle aurait eu le temps de jeter un discret coup d'œil sur l'appartement derrière lui. Sans avoir l'air de l'espionner ouvertement quand même.

Ce qui, après tout, n'avait jamais été son genre.

— Je vous ai entendu jouer, tout à l'heure. Je travaille à domicile et les sons se baladent, dans l'immeuble.

Preston hocha la tête sans faire de commentaire. Si elle était venue lui demander de mettre une sourdine, la voisine du 3A n'était pas dans son jour de chance. Il ne transigeait pas sur grand-chose dans la vie. Mais sur sa musique, il faisait encore moins de concessions que sur le reste : il jouait quand il le voulait et comme il le voulait.

La fille était jeune, de toute évidence. Il ne lui donnait pas plus de vingt-cinq ans. Le nez, attendrissant, n'était pas tout à fait en trompette, mais pas loin. Elle avait une bouche pleine et sensuelle — encadrée de deux minuscules fossettes qui faisaient des apparitions intermittentes. Détail appréciable : de jolis pieds fins, avec des ongles gaiement peints en rose.

— En général, j'oublie d'allumer ma chaîne hi-fi quand je travaille, poursuivit-elle, nullement découragée par son silence rébarbatif. Du coup, j'apprécie de vous entendre jouer. Votre sax me tient compagnie. Ralph et Sissy, eux, donnaient dans le Vivaldi à outrance. Notez que je n'ai rien contre le maître vénitien. Bien au contraire. Mais à haute dose, ses violons deviennent lancinants.

Comme il continuait à la regarder fixement en se demandant jusqu'où elle pousserait son monologue, sa voisine lui sourit avec une bonne humeur inaltérée.

— Naturellement, vous ignorez qui étaient Ralph et Sissy. Il s'agissait de vos prédécesseurs, en fait, les anciens locataires du 3B. Ils ont déménagé dans un trou perdu depuis que Ralph a eu une liaison avec une employée de chez Saks. Enfin… la liaison, il ne l'a pas eue, à proprement parler. Mais l'idée lui a trotté dans la tête. Du coup, Sissy a exigé qu'ils quittent New York séance tenante. D'après Mme Wolinsky, le couple est condamné à brève échéance. Mais pour ma part, je suis moins pessimiste. Je persiste à penser qu'ils ont leurs chances. Quoi qu'il en soit…

Elle s'interrompit pour reprendre son souffle. Et lui tendre par la même occasion une assiette jaune canari sur laquelle elle avait empilé une montagne de cookies encore tièdes.

— … je vous ai apporté ça. Ils sont faits maison.

Il baissa un instant les yeux sur son offrande, ce qui laissa une fraction de seconde à Cybil pour découvrir la pièce derrière lui. Vide, constata-t-elle, consternée.

Totalement et entièrement vide. C'était bien ce qu'elle pensait : un musicien désargenté. Et le malheureux n'avait même pas les moyens de s'offrir un canapé.

Le regard bleu revint perforer le sien.

— Et pourquoi ?

— Pourquoi quoi ? s'enquit-elle, décontenancée.

— Pourquoi les cookies ?

— Oh, c'est tout simple ! Je viens d'en faire un bon kilo. Il m'arrive de me mettre à la pâtisserie lorsque j'ai l'impression d'avoir des toiles d'araignées dans la tête et que mon cerveau refuse de fonctionner. Et si je garde tout pour moi, je me jette dessus et je mange jusqu'à me rendre malade. Alors je distribue pour me protéger de moi-même ! Vous n'aimez pas les cookies ?

— Je n'ai rien contre.

Elle lui fourra l'assiette dans les mains.

— Alors, faites-vous plaisir. Et bienvenue parmi nous. Si vous avez besoin de quoi que ce soit, n'hésitez pas. Je suis généralement dans les parages. Et je connais tout le monde depuis trois ans que je vis ici. Donc si vous vous demandez qui est qui dans l'immeuble, n'hésitez pas à me poser la question.

— Sûrement pas, non.

Sur ces paroles aimables, il recula d'un pas et elle se retrouva face au battant clos.

Cybil demeura un instant clouée sur place par la stupéfaction. Elle était quasiment certaine d'avoir vécu jusqu'à l'âge de vingt-quatre ans sans que personne, jamais, lui ferme une porte au nez.

A présent, c'était chose faite. Mais l'expérience n'était pas de celles qu'elle avait envie de renouveler.

A deux doigts de tambouriner chez lui pour exiger qu'il lui rende ses cookies sur l'heure, elle réussit à se contenir in extremis. Tournant les talons, elle réintégra son appartement au pas de charge. Bon, elle savait tout ce qu'il y avait à savoir sur le locataire du 3B désormais : il était effectivement très beau, effectivement bâti comme un dieu. Mais il était à peu près aussi supportable qu'un gamin grognon de deux ans en besoin urgent d'une fessée et d'une bonne sieste.

Résolument imbuvable, le M. Mystère.

Eh bien, tant pis pour lui. S'il voulait se mettre tout l'immeuble à dos, c'était son problème. Plus jamais, elle ne le dérangerait dans sa grincheuse solitude, en tout cas.

Cybil se maîtrisa suffisamment pour ne pas faire claquer sa porte. Mais une fois à l'abri des regards, elle se défoula en faisant quelques horribles grimaces. Puis elle tira la langue en direction de l'appartement d'en face et agita les doigts à hauteur de ses tempes.

La méthode valait ce qu'elle valait, mais elle lui fit le plus grand bien.

Restait que ce type était à présent en possession de ses cookies et de son assiette préférée. Et qu'elle n'avait même pas réussi à obtenir son nom !

Preston n'était pas mécontent de lui, dans l'ensemble. Il avait fait ce qu'il fallait pour que sa voisine de palier avec le nez en trompette et les orteils sexy renonce à vouloir faire ami-ami avec lui au cours des trois mois à venir.

La dernière chose dont il avait besoin, c'était un

défilé permanent de colocataires pendus à sa sonnette. Surtout s'ils étaient tous aussi bavards que Cybil Campbell de l'appartement 3A. Même si elle était jolie à croquer et qu'elle avait des yeux de naïade, il était hors de question qu'il instaure des rapports de bon voisinage avec ce charmant moulin à paroles.

Enfin, quoi ! Dans une ville comme New York, les gens étaient censés s'ignorer, non ? Il avait toujours entendu dire qu'on pouvait vivre dix ans dans un même immeuble sans même savoir à quoi ressemblait son voisin de palier. C'était justement pour tester ce merveilleux anonymat et fuir la familiarité sous toutes ses formes qu'il était venu se boucler trois mois dans cet appartement. Alors pourquoi ne le laissait-on pas tranquille ?

Preston pesta avec force. Encore une chance que la fille soit célibataire. Sinon, elle lui aurait tenu la jambe pendant dix minutes de plus pour lui chanter les louanges de l'homme de sa vie.

Autre point noir : la dénommée Cybil Campbell travaillait à domicile. Il avait donc toutes les chances de tomber sur elle chaque fois qu'il mettrait le nez dehors. Mais le pire, c'étaient ses qualités de pâtissière. Il n'avait encore jamais mangé d'aussi bons cookies de sa vie.

Et ça, il ne le lui pardonnerait pas de sitôt.

Il avait réussi à faire abstraction de l'assiette de gâteaux pendant tout le temps qu'il avait passé à travailler à sa pièce. Lorsqu'il était inspiré, rien, pas même une explosion nucléaire, n'aurait pu détourner Preston McQuinn de son écran. Il était capable de rester assis des heures d'affilée — dans une position que sœur Marie-Josèphe, son institutrice de primaire, aurait qualifiée de déplorable — et de ne pas voir l'heure tourner.

Mais dès l'instant où il avait éteint son ordinateur, les cookies empilés sur leur joyeuse assiette jaune étaient venus envahir ses pensées. La vision insistante l'avait accompagné pendant qu'il prenait sa douche. Et ne l'avait pas lâché pendant qu'il s'habillait.

En descendant pour sortir une bière bien méritée du réfrigérateur, il les avait trouvés qui l'attendaient sur le plan de travail. Il avait décapsulé sa bouteille, bu une gorgée, puis réfléchi posément sur l'attitude à adopter. S'il voulait rester dans la logique de son personnage, il les jetterait à la poubelle, bien sûr. D'un autre côté, l'usage qu'il ferait de ces cookies ne modifierait en rien l'impact produit sur la fille. Elle ne saurait jamais, après tout, s'il les avait mangés, s'il les avait laissés moisir dans un coin ou s'il les avait donnés aux pigeons.

Et puisqu'il serait obligé de lui rendre son assiette, de toute façon, autant en goûter un ou deux au passage avant de coller le plat vide devant sa porte.

Il avait donc croqué un premier cookie. Puis un second. Il avait soupiré de plaisir ; grogné de délice. Puis juré énergiquement en découvrant qu'il s'en était enfilé une bonne douzaine de suite sans même s'en rendre compte.

Bon sang ! Quelle drogue avait-elle collée dans ces fichus biscuits pour le mettre dans cet état ? Se sentant alourdi et vaguement barbouillé, Preston fixa l'assiette presque vide avec un mélange d'écœurement et d'avidité. Avant de s'achever en raflant les cinq derniers, il jeta les quelques cookies restants dans une boîte en plastique. Puis il traversa la pièce pour récupérer son saxophone.

Il ne lui restait plus qu'à faire trois fois le tour du pâté de maisons au pas de course pour digérer ces maudits cookies avant de se rendre au club de jazz. Au moment précis où il mit le pied hors de chez lui, cependant, Preston reconnut la voix de Cybil Campbell dans l'escalier central de l'immeuble.

Pestant avec force, il se rejeta en arrière en laissant la porte entrouverte. Il l'entendait parler, parler sans relâche, avec ce débit précipité qui la caractérisait. Curieux de voir à qui elle s'adressait ainsi, Preston jeta un coup d'œil par l'entrebâillement. Et découvrit, sidéré, qu'elle était seule !

— Plus jamais cela, maugréa-t-elle en arrivant sur le palier. Et tant pis si elle hurle, si elle me supplie, si elle m'enfonce des esquilles de bambou taillé sous les ongles : je ne me taperai plus ces dîners pourris pour éviter de lui faire de la peine. C'est fini, terminé.

Preston nota que sa loquace voisine s'était changée. Elle portait un ensemble noir qui mettait ses longues jambes en valeur. Une chemise couleur de fraise mûre. Et de longues, longues boucles d'oreilles.

Sans cesser de soliloquer, elle ouvrit un sac à main grand comme un mouchoir de poche.

— La vie est trop courte pour que j'accepte de la gaspiller stupidement. Elle ne me refera plus le coup, c'est juré ! Je suis tout à fait capable de dire non, si je veux. Il faut juste que je m'entraîne un peu, c'est tout… Où est-ce que j'ai encore fourré ces fichues clés, tiens ?

Jugeant qu'il en avait assez entendu, Preston sortit sur le palier. La fille tressaillit et se tourna vers lui en sursaut. Preston constata que ses boucles d'oreilles étaient dépareillées et se demanda si c'était un choix délibéré ou de la négligence pure et simple. Vu qu'elle était manifestement incapable de trouver un trousseau de clés dans un sac grand comme un timbre poste, il penchait plutôt pour la seconde solution.

Elle avait l'air agitée, énervée et fraîche comme une rose. Et elle sentait aussi bon que ses cookies.

Comme il remarquait rarement ce genre de détails d'ordinaire, sa voisine de palier acheva de l'exaspérer.

— Attendez une seconde, dit-il simplement en retournant récupérer l'assiette.

Cybil se contenta de lui jeter un regard noir. L'attendre ? Sûrement pas, non. Elle finit par repérer ses clés dans la petite poche intérieure de son sac — là où elle les avait placées à dessein pour être certaine de ne pas avoir à les chercher.

Mais son taciturne voisin fut plus rapide qu'elle. Il ressortit de chez lui avec son saxophone dans une main et son assiette jaune dans l'autre.

— Tenez.

Preston faillit lui demander ce qui l'avait contrariée à ce point. Mais il eut la sagesse de tenir sa langue. Nul doute qu'il aurait eu droit à une bonne demi-heure d'explications, avec force gesticulations à l'appui.

Les yeux étincelants, elle lui arracha le plat des mains.

— Mais je vous en prie, ne vous confondez pas en remerciements. Tout le plaisir a été pour moi, lança Cybil d'un ton aigre.

Et comme elle avait la tête comme un compteur après avoir écouté le cousin Franck disserter pendant deux heures sur les caprices des marchés boursiers, elle en profita pour régler ses comptes avec l'espèce de porte de prison qui lui servait de voisin :

— Quant à vous, le grand taciturne, vous n'avez pas envie de faire copain-copain et c'est O.K. pour moi. Je n'ai pas besoin d'amis supplémentaires. Des amis, j'en ai déjà tellement que je n'aurais pas la place d'en caser un seul de plus dans mon carnet d'adresses. Mais ce n'est pas une raison pour vous comporter comme une brute sauvage arrachée à sa sieste. Tout ce que j'ai fait, c'est me présenter et vous offrir quelques fichus cookies.

Il faillit sourire mais réussit à rester impassible.

— Excellents, les cookies, d'ailleurs.

Il regretta son accès de franchise en voyant les yeux verts pétiller.

— Ah oui ?

— Ouais, maugréa-t-il en filant dans l'escalier.

Intriguée, Cybil le regarda dévaler les marches. Obéissant alors à une impulsion aussi saugrenue qu'ir-répressible, elle entra poser l'assiette, puis ressortit sur-le-champ et, descendit sur la pointe des pieds pour prendre M. Mystère en filature. Exactement le genre de truc farfelu que ferait son héroïne, Emily ! Cela dit, l'idée valait la peine d'être exploitée dans sa bande dessinée quotidienne. Et si elle utilisait correctement le filon, elle pourrait le faire durer sur plusieurs épisodes.

Naturellement, dans le cas d'Emily, la poursuite serait de nature amoureuse. Son personnage féminin n'agirait pas seulement par curiosité. Telle qu'elle connaissait Emily, elle serait forcément obsédée par le bel inconnu.

Peaufinant son futur scénario, Cybil se glissa hors de l'immeuble. Et constata que son mystérieux voisin avait déjà pris une sacrée avance. C'était un bon marcheur, de toute évidence. Avec un large sourire, elle se lança à sa suite.

Emily s'y prendrait différemment, bien sûr. Elle se dissimulerait sous un imperméable et un chapeau, prendrait des airs d'espionne, et se cacherait derrière des lampadaires. De temps en temps, elle s'aplatirait contre un mur, lorsque l'objet de sa filature…

Réprimant un cri, Cybil se faufila derrière un arrêt de bus lorsque M. Mystère jeta un regard distrait par-dessus son épaule. La main pressée sur son cœur qui battait à tout rompre, elle se pencha pour regarder et le vit tourner à l'angle d'une rue.

On ne l'y reprendrait plus, en tout cas, à mettre des talons hauts pour dîner avec le cousin Franck. Maudissant l'incommodité de sa tenue, Cybil courut à la suite de son voisin pour ne pas se laisser distancer. Vingt minutes s'écoulèrent ainsi à cavaler derrière lui qui semblait prendre un malin plaisir à allonger le pas.

Cybil avait les pieds en compote et son excitation initiale commençait à retomber sérieusement. Qui sait si ce n'était pas une habitude chez ce type de passer ses nuits à arpenter les rues avec son instrument sous le bras ?

D'ailleurs, qu'est-ce qui lui prouvait que le locataire du 3B n'était pas fou à lier ? Ce qu'elle avait pris pour de l'impolitesse était peut-être tout simplement la manifestation d'un déséquilibre psychique ?

Laissant son imagination s'emballer, Cybil claqua des doigts. Mais bien sûr ! Tout était clair, à présent : 3B venait tout juste de s'échapper de la clinique psychiatrique véreuse où son effroyable famille l'avait fait enfermer pendant des années. Rien d'étonnant, si à force de neuroleptiques et de manipulations perverses, il avait perdu toute capacité à communiquer normalement avec ses congénères.

Si son monstre d'oncle l'avait fait hospitaliser de force, c'était pour l'empêcher de toucher l'héritage laissé par une grand-mère tendrement aimée. Laquelle grand-mère était décédée dans des conditions suspectes. Et toutes ces années passées sous traitement avaient fini par avoir raison de la santé mentale du malheureux saxophoniste.

Cybil rit sous cape. C'était le genre de scénario que tisserait Emily tout en filant le train à son mystérieux inconnu. Son héroïne, elle, serait intimement persuadée qu'avec de tendres soins et beaucoup d'amour, elle parviendrait à guérir le musicien déséquilibré. Tous ses amis et voisins tenteraient de la dissuader. Mais elle n'en ferait de toute façon qu'à sa tête.

Quant à M. Mystère…

Cybil s'immobilisa net lorsqu'il pénétra dans une petite boîte de jazz dont l'enseigne indiquait « Delta ». Ouf ! Sa longue filature arrivait à son terme.

Il ne lui restait plus qu'à se glisser à l'intérieur, à se faire toute petite dans un coin et à attendre la suite des événements.

Chapitre 2

Le club de jazz sentait le whisky et la fumée. Se glissant à une table minuscule dans le fond, Cybil examina les lieux avec une intense satisfaction. L'éclairage était succinct, le décor type années quarante. Bien que la salle fût presque pleine, les clients parlaient bas, sans élever la voix. C'était le genre d'endroit où les gens venaient pour se chuchoter leurs secrets, où amants et maîtresses se retrouvaient dans le plus grand anonymat.

Quelques clients assis au bar buvaient en silence, tassés sur leurs verres respectifs, le regard perdu dans le vague.

Cybil était ravie. L'ambiance lui rappelait les vieux films en noir et blanc qu'elle adorait. Elle imagina une chanteuse sur scène, moulée dans une robe qui dessinerait ses hanches voluptueuses, les lèvres peintes en rouge sombre, le regard tragique, chantant d'une voix rauque sa douleur d'amour et la cruauté des hommes.

Et l'homme qui l'aimait — et qui la faisait souffrir — serait naturellement assis dans la salle, un peu à l'écart, méditant sur son verre de whisky presque vide, les traits dissimulés par un feutre mou.

En d'autres termes, ce lieu était une trouvaille. Et

elle n'avait jamais été aussi bien inspirée que lorsqu'elle avait décidé d'emboîter le pas à son étrange voisin.

Lequel voisin, d'ailleurs, ne semblait pas avoir remarqué sa présence. Ouf ! A travers l'écran de fumée, Cybil le vit se diriger vers le bar et retirer son blouson de cuir noir. Une superbe femme de couleur se porta à sa rencontre et se pendit à son cou avant de l'entraîner sur scène. Vêtue d'une combinaison rouge qui épousait ses formes sculpturales, elle était presque aussi grande que lui. Le couple qu'ils formaient était à couper le souffle.

Il fit une remarque qui devait être hautement comique, car sa compagne rejeta la tête en arrière et partit d'un grand rire sonore dont l'écho, rauque et sensuel, se répercuta dans toute la salle.

Pour la première fois, Cybil vit le locataire du 3B sourire. Enfin… sourire semblait un mot trop faible pour désigner la transformation radicale qui affecta ses traits. Il y avait de la force, de la vitalité dans son expression. Ce qui lui conférait un pouvoir d'attraction proprement redoutable.

Mieux encore : c'était un sourire plein d'affection, d'humour, de bonne humeur. Se sachant invisible dans le fond de la salle, Cybil se surprit à poser le menton sur ses poings fermés et à sourire toute seule en retour.

Que cette amazone et lui soient amants l'enchantait. Ce genre d'existence allait à 3B comme un gant. Avec son cœur brisé en bandoulière, il venait jouer une musique déchirante dans une petite salle sombre et enfumée avant de noyer son désespoir dans l'étreinte brûlante d'une femme fatale.

Aux anges, Cybil se prépara à l'écouter jouer.

***

Sur la scène, Delta pinça affectueusement la joue de Preston.

— Alors comme ça, tu te fais suivre par des femmes dans la rue, maintenant ?

— Cette fille est une illuminée, Delta. Je te jure. D'ailleurs, elle passe son temps à parler toute seule.

— Tu veux que je la jette dehors ?

Preston secoua la tête.

— Non, ça va, laisse tomber. Je suis à peu près certain qu'elle est inoffensive.

Les yeux fauves de Delta scintillèrent d'amusement.

— Je vais quand même aller voir ce qu'elle a dans le ventre, la petite. Qu'est-ce que tu en penses, André ? Si les filles se mettent à traquer Preston jusqu'ici, ça vaut peut-être le coup d'entendre ce qu'elle a à raconter.

Le temps d'un sourire, le pianiste noir au visage marqué leva les yeux de son clavier.

— Va bavarder avec elle un moment, Delta. Mais ne la brusque pas. C'est presque une enfant… Tu es prêt à jouer, Preston ?

— Commence. Je te suis.

Delta n'avait pas encore quitté la scène que déjà les doigts d'André s'animaient sur le clavier. Preston ferma les yeux et attendit que le rythme monte en lui avant d'emboucher son saxo.

Il n'eut plus alors qu'à se laisser porter. L'élan vital coulait en lui, se transmettait à son souffle et à ses doigts. Lorsqu'il jouait, son esprit se vidait des mots, des scènes, des personnages qui le peuplaient presque en permanence. Sensuel et phallique, le timbre du saxophone lui rappelait les mouvements de l'amour, avait-il confié un jour à Delta. Jouer — comme faire l'amour — l'arrachait à lui-même et le mettait en lien avec l'autre, l'extérieur.

Et la musique, comme l'amour, finissait toujours trop tôt et trop vite.

Au fond de la salle, Cybil se laissait porter, elle aussi. La longue plainte solitaire du saxophone la soulevait comme une vague. Regarder son voisin souffler était encore plus envoûtant que d'entendre sa musique filtrer à travers les murs. Non seulement elle l'écoutait, mais elle voyait comment la musique s'incarnait en lui, se prolongeait dans ses gestes. Et la façon dont il faisait corps avec son instrument avait quelque chose de troublant — de sexuel presque.

Entre rire, désir et sanglots, Cybil ne vit même pas l'amazone se diriger vers sa table.

— Tu as l'air de prendre ton pied, petite sœur.

— Mmm… ?

Arrachée à ses rêveries, Cybil leva la tête et sourit à l'amante du saxophoniste.

— C'est merveilleux… Cette musique, je veux dire. J'en ai le cœur qui soupire, admit-elle.

Delta haussa un sourcil. La fille était jolie, avec un visage qui respirait la joie de vivre. On sentait en elle une énergie forte, rayonnante. Et a priori, elle ne paraissait pas plus folle qu'une autre.

— Tu bois quelque chose, ou tu es juste venue occuper une table ?

— Oh, excusez-moi, je ne pensais même pas à passer commande… Vous voulez bien m'apporter un whisky ? C'est une musique à boire de l'alcool fort.

Delta haussa les deux sourcils, cette fois.

— Tu es sûre que tu as l'âge légal ?

Avec un soupir, Cybil sortit son permis de conduire de son sac. Delta examina le document et hocha la tête.

— Très bien, Cybil Angela Campbell. Je vais te servir ton whisky.

— Merci.

Reposant le menton sur ses poings, Cybil se concentra de nouveau sur la musique. A son grand étonnement, elle vit l'amazone revenir avec deux verres au lieu d'un et tirer une chaise à côté de la sienne.

— Alors, qu'est-ce qui t'amène ici, petite Cybil ? Tu n'as pas le profil des clients habituels.

Cybil ouvrit la bouche pour lui expliquer comment elle en était arrivée à pousser la porte du club de jazz. Mais elle pouvait difficilement raconter à sa voisine qu'elle avait suivi son amant dans les rues de Soho.

— Je n'habite pas très loin d'ici. Je suis entrée sur un coup de tête. Et je ne le regrette pas, d'ailleurs, commenta-t-elle en levant son verre.

Delta constata que la petite savait boire. Même si elle avait l'air un peu trop innocente pour traîner dans les bars après minuit.

— Continue à errer toute seule dans les rues, et tu vas finir par te faire dévorer toute crue, petite sœur.

Les yeux de Cybil scintillèrent.

— Aucun risque… grande sœur.

Eclatant de son grand rire, l'amazone fit tinter son verre contre le sien.

— Je suis Delta Pardue. Et cette boîte m'appartient.

— Elle me plaît, ta boîte, Delta.

L'amazone éclata encore une fois de son grand rire sonore.

— Mmm… Ma boîte peut-être, petite fille. Mais un dont je suis certaine qu'il t'a tapé dans l'œil, c'est mon saxophoniste, là-bas, sur scène. Tu as tes yeux de chatte rivés sur lui depuis l'instant où tu es entrée.

Tiens, tiens… La belle Delta serait-elle venue la provoquer ? Cybil fit tourner son whisky dans son verre et examina la situation sous tous les angles. Elle était capable de se défendre dans à peu près n'importe quelle situation. Mais Delta pesait largement quinze kilos de plus qu'elle. Et comme elle venait de le lui faire remarquer, elle était chez elle et il s'agissait de *son* saxophoniste.

Alors à quoi bon s'aliéner une nouvelle amie potentielle ?

— Il est beau, ton homme, répondit-elle d'un ton léger. Ne pas le regarder serait difficile. Mais prendre un brin de plaisir visuel n'a jamais fait de mal à personne. Et ça m'étonnerait que son regard à lui dévie, alors qu'il a une femme comme toi dans son champ de vision.

Le sourire de Delta étincela dans la pénombre.

— Mmm… Stratégique, comme réponse. Finalement, tu ne dois pas te débrouiller si mal, dans la vie, petite sœur.

Cybil rit doucement.

— Oui, je me débrouille. Et j'aime vraiment ta boîte, Delta. Ça fait longtemps que tu la tiens ?

— Deux ans.

— Et avant ? C'est bien un accent de La Nouvelle-Orléans que j'entends dans ta voix ?

Delta hocha la tête.

— Tu as l'oreille fine.

— Assez, oui. Mais j'ai surtout de la famille sur place. Ma mère a grandi en Louisiane.

— Des Campbell à La Nouvelle-Orléans ? Ça ne s'est jamais vu. C'est quoi le nom de jeune fille de ta mère ?

— Grandeau.

Delta se renversa contre son dossier.

— Des Grandeau, par contre, j'en connais à la pelle. Tu es de la famille d'Adélaïde ?

— C'est ma grand-tante.

— Une grande dame.

Cybil renifla avec dédain.

— Pff… Esprit étriqué, radine comme pas deux. Méchante comme une teigne. Avec mon frère et ma sœur, quand on était petits, on croyait que c'était une authentique sorcière. Elle nous fichait une trouille bleue.

— C'est vrai que, sans le nom et l'argent, il ne resterait pas grand-chose d'Adélaïde. Qui est ta maman ?

— Geneviève Grandeau. L'artiste peintre.

— Miss Gennie !

Posant son verre de whisky sur la table, Delta se frappa la poitrine en riant.

— Comme le monde est petit ! C'est incroyable. La fille de miss Gennie qui débarque chez moi par le plus grand des hasards ! Je rêve !

— Parce que tu connais ma mère ?

— Ma maman faisait le ménage chez ta grand-mère, petite sœur.

— Mazie ? Tu es la fille de *Mazie* ?

Se sentant instantanément en phase avec Delta, Cybil lui prit la main.

— Maman nous parlait de Mazie tout le temps. Nous sommes allés lui rendre visite, une fois, alors que j'étais encore petite. Je me souviens de la galerie de bois, de la nourriture cajun et de la citronnade maison. Papa a sorti son carnet d'esquisses et a fait un croquis de ta mère.

— Elle l'a mis sous verre et accroché dans son salon. Ma mère était tellement heureuse d'avoir revu miss Gennie qu'elle n'a parlé de rien d'autre pendant des semaines. Elle avait un faible pour ta maman, tu sais.

— Quand je vais dire ça à mes parents, ils n'en reviendront pas ! Comment va Mazie ?

— Elle est décédée l'année dernière.

Cybil reprit la main de Delta dans la sienne et la serra avec force.

— Je suis désolée…

— Elle a eu une belle vie, bien remplie. Et comme elle est morte dans son sommeil, elle a eu une belle mort également. Tes parents étaient présents à l'enterrement. Je les ai vus dans l'église puis, plus tard, devant sa tombe. Tu viens d'une bonne famille, petite Cybil.

— C'est vrai. Et toi aussi.

Preston n'en revenait pas. Delta — qu'il considérait comme une des personnes les plus saines, les plus équilibrées qui soient — était assise depuis plus d'une heure avec la jolie fêlée d'en face. Et elles étaient collées l'une contre l'autre, comme si elles avaient été amies toute leur vie. Et vas-y que je te partage un whisky, que je te prenne un fou rire commun, que je te tienne la main. Elles n'en finissaient pas, toutes les deux, d'échanger des marques d'affection.

De temps en temps, il voyait l'intarissable Cybil se lancer dans un de ses longs monologues. Mais Delta, loin de se décourager, l'écoutait avec attention et semblait trouver un réel intérêt à son bavardage sans queue ni tête.

Incroyable !

— Tu as vu ça, André ? commenta-t-il, sidéré, en prenant appui sur le piano.

Le musicien noir alluma une cigarette.

— J'ai vu ça, oui. Comme deux poules sur un perchoir. En tout cas, elle est bien jolie, cette fille, l'ami. Ça pétille comme du vin neuf, tout ça.

— Je n'ai aucun goût pour ce qui pétille.

Coupé net dans son envie de jouer, Preston rangea son instrument dans son étui.

— A la prochaine, André.

— Quand tu voudras, mon ami. Tu sais où me trouver.

Preston aurait pu sortir tout droit, sans un regard pour les deux femmes. Mais il était passablement en rogne contre Delta. De quel droit avait-elle pactisé ainsi avec l'ennemie, alors qu'il comptait sur elle pour chasser Cybil Campbell de son territoire réservé ?

Il avait la ferme intention, d'autre part, de montrer à sa fêlée de voisine qu'il avait repéré son manège depuis le début. Mais lorsqu'il s'immobilisa devant leur table, Cybil l'accueillit avec un sourire désarmant.

— Vous arrêtez déjà de jouer ? C'est dommage. C'était merveilleux.

— Vous m'avez suivie.

— C'est vrai. C'était incorrect de ma part. Et très indiscret aussi. Mais je ne regrette pas de l'avoir fait. Sinon, je n'aurais sans doute jamais rencontré Delta. Nous étions justement en train de…

— Ne me refaites jamais ce coup-là, c'est clair ? coupa-t-il d'une voix cinglante avant de quitter leur table à grands pas.

Delta rit doucement.

— Ho, ho… Preston est de mauvaise humeur, ce soir. Il a deux glaçons coupants à la place des yeux. Ça donne froid dans le dos.

— Je vais lui présenter mes excuses, annonça Cybil en bondissant sur ses pieds. Il ne manquerait plus que ton homme soit fâché contre toi par ma faute.

— Mon homme ? Contre moi ? Attends une seconde, je…

— Je reviendrai te voir bientôt. Promis.

Cybil se pencha pour poser un baiser sur la joue de Delta et fila à son tour vers la sortie.

— Ne t'inquiète pas, lança-t-elle par-dessus son épaule. Je me charge de tout arranger entre vous.

Delta la suivit un instant des yeux, puis éclata de rire.

— Tu ne sais pas dans quelle aventure tu te lances, petite sœur. Cela dit, ce saxophoniste de mon cœur pourrait avoir quelques surprises, lui aussi.

Une fois dehors, Cybil se lança au pas de course à la poursuite du saxophoniste.

— Hé ! Attendez une seconde ! cria-t-elle.

Imperturbable, il continua à s'éloigner à grands pas.

— Hou, hou !

Risquant une entorse, elle accéléra encore son allure et finit par le rattraper tant bien que mal.

— Je suis désolée, s'exclama-t-elle, hors d'haleine, en le retenant par la manche. Vraiment. C'est entièrement ma faute.

— Personne n'a jamais dit le contraire.

— Je ne sais vraiment pas ce qui m'a pris de vous suivre comme ça. J'ai un côté impulsif qui me joue parfois des tours. Avec ça, j'étais exaspérée par cet idiot de Franck et... Enfin, peu importe Franck. Je voulais juste vous demander de ne pas... Cela vous ennuierait de ralentir un peu l'allure ?

— Oui. Ça m'ennuierait.

Contrite, Cybil se mordilla la lèvre.

— Bon, O.K., vous n'avez qu'une envie, c'est de me voir passer sous un camion. Mais ce n'est pas une raison pour en vouloir à Delta. Nous avons bavardé un peu, c'est tout. Et nous avons découvert que nos mères se connaissaient. Du coup, nous nous sommes trouvé des liens et nous avons évoqué quelques souvenirs communs.

Il leva les yeux au ciel.

— « De tous les bistrots de toutes les villes du monde...

— ... il a fallu qu'elle choisisse le mien », compléta-t-elle en riant, relevant la citation tirée du film *Casablanca*. Et que je sympathise avec votre petite amie. Désolée.

— Ma petite amie ? Delta ?

Cybil découvrit avec stupéfaction que son musicien désenchanté savait rire. Et il riait bien, en plus. Le son était une véritable caresse pour les oreilles. Elle en soupira de délice malgré elle.

— Est-ce que Delta a une tête à être la « petite amie » de qui que ce soit ? Vous êtes tombée de la lune ou quoi ?

— C'est juste une façon de parler. Je ne voulais pas avoir l'air de spéculer trop ouvertement sur la nature de vos relations.

Un reste d'amusement conférait au regard bleu du saxophoniste une chaleur inhabituelle.

— L'idée que je puisse être l'amant de Delta est flatteuse. Mais c'est la femme d'André, le pianiste avec qui je faisais un bœuf tout à l'heure. Et André est un ami.

— Delta est la femme du pianiste ? Ah ! C'est romantique, non ?

— *Romantique ?*

Secouant la tête, Preston repartit à grands pas.

Et comme tout le laissait prévoir, miss Moulin à Paroles recommença à trottiner à son côté en papotant de plus belle :

— Quoi qu'il en soit, pour en revenir à ce qui nous occupe, je suis sûre que c'est par amitié pour vous que Delta est venue me parler. Elle a dû remarquer que je vous avais suivi et elle a dû vouloir s'assurer que je ne vous harcèlerais plus, vous comprenez ? Alors, soyez sympa, ne reportez pas votre agressivité sur elle.

— S'il y a une personne au monde que je n'ai pas envie d'agresser, c'est bien Delta. C'est vous qui dépassez les bornes.

Elle avança les lèvres en une moue boudeuse.

— O.K., ça va, j'ai compris. Vous voulez que je

vous fiche la paix, c'est ça ? Eh bien voilà, c'est chose faite. Bonne nuit.

Menton levé, elle tourna les talons et partit d'une démarche souveraine, dans la direction inverse de celle de leur l'immeuble. Preston s'immobilisa un instant pour la regarder s'éloigner à grands pas, tricotant des jambes — et quelles jambes ! — sur le trottoir opposé. Avec un haussement d'épaules, il tourna à l'angle de la rue. Il n'était pas responsable de cette fille, après tout. Si elle avait envie de se promener seule, en pleine nuit, dans le Soho, perchée sur ces hauts talons ridicules, c'était son problème.

Il ne comprenait vraiment pas, d'ailleurs, pourquoi il s'inquiétait à son sujet.

Pestant avec force, Preston fit demi-tour et partit à sa suite. Il s'assurerait simplement qu'elle rentrait saine et sauve. C'est tout. Dès qu'ils auraient regagné l'immeuble, il se laverait les mains de son sort une fois pour toutes.

Il lui restait encore une bonne centaine de mètres à franchir pour la rejoindre lorsqu'il vit le drame arriver. Une silhouette noire se détacha de l'ombre d'un mur et se jeta sur Cybil qui poussa un hurlement perçant.

Preston jeta son étui au sol et prit son élan. Alors qu'il piquait son sprint, il vit avec stupéfaction Cybil se dégager, envoyer un coup de genou dans l'entrejambe de son agresseur, puis achever de le mettre K.O. en plaçant un uppercut impeccable.

— Je n'avais que dix dollars sur moi, espèce de sombre idiot ! l'entendit-il hurler au pickpocket sonné. Si tu avais besoin d'argent, tu n'avais qu'à le demander, bon sang ! Ce n'est pourtant pas compliqué !

Impressionné, Preston rejoignit l'agresseur agressé et sa victime victorieuse.

— Cybil ? Ça va ? Vous n'avez pas eu de mal ?

— Si, je me suis fait mal ! Et par votre faute ! Si je n'avais pas été aussi énervée contre vous, j'aurais frappé moins fort. J'ai la main en compote. C'est malin !

Preston lui prit le poignet.

— Vous ne vous êtes rien cassé, au moins ? Essayez de bouger les doigts, pour voir.

— Rentrez vous planquer dans votre grotte et laissez-moi vivre ma vie, O.K. ?

— Bougez les doigts, je vous dis !

Une fenêtre s'ouvrit au-dessus d'eux et un buste de femme apparut.

— Hé ? Vous voulez que je prévienne la police ?

— Ouais, cria Cybil en faisant la grimace pendant qu'il tâtait ses jointures douloureuses. Euh… je veux dire, oui je veux bien, s'il vous plaît. Merci beaucoup, madame.

— Votre politesse vous perdra, marmonna Preston. Bon, apparemment, il n'y a rien de cassé. Mais il vaudrait peut-être mieux faire une radio quand même.

— Merci beaucoup, docteur Désastre.

Retirant son bras d'un geste brusque, elle lui indiqua de sa main valide qu'il pouvait disposer.

— Allez-y, rentrez chez vous, maintenant. Je suis en état de marche.

Comme le gars allongé par terre commençait à gémir et à s'agiter, Preston lui appuya le bout du pied sur la poitrine.

— Je crois que je vais attendre encore un peu. Et si vous alliez récupérer mon saxo ? Je l'ai laissé tomber un peu plus loin alors que je croyais encore que le Petit chaperon rouge allait se faire avaler toute crue par le Grand Méchant Loup.

Cybil faillit lui répondre qu'il n'avait qu'à aller chercher son instrument lui-même. Mais son agresseur semblait reprendre connaissance et elle n'était pas d'humeur à se battre une seconde fois.

Très digne, elle alla ramasser l'étui sur le trottoir et rapporta le saxophone à son propriétaire.

— Merci, dit-elle.

— Merci pour quoi ?

— Pour l'intention secourable.

Il émit un petit rire et haussa les épaules. Lorsque la voiture de patrouille arriva toutes sirènes hurlantes, il s'écarta discrètement. Volubile comme elle l'était, Cybil n'avait pas besoin de lui pour fournir les détails de l'agression aux forces de l'ordre. Avec un peu de chance, il pourrait s'éclipser discrètement sans qu'on lui demande rien.

Son espoir mourut lorsque l'un des policiers se tourna vers lui.

— Et vous, monsieur, vous avez assisté à la scène ? Preston soupira.

— J'étais là, oui.

Et c'est ainsi qu'à 2 heures du matin passées, il gravit enfin l'escalier de son immeuble au côté d'une Cybil plus surexcitée que jamais. Le goût amer du café qu'on leur avait servi au poste de police lui pesait encore sur l'estomac et il sentait monter un mal de crâne lancinant.

Mais Cybil — qui en était venue, Dieu sait comment, à le tutoyer pendant leur séjour au commissariat — monologuait toujours avec une vivacité intacte :

— C'était quand même une sacrée expérience, tu ne trouves pas ? Je ne pensais pas que ça fourmillerait de monde à ce point. Et quelle faune, là-dedans ! J'avais un peu de mal à faire la différence entre les policiers et les suspects. Ils avaient tous plus ou moins la même tête, non ? Quoi qu'il en soit, c'était sympa de leur part d'accepter de me montrer les lieux. Tu aurais dû venir faire la visite guidée avec moi. Ce n'est pas tous les jours qu'on a l'occasion de mettre les pieds dans une salle d'interrogatoire. Et je te promets qu'elles ne sont pas moins glauques en réalité qu'au cinéma.

Médusé, Preston l'écoutait d'une oreille. Cybil Campbell devait être la seule personne au monde capable de « positiver » une agression subie en pleine nuit, suivie de deux heures passées au poste.

— Je suis un peu trop énervée pour dormir, là, annonça-t-elle. Pas toi ? Si tu veux des cookies, il m'en reste.

Preston qui venait de sortir ses clés de sa poche faillit entrer chez lui sans lui répondre. Mais son estomac le rappela à l'ordre. Il n'avait rien mangé depuis huit heures et son réfrigérateur était vide.

— Mouais... Pourquoi pas ?

— Super. Je t'en prépare une assiette.

Cybil pénétra dans son appartement, envoya voler ses escarpins et poursuivit tout droit jusqu'à la cuisine.

— Entre, cria-t-elle. Tu pourras les manger chez toi, si tu préfères. Mais ça ne sert à rien d'attendre sur le palier.

Preston s'avança jusqu'à la cuisine en laissant la porte ouverte derrière lui. Comme la personnalité de l'occupante le laissait présager, l'appartement de Cybil était simple, gai, coloré, avec, ici et là, des touches plus raffinées. Les mains dans les poches, Preston cessa d'écouter le flot incessant des paroles de son hôtesse et examina les lieux avec curiosité.

— Tu parles trop, commenta-t-il, laconique, lorsqu'il put placer un mot.

— Oui, je sais. Surtout quand je suis énervée ou excitée, admit-elle avec bonne humeur en repoussant la frange qui lui tombait sur les yeux.

— Et ça t'arrive d'être calme et silencieuse ?

— Mmm… Occasionnellement.

Il y avait des photos éparpillées un peu partout, ainsi que des boucles d'oreilles dépareillées, une chaussure solitaire égarée au milieu de la pièce, un roman ouvert sur une table. Une irrésistible odeur de fleurs de pommier flottait dans l'air.

Il s'immobilisa devant un original de bande dessinée mis sous verre et accroché au mur.

— *Voisins et Amis*, murmura-t-il en découvrant la signature. C'est toi, l'auteur ?

Cybil hocha la tête.

— Oui, c'est mon gagne-pain. J'imagine qu'un type comme toi ne passe pas beaucoup de temps à lire les *comics* ?

Amusé par la pique, Preston jeta un regard par-dessus son épaule. Peut-être était-ce l'heure tardive qui modifiait sa vision, mais il trouva Cybil dangereusement fraîche et jolie. Qu'y avait-il donc en elle qui donnait envie de la toucher, de la prendre dans ses bras, de la dévorer de baisers ?

— Et Grant Campbell, l'auteur de Macintosh, c'est ton vieux ?

— Il n'est pas vieux, mais mon père est effectivement dessinateur humoristique.

Les Campbell étaient liés aux MacGregor si ses souvenirs étaient bons. Amusante coïncidence. Preston s'avança jusqu'au bar et se servit en cookies.

— J'adore le côté grinçant de *Macintosh*.

— Je suis sûre que mon père appréciera le compliment.

Comme il attrapait un second biscuit, Cybil sourit.

— Tu veux une tisane avec ?

— Tu n'aurais pas une bière plutôt ?

— Avec des cookies ?

Elle fit la grimace, mais ne se tourna pas moins obligeamment vers le réfrigérateur. Comme elle se baissait pour en inspecter le contenu, Preston eut l'occasion d'apprécier le spectacle en tout point plaisant qu'elle offrait penchée et de dos.

Trop tôt à son goût, elle se redressa et décapsula une bouteille.

— Ça peut faire l'affaire ? C'est la marque préférée de Chuck.

— Chuck a bon goût. C'est ton petit ami ?

Avec un sourire amusé, elle lui tendit une chope avant qu'il ait eu le temps de préciser qu'il se passait de verre.

— Parce que *moi* j'ai une tête à avoir des « petits amis », c'est ça ? Non, en vérité, Chuck est le mari de Jody. Les Myers vivent juste en dessous de chez toi, au deuxième étage. Ce soir, j'étais sortie dîner avec eux ainsi qu'avec le sinistre Franck, le cousin préféré de Jody.

— C'est à son sujet que tu pestais à haute et intelligible voix en montant l'escalier tout à l'heure ?

— Parce que je parlais toute seule ? *Moi ?*

— A priori, oui. A moins que je ne souffre d'hallucinations auditives.

Sourcils froncés, Cybil s'appuya contre le bar. Monologuer à voix haute faisait partie de ces regrettables habitudes dont elle cherchait à se débarrasser. Mais ce n'était pas encore gagné, de toute évidence.

— Mmm… oui, si je râlais un peu en rentrant, c'était sûrement au sujet de Franck. C'est la troisième fois que Jody m'invite en même temps que lui. Franck est courtier ou un truc comme ça. Trente-cinq ans, célibataire et physiquement parfait — du moins, si on apprécie le look play-boy. Il roule en BMW décapotable, possède un appartement dans l'Upper East Side et une maison de campagne dans les Hamptons. Il ne s'habille qu'en Armani, est un fin amateur de cuisine française et a une dentition à faire pâlir d'envie n'importe quelle star d'Hollywood.

Amusé malgré lui, Preston fit passer un cookie avec une gorgée de bière.

— Alors pourquoi n'êtes-vous pas déjà mariés et à la recherche d'un duplex de haut standing, avec une vue imprenable sur Central Park ?

— Et voilà ! Tu viens de résumer en quelques mots le rêve de Jody ! s'exclama Cybil. Mais je préférerais être ligotée sur une fourmilière et dévorée vive que de me retrouver liée au cousin Franck pour la vie.

— Il a pourtant tout pour plaire, ce garçon.

— Oui, il est parfait, admit-elle avec un soupir. Mais ennuyeux comme la pluie. Je sais que je ne devrais pas le juger aussi cruellement, mais…

— C'est peut-être de la franchise plus que de la cruauté, en l'occurrence ? intervint Preston avec l'ombre d'un sourire.

Le menton calé sur un poing, Cybil soupira de nouveau et s'autorisa un ultime biscuit.

— Il faut reconnaître que c'est quelqu'un de très gentil. Toujours souriant, toujours poli. Mais je crois qu'il n'a pas dû lire un seul livre en cinq ans. Et il ne va pas au cinéma, non plus. Il est capable, en revanche, de réciter doctement n'importe quelle critique sur n'importe quel film récemment sorti.

— Je ne le connais pas, mais je m'ennuie déjà rien qu'à entendre ta description.

Cybil éclata de rire.

— Certains l'ont vu examiner son reflet dans le dos d'une cuillère en argent pour vérifier son look. Il est capable de parler de stock-options et du contexte boursier sans s'interrompre pendant trois heures d'affilée. Et tout cela mis à part, il embrasse comme un poisson rouge.

Preston avait déjà oublié son intention initiale d'avaler quelques cookies en vitesse et de lever le camp dare-dare.

— Et ça embrasse comment, un poisson rouge ?

Cybil forma un O avec ses lèvres puis se mit à rire.

— Essaye d'imaginer à quoi ressemblerait un baiser de poisson rouge, si les poissons rouges s'embrassaient. J'ai failli échapper à cette épreuve ce soir. Mais Jody s'est mise de la partie.

— Et il ne te vient jamais à l'esprit de dire non ?

Cybil eut une grimace contrite.

— Bien sûr que si, ça me vient à l'idée. Le problème, c'est que Jody m'adore et que, pour des raisons que je n'ai pas encore réussi à élucider, elle voue aussi une immense affection à son cousin Franck. Elle est persuadée que nous formerions un couple merveilleux, lui et moi. Tu sais ce que c'est, lorsqu'une personne à laquelle tu tiens exerce sur toi une pression de ce genre.

— Non, je ne sais pas ce que c'est.

Cybil demeura un instant interdite. Elle songea à l'appartement vide de son voisin d'en face. A l'absence évidente de famille et d'amis proches.

— Je suis désolée, murmura-t-elle. Même si c'est exaspérant de temps en temps, ça fait quand même partie des grands plaisirs de la vie d'être gentiment persécuté par ceux que l'on aime.

Preston ne jugea pas utile de répondre.

— Comment va ta main ? s'enquit-il en notant qu'elle se massait les jointures.

— Oh, ça pourrait être pire. Je vais sans doute être gênée pour travailler demain matin. Mais en compensation, j'aurai un scénario tout prêt à exploiter.

— Ce n'est pas le style d'Emily d'étaler un type à coups de poing et de le laisser sur le carreau.

Le visage de Cybil s'illumina.

— Si je comprends bien, tu lis mes petites séquences quotidiennes ?

— Ça m'arrive.

Preston reposa son verre vide sur le bar. L'heure était venue de filer chez lui. Elle était trop jolie, tout compte fait. Tant de fraîcheur et d'éclat éveillait la curiosité. Et l'appétit surtout. Il était tenté de vérifier si elle était aussi agréable à goûter qu'à regarder.

Et il se méfiait au plus haut point de ce genre d'impulsion. Voilà ce que c'était de traîner à 3 heures du matin chez une fille dont le gagne-pain consistait à regarder la vie du bon côté.

— Il te manque le mordant de ton père ainsi que le génie artistique de ta mère. Mais tu as un sens plaisant de l'absurde ainsi qu'un gentil petit talent.

Riant à moitié, Cybil secoua la tête.

— Merci pour cette vigoureuse analyse critique.

— Mais je t'en prie. Merci à toi pour les cookies.

Cybil le suivit des yeux et décida sur-le-champ qu'il allait tâter de son « gentil petit talent » et de son sens de l'absurde à l'occasion des prochaines aventures d'Emily.

— Hé !

Il s'immobilisa. Tourna la tête.

— Hé, quoi ?

— Tu as un nom, 3B ?

— Oui, 3A, j'ai un nom. C'est McQuinn.

Son assiette de cookies à la main, il sortit par la porte restée ouverte et referma avec soin derrière lui.

Chapitre 3

Lorsqu'elle avait des scènes, des personnages et des situations plein la tête, Cybil pouvait travailler sans discontinuer pendant des heures. Elle ne s'arrêtait alors que lorsque des crampes lui paralysaient les doigts et que le pinceau ou le crayon lui tombait des mains.

Elle passa la journée qui suivit à dessiner sans même s'arrêter pour manger. Sur la grande feuille de papier étalée devant elle, Emily et son amie Cari — qui au fil des années en était venue à ressembler de plus en plus à Jody — complotaient et trafiquaient pour tenter de percer les secrets de M. Mystère.

Plus tard, elle baptiserait le bel inconnu du nom de « Quinn ». Mais il y aurait au moins trois ou quatre épisodes préalables pendant lesquels Emily ne saurait rien de lui.

Trois jours s'écoulèrent ainsi sans que Cybil quitte sa planche à dessin autrement que pour manger et pour dormir. Par chance, Jody avait la clé de l'appartement. Ainsi son amie pouvait entrer et sortir librement, sans qu'elle ait à se déranger pour lui ouvrir.

Lorsque d'autres amis ou voisins se présentaient, Jody se chargeait volontiers de l'accueil. Le troisième soir, alors que Cybil faisait des essais de couleur sur sa bande dessinée du dimanche, son appartement était tellement plein qu'elle aurait pu organiser une petite fête impromptue.

Quelqu'un en bas avait mis de la musique. Un rugissement de décibels lui déchira les oreilles, mais ce fut à peine si elle s'en aperçut. Le bruit des rires et des conversations enflait de minute en minute et des cris de joie s'élevèrent lorsqu'un ami d'ami entra à l'improviste. Une odeur de pop-corn monta lui caresser les narines et Cybil se demanda vaguement si quelqu'un penserait à lui en apporter une assiette.

Se renversant contre son dossier, elle examina son travail. Non, elle n'avait pas le mordant de son père. Ni le génie artistique de sa mère.

Mais elle avait un bon coup de crayon. Et elle savait peindre. Plutôt bien, même. Quant à sa bande dessinée quotidienne, elle lui offrait un espace idéal pour transmettre sa vision de la vie citadine moderne.

Son analyse de la société n'était sans doute pas aussi brillante ni aussi politiquement éclairée que celle de son père. Mais elle avait un sens aigu de l'observation et ses petites séquences amusaient beaucoup son public.

Cybil sourit toute seule en peaufinant une mimique de son personnage. Autre avantage non négligeable : son métier la rendait heureuse. Que pouvait-on demander de plus ?

Si McQuinn du 3B avait eu l'intention de l'insulter par ses commentaires, il en était pour ses frais. Son « gentil petit talent » la satisfaisait pleinement.

Ravie du résultat de ces trois jours de travail acharné, elle chanta un « Allô ! » joyeux en répondant au téléphone.

— A la bonne heure ! Voilà une fille heureuse ou je ne m'y connais pas !

Avec un large sourire, Cybil se renversa contre son dossier.

— Grand-père ! Je suis une fille heureuse, oui. Et s'il y a *une* personne que j'ai envie d'entendre au bout du fil ce soir, c'est toi.

En vérité, Daniel MacGregor n'était son grand-père ni de nom ni dans les faits. Mais sa famille et elle avaient toujours été considérées comme des membres à part entière de la tribu MacGregor.

— Ha ! Tu dis ça, mais tu n'appelles pas souvent, fillette ! Ta grand-mère est anxieuse à ton sujet. Tu crois que c'est rassurant pour elle de te savoir toute seule dans cette grande ville ?

Cybil rit de bon cœur.

— Toute seule ? C'est une façon de voir les choses. L'appartement n'a jamais été aussi plein. Comment allez-vous, tous les deux ? Et le reste de la famille ? Raconte-moi tout !

Ravie d'avoir des nouvelles de ses oncles, tantes et cousins, elle bavarda gaiement de tout et de rien avec Daniel.

— Vous organisez une grande fête de famille, cet été ? Génial. Je meurs d'impatience de vous revoir, tous. J'ai l'impression qu'une éternité s'est écoulée depuis le mariage d'Ian et de Naomi, l'automne dernier.

— Ah, tiens, justement, tu ne connais pas encore la grande nouvelle ? Naomi est enceinte. Nous aurons un nouveau petit dans la famille à Noël.

Cybil sourit.

— *Encore* un bébé chez les MacGregor ? C'est

incroyable ! Avec l'enfant de Darcy et de Mac qui ne devrait pas tarder à naître, il y aura bientôt de quoi remplir une crèche. J'aurai plein de bébés à câliner !

— Une jeune femme aussi amateur de bébés que toi devrait se préoccuper d'en mettre elle-même au monde, plutôt que de se contenter de ceux des autres, la sermonna son grand-père.

Le mariage et les enfants avaient toujours été la grande obsession de Daniel MacGregor. Habituée de longue date à ses remarques, Cybil se contenta d'en rire.

— Je laisse à mes cousins le soin de repeupler le clan ! Tu avoueras qu'ils font ça très bien.

— C'est un fait. Mais ça ne doit pas t'empêcher d'accomplir ton devoir, fillette. Tu as beau être une Campbell de sang, tu es un peu MacGregor de cœur.

— Mmm… Je pourrais toujours céder et accepter d'épouser l'ami Franck.

— L'espèce de grand fat qui embrasse comme un hareng saur ?

— C'est à peu près cela, oui. Nous pourrions faire de beaux guppies ensemble, lui et moi.

Daniel MacGregor émit une exclamation dédaigneuse.

— C'est un homme qu'il te faut, ma petite Cybil. Pas un saumon revu et corrigé par Armani ! Toi, je te verrais bien avec un garçon qui aurait une haute sensibilité artistique. Et une nature suffisamment sérieuse pour garder un œil sur toi et te protéger des dangers du vaste monde.

Cybil décida sur-le-champ de garder le silence sur l'agression qu'elle avait subie trois jours plus tôt.

— Des hommes comme ça, il n'y en a qu'un dans

ce pays, et c'est toi. Et comme grand-mère refuse de te lâcher, il ne me reste plus qu'à me laisser dépérir de chagrin dans la grande ville anonyme et glacée.

Daniel éclata de son grand rire sonore.

— Tu sors un peu, j'espère, dans ta grande ville anonyme et glacée ? A vingt-quatre ans, tu ne peux pas passer tes journées bouclée chez toi à travailler !

— J'ai mes phases. Ces trois derniers jours, je n'ai pratiquement pas bougé de ma planche à dessin. Il faut dire que j'ai trouvé une source d'inspiration intéressante en la personne de mon nouveau voisin d'en face. C'est un drôle de type, distant, désagréable, taciturne, aimable comme une porte de prison. Je crois qu'il est au chômage. Sa seule activité, apparemment, consiste à jouer du saxophone un soir ou deux par semaine, dans un petit club de jazz pas loin d'ici. C'est un personnage idéal pour Emily. Avec lui, j'ai de la matière pour une nouvelle série d'aventures.

— Ah, tiens. Emily s'intéresse à son nouveau voisin d'en face ?

— Elle est curieuse, bien sûr. Ce type ne sort pas de chez lui, n'adresse la parole à personne. Il s'appelle McQuinn.

— S'il ne parle à personne, comment connais-tu son nom ?

Cybil eut un fin sourire.

— Grand-père… Tu sais bien que si je me mets en tête de parler à quelqu'un, je finis toujours par arriver à mes fins. Je ne dis pas qu'il est du genre expansif. Mais j'ai au moins réussi à lui arracher son patronyme.

— Et comment tu le trouves, à part ça ?

— Fascinant. Il va rendre Emily à moitié folle, la

pauvre. Elle est déjà complètement obsédée par ce drôle de voisin.

— Ainsi notre Emily est amoureuse… Intéressant.

Satisfait de ce premier coup de fil, le patriarche raccrocha et composa le numéro suivant. Il laissa sonner longuement, examina ses ongles avec satisfaction, puis les frotta contre sa chemise.

Daniel sourit lorsque Preston finit par aboyer une réponse.

— Oui ? Quoi ?

— Ah, McQuinn, quelle nature suave que la tienne ! Cela réchauffe le cœur d'entendre ta voix.

Reconnaissant l'accent écossais de son interlocuteur, Preston retrouva le sourire.

— Monsieur MacGregor ! s'exclama-t-il en mettant son ordinateur en veille.

— Lui-même, en effet. Je voulais prendre un peu de tes nouvelles. Tu as pu t'installer comme tu le voulais ?

— Tout à fait, oui. Je vous remercie encore de m'avoir laissé l'usage de l'appartement pendant la durée des travaux. Je n'ai jamais été fichu de travailler correctement avec une maison pleine de monde et de bruit.

Preston jeta un regard courroucé en direction de l'appartement d'en face lorsqu'il entendit une nouvelle salve de rires et de cris.

— Remarquez que, ce soir, ce n'est pas vraiment le calme plat ici non plus. Ma voisine d'en face a dû organiser une espèce de journée porte ouverte, car ça défile chez elle sans arrêt. Je ne m'entends plus écrire depuis une heure ou deux.

— Ah, il y a du monde chez Cybil ? C'est ma petite-fille, tu le savais ? Une enfant très sociable.

— Pour être sociable, elle est sociable, oui. Mais j'ignorais que vous étiez apparentés.

— Cybil n'est pas une MacGregor à proprement parler. Mais elle a toujours fait partie de la famille. Tu devrais te dérider un peu, mon garçon, et aller te mêler à la fête.

Preston aurait préféré boire l'eau sale de son évier plutôt que d'aller perdre son temps précieux dans ce genre de rassemblement.

— Non, merci. Très peu pour moi. Ils sont déjà suffisamment serrés comme ça, là-bas dedans. C'est une drôle de population que l'on trouve dans votre immeuble, monsieur MacGregor. On dirait que ces gens-là ne pensent qu'à se réunir et à discuter, tous autant qu'ils sont. Et votre petite-fille mène la danse.

— Elle a toujours été très accueillante, notre Cybil. Un peu trop peut-être. En tout cas, cela me rassure de te savoir dans les parages. Tu as la tête sur les épaules, toi, McQuinn. Si ça ne te dérange pas, essaye de garder un œil sur elle. Elle peut avoir des côtés naïfs, par moments. Je me fais parfois un brin de souci pour cette enfant.

Une vision de Cybil étalant son adversaire avec la vitesse et la précision d'un boxeur en poids léger s'imposa à l'esprit de Preston. Il ne put s'empêcher de sourire.

— A votre place, je ne me ferais aucun souci pour elle, monsieur MacGregor.

— Maintenant que je sais que tu es là, je ne m'inquiéterai plus autant. C'est qu'elle est mignonne, cette enfant… Enfin, je crois qu'on peut dire qu'elle est jolie, n'est-ce pas ?

— Tout à fait, marmonna Preston.

— Et intelligente, avec ça. A la voir, on a l'impression qu'elle papillonne. Mais c'est une bosseuse, mine de rien. Ce n'est pas si simple de remettre chaque jour une séquence de BD aux journaux. Il faut être graphiste et scénariste, avec des facultés d'observation dignes d'un sociologue chevronné. Et, *en plus*, avoir la tête sur les épaules pour s'organiser dans son travail et respecter ses délais. Mais tu connais le problème, n'est-ce pas ? Etre auteur dramatique n'a rien de simple non plus.

Preston frotta ses yeux fatigués par l'écran et le manque d'inspiration.

— Non, admit-il avec son habituel laconisme. Ça n'a rien de simple.

— Mais tu as un don, McQuinn. Un don rare, même. Et j'admire ce que tu en fais.

— Ces derniers jours, je le vis plutôt comme une malédiction. Mais j'apprécie le compliment.

— Si la pièce n'avance pas, il faut laisser décanter un peu, conseilla Daniel. Oublie ton ordinateur et mets le nez dehors. Respire. Promène-toi dans un parc. Hume les odeurs du printemps. Embrasse une jolie fille. Tant qu'à être en ville, autant en profiter un peu avant de fermer de nouveau les portes de ta maison sur toi.

— Peut-être, oui. Je verrai.

— Bien… Mais je compte sur toi, McQuinn, pour ne pas dire à Cybil que je t'ai demandé de veiller sur elle de loin. Elle est très jalouse de son indépendance.

Preston faillit sourire.

— Je ne suis pas quelqu'un de bavard, monsieur MacGregor.

— Parfait.

Le tapage dans l'appartement voisin devenait intenable, Preston renonça à se remettre à sa pièce et prit son saxophone sous le bras pour aller jouer chez Delta. Mais même la musique ne réussit pas à le délivrer de ses idées sombres. Son regard était constamment attiré par la table dans le fond où Cybil était venue s'asseoir pour l'écouter, quelques soirs plus tôt. C'était comme s'il la voyait encore devant lui, le menton calé sur les poings, les lèvres légèrement entrouvertes, ses grands yeux verts rivés sur lui.

Cybil Campbell avait envahi un de ses domaines réservés sacré entre tous. Et il était furieux de cette intrusion.

Le Delta Jazz Club avait toujours été un de ses lieux d'élection. Il lui arrivait de faire le trajet en voiture du Connecticut pour passer une partie de la nuit à jouer avec André. Et chaque fois qu'il se retrouvait sur l'estrade dans la petite salle enfumée, les tensions de la journée se dissolvaient et s'échappaient à travers l'enfilade entêtante des notes.

Il était tranquille, chez Delta. Le public ne le dérangeait pas. Les gens le prenaient tel qu'il était, sans rien attendre de lui que le chant de son saxo.

Mais depuis que Cybil avait mis les pieds dans le club, il avait commencé à guetter les allées et venues près de la porte en se demandant si elle reviendrait. Pour le regarder jouer avec ses grands yeux verts.

André lâcha son clavier, but une gorgée d'eau, et lui jeta un regard scrutateur.

— Ce soir, tu as le blues au cœur, mon ami. Il joue triste, ton saxo.

— Ça se pourrait, oui, concéda Preston.

— C'est une femme qui fait pleurer ton saxophone, McQuinn ?

Sourcils froncés, Preston porta son instrument à ses lèvres.

— Pas une femme, non, mais ma pièce. L'inspiration qui coince. Les mots ne veulent pas venir.

— Les mots ont bon dos, mon frère.

Les doigts immobiles sur le clavier, André cessa un instant de jouer pour écouter le chant d'amour du saxo. Il secoua la tête et un sourire mi-nostalgique mi-amusé flotta sur ses lèvres brunes.

Preston regagna son immeuble à 3 heures du matin, fermement déterminé à tambouriner sur la porte de Cybil pour exiger le silence. Il était tellement remonté que ce fut presque une déception de découvrir que la fête était terminée et qu'aucun son n'émanait plus de l'appartement voisin.

Il entra chez lui en se retenant de claquer la porte. Puis décida de profiter du calme enfin revenu pour se remettre au travail. Il commença par se préparer une Thermos de café fort qui le tiendrait éveillé le restant de la nuit. Puis il ralluma son ordinateur et le miracle se produisit. Il réussit à entrer dans la tête de ses personnages, à laisser parler en lui des voix à la fois familières et inconnues. Les protagonistes de sa pièce étaient des êtres blessés qui se détruisaient et se déchiraient mutuellement, prisonniers d'une tragédie intérieure qui les détournait inexorablement du bonheur et de la vie.

Le soleil était déjà levé lorsque la fatigue s'abattit sur lui. Satisfait du travail accompli, Preston célébra ce retour d'inspiration inattendu en se laissant tomber tout habillé sur son lit.

Après une première phase de sommeil comateux, il rêva.

D'un joli visage encadré de cheveux courts. D'une paire d'yeux immenses dont la couleur rappelait la splendeur des saules aux printemps. D'une voix mélodieuse comme le chant de l'eau claire courant sur les pierres.

— Pourquoi si sérieux ? Pourquoi si sombre ? murmurait-elle en riant, les bras noués autour de son cou.

— Tu ne t'es peut-être pas encore ramassé assez de coups pour t'en rendre compte, mais la vie est une affaire douloureuse, petite fille.

— La vie n'a pas qu'un seul visage. Tu vois la face sombre mais il y en a d'autres, tant d'autres… Tu ne veux pas danser avec moi ?

Il se rendit compte que ses pieds bougeaient déjà. Ils étaient au club, chez Delta. Et bien que la salle fût vide, on entendait chanter une voix rauque de femme dont la sombre caresse sensuelle vous envoyait des frissons jusque sous la peau.

— Non, je ne garderai pas un œil sur toi, Cybil.

— Tu as *déjà* l'œil sur moi.

Levant la tête pour plonger son regard dans le sien, elle lui effleura les lèvres du bout de la langue.

— Et il n'y a pas que le regard que tu as envie de poser sur moi, n'est-ce pas ?

— Détrompe-toi, petite sorcière. Je n'ai pas envie de toi.

Elle rit, de ce rire léger, cristallin, pétillant comme le meilleur champagne.

— Tu n'as pas besoin de mentir puisque tout se passe dans tes propres rêves, susurra-t-elle. Tu peux me toucher, me caresser, me faire l'amour. Ça ne portera pas à conséquence.

— Je n'ai pas envie de toi, répéta-t-il, alors qu'ils tombaient déjà enlacés à même le sol.

Preston se réveilla en nage, entortillé dans ses draps et passablement secoué par l'intensité de ses ébats. Seulement lorsqu'il eut repris ses esprits, il réussit à rire des manœuvres tortueuses de sa libido.

Cette petite Cybil était décidément redoutable. Bon… La seule vérité à retenir de cet épisode érotico-onirique, c'était le « Je n'ai pas envie de toi » qui résonnait encore à ses oreilles.

Il se frotta le visage avec les mains et consulta sa montre. 16 heures. Pour la première fois depuis une semaine, il avait dormi ses huit heures d'affilée. Parfait. Et tant pis si ses horaires n'étaient pas de ceux que les braves gens jugent convenables.

Preston s'extirpa de son lit et fit une descente dans la cuisine. Sa récolte fut maigre : un fond de café froid et un quignon de pain dur. Son réfrigérateur était si désespérément vide qu'il comprit que son sort était scellé. Il était mûr pour s'arracher de son antre et endurer le supplice du supermarché.

Il passa d'abord une heure à faire des séries de pompes et à soulever des haltères. Histoire de rappeler à son corps ankylosé qu'il n'avait pas été conçu que pour rester affaissé devant un ordinateur. Satisfait d'avoir transpiré pour autre chose que de ridicules fantasmes érotiques, Preston s'accorda vingt bonnes minutes de détente sous l'eau brûlante de la douche. Puis il se rasa pour la première fois en quatre jours.

Estimant qu'un repas correct ne serait pas de trop après trois jours de piteux grignotages, il enfila un jean et un sweat-shirt propres et se trouva en grande forme. Il y avait longtemps qu'il ne s'était pas senti la tête aussi claire.

Il ouvrit la porte pour sortir et faillit se heurter à Cybil.

— Dieu merci, tu es chez toi.

La vue de Cybil réveilla toute une flopée d'images brûlantes issues de son rêve érotique. L'humeur de Preston s'assombrit instantanément.

— Qu'est-ce que tu veux ?

— Il faut *absolument* que tu me rendes un service.

— Il ne faut rien du tout.

— Je ne te le demanderais pas s'il ne s'agissait pas d'une urgence.

Elle le retint par le bras avant qu'il puisse passer son chemin.

— Plus qu'une urgence, même : une question de vie ou de mort. *Ma* vie, en l'occurrence, et la mort de Johnny, le neveu de Mme Wolinsky. Car je te jure que si je me trouve contrainte et forcée de sortir avec lui ce soir, je risque de commettre un geste fatal. Voilà pourquoi j'ai expliqué à Mme Wolinsky que j'avais déjà un engagement.

— Passionnant, tout ça, commenta-t-il, sarcastique. Et en quoi suis-je concerné par ces fascinantes péripéties sentimentales ?

— Oh, sois sympa, McQuinn, arrête de faire ta mauvaise tête. Je suis dans de sales draps, tu peux me croire. Mme Wolinsky m'a prise de court et je lui ai répondu sans réfléchir. Mon gros problème, tu vois, c'est que je n'ai jamais su mentir. Elle insistait vraiment pour savoir avec qui je m'étais engagée à passer la soirée. Et comme aucun nom ne me venait à l'esprit, le tien s'est présenté. C'est idiot, je sais. Mais je ne peux plus revenir en arrière.

Preston secoua la tête et se dirigea vers l'escalier.

— Tu te débrouilles comme tu peux, microbe, mais ce n'est pas *mon* problème.

— Tout à fait d'accord avec toi. Je suis cent pour cent responsable de ce qui m'arrive. Ma seule excuse, c'est qu'elle m'a surprise en pleine création et que je n'avais pas tout à fait les deux pieds sur terre. Sinon, j'aurais inventé une excuse plus plausible.

L'air déconfit, Cybil passa la main dans ses cheveux, qui se dressèrent en piques. Preston ne put s'empêcher de lui trouver un air attendrissant.

— Le seul truc qui me chagrine, c'est qu'elle va me guetter maintenant. Et elle le saura *forcément* si nous ne sortons pas d'ici ensemble.

Cybil se tapota le front, comme pour forcer son esprit survolté à trouver des solutions.

— Ecoute, il suffit que nous quittions l'immeuble

côte à côte. On ira juste boire un café quelque part. Puis on reviendra au bout d'une heure ou deux. Je te donnerai cent dollars.

L'idée était si cocasse qu'il faillit éclater de rire.

— Tu veux me payer pour boire un café avec toi ?

— Payer est un grand mot. Disons que je cherche une solution qui nous arrange l'un et l'autre. Je sais que tu as besoin d'argent et c'est normal que je te dédommage pour le temps que tu perds. Alors voici mon offre, McQuinn : cent dollars pour deux heures. Et j'offre le café.

Il s'adossa contre le mur, séduit par l'absurdité de la situation.

— Le café seulement ? Sans la part de tarte qui va avec ?

Cybil en rit de soulagement.

— Tu veux de la tarte ? Tu auras de la tarte. Marché conclu, alors ?

— Bon. C'est parti. Envoie la thune.

— Envoie la thune ? Ah, l'argent ! Attends, je vais le chercher.

Elle regagna son appartement en courant et il l'entendit aller et venir, claquer des portes.

— Tu me laisses une seconde pour me préparer ? cria-t-elle.

— Tu fais comme tu veux. Mais le compteur tourne, microbe.

— O.K., OK… Bon sang, qu'est-ce que j'ai fait de… ? Ah, la voilà ! J'en ai pour deux minutes. Je ne veux pas entendre Mme Wolinsky me seriner par la suite que j'aurais une chance de retenir un homme si seulement je prenais la peine de mettre un peu de rouge à lèvres.

Preston dut reconnaître qu'elle savait faire vite. Quelques minutes à peine s'étaient écoulées lorsqu'elle le rejoignit, toujours au pas de course, perchée sur des talons hauts, les lèvres étincelantes et de longues boucles pendant à ses oreilles.

Dépareillées une fois de plus, nota-t-il lorsqu'elle lui glissa son billet de cent dollars dans la main.

— Encore merci d'avoir accepté. Tout ça doit te paraître ridicule. Mais je ne voudrais pas faire de peine à Mme Wolinsky.

— Si tu es prête à payer cent dollars pour ménager les susceptibilités d'une voisine, c'est ton problème. Pas le mien.

Amusé par la situation, Preston fourra le billet dans la poche de son jean.

— Allons-y. J'ai faim.

— Oh, tu aimerais un dîner plutôt ? Il y a un petit restau tout prêt où ils servent de très bonnes pâtes… Ah, nous y voici. Prends une attitude naturelle, O.K. ? murmura Cybil. Fais comme si elle n'était pas en train de nous observer. Et donne-moi la main.

— Pourquoi ?

— Tu crois que c'est le moment de poser des questions stupides ? protesta-t-elle à voix basse en entrelaçant ses doigts aux siens. Et maintenant, essaye d'arborer un air légèrement plus réjoui. Rappelle-toi que nous sortons pour la première fois en tête à tête. Un sourire radieux serait de mise.

— C'est beaucoup demander pour cent malheureux dollars.

Au grand étonnement de Preston, sa remarque la fit pouffer de rire.

— On ne peut pas dire que tu te laisses marcher sur les pieds, 3B. Allez, on va t'offrir un repas chaud et voir s'il y a moyen d'adoucir ton humeur.

Le pire, c'est qu'il finit bel et bien par se dérider. Il aurait fallu être un mur pour résister aux excellents spaghettis maison associés à la compagnie ensoleillée de Cybil.

— C'est délicieux, non ? commenta-t-elle en le regardant manger avec satisfaction.

Cybil en était malade de le voir aussi affamé. Le pauvre garçon. Il y avait longtemps qu'il n'avait pas avalé un repas correct, de toute évidence.

— L'ennui, c'est qu'ils servent des quantités énormes, poursuivit-elle. Et qu'ils donnent systématiquement les restes à emporter, si bien que je recommence à me goinfrer le lendemain. Tu pourrais m'épargner une indigestion en acceptant de prendre ma part.

— Pas de problème.

Il saisit la bouteille de chianti et remplit leurs deux verres.

— Tu sais, McQuinn, je suis sûre qu'il y a plein d'endroits ici où on t'embaucherait pour jouer.

— Jouer quoi ? Les amoureux transis ? Tu trouves que j'ai de réelles dispositions pour le rôle ?

Elle rit de bon cœur.

— Mais non, idiot. Pour jouer du saxo.

Preston la regarda sans rien dire. Elle avait un sourire un peu trop fascinant à son goût, avec cette irrésistible petite fossette qui se creusait dans sa joue gauche.

— Avec le talent que tu as, je suis sûre que tu n'auras aucun mal à trouver des contrats.

Amusé, Preston leva son verre. Ainsi elle le prenait pour un musicien désargenté à la recherche d'un gagne-pain. Ma foi… pourquoi pas ?

— Je me produis ici et là, quand l'occasion se présente, déclara-t-il sans se mouiller.

— Et tu accepterais de jouer dans des réceptions privées ? Je connais un tas de gens qui donnent des fêtes, à New York.

— J'imagine, oui.

— Je pourrais faire circuler tes coordonnées, si ça t'intéresse. Tu accepterais de te déplacer, au fait ?

— Ça dépend. Où comptes-tu m'envoyer ?

— J'ai quelques propriétaires d'hôtel dans ma famille. Atlantic City n'est pas très loin, d'ici. Je suppose que tu n'as pas de voiture ?

Il avait une très jolie Porsche neuve dans un garage du centre-ville.

— Pas sur moi, non.

Elle rit, mordilla un morceau de pain.

— De toute façon, ce n'est pas compliqué de faire le trajet de New York à Atlantic City.

Même si la situation l'amusait beaucoup, il jugea plus sage de stopper là.

— Tu sais, Cybil, je n'ai besoin de personne pour prendre ma vie en main.

— Désolée. C'est une de mes mauvaises habitudes.

Pas vexée le moins du monde, elle lui offrit la moitié de sa tranche de pain.

— C'est une sale manie chez moi d'essayer de trouver des solutions pour les autres. Alors que je le supporte très mal quand les gens le font pour moi. Comme Mme Wolinsky qui veut à tout prix me trouver un charmant jeune homme, par exemple. Si tu savais comme ça me casse les pieds !

— Parce que tu ne veux pas de charmant jeune homme ?

— Plus tard, si. Venant d'une famille-tribu, je suis plus ou moins prédisposée à perpétuer la tradition. Mais je ne vois pas où est l'urgence. J'aime la ville, j'aime ma vie. Et j'aime ma liberté, surtout. Même si je ne travaille pas moins que les autres, je m'organise à ma façon. Et je m'amuse tellement ! Comme toi avec ta musique, j'imagine ?

Preston hocha la tête. Son travail à lui était rarement une partie de plaisir. Mais sa musique, si.

Cybil écarta son assiette et lui jeta un regard intrigué.

— Dis-moi, McQuinn, ça t'arrive de former au moins trois phrases d'affilée au cours d'une conversation ?

Il avala sa dernière bouchée avant de répondre posément :

— J'aime le mois de novembre. Je parle beaucoup en novembre. La fin de l'automne est une période de transition qui m'inspire des pensées hautement philosophiques.

Cybil rit doucement.

— Trois phrases au complet. Tu as un sens de l'humour bien particulier, n'est-ce pas ?

Avec un petit soupir, elle se renversa contre son dossier.

— Un dessert te ferait plaisir, McQuinn ?

— Certainement.

— D'accord. Commande ce que tu veux. Mais pas

de tiramisu, de préférence. Sinon, je serais tentée d'en prélever une cuillerée, puis deux, puis une troisième encore. Et je finirais par tomber dans le coma.

Sans détacher son regard du sien, il appela la serveuse.

— Mademoiselle ? Apportez-nous une portion de tiramisu et deux cuillères, s'il vous plaît... Si tu tombes dans le coma, tu devrais être enfin réduite au silence. J'ai hâte de voir ça, lui confia-t-il dès que la jeune femme eut le dos tourné.

Cybil secoua la tête en riant.

— Désolée de te décevoir, mais ça ne marchera pas. Je parle tout le temps, même dans mon sommeil. Ma sœur me menaçait régulièrement de m'ensevelir sous une pile d'oreillers.

— Je crois que j'ai déjà un faible pour ta sœur.

— Adria ? C'est une fille superbe. Je pense qu'elle devrait correspondre à ton type, en plus. Elle est calme, raffinée, intelligente. Et dirige une galerie d'art à Portsmith.

Preston remplit une fois de plus leurs verres et s'aperçut qu'ils avaient vidé la bouteille. Le chianti était très agréable, ce qui expliquait sans doute pourquoi il se sentait si détendu. Il y avait des semaines, des mois — des *années* même — qu'il n'avait pas été d'humeur aussi sereine.

— Alors ? Tu as l'intention de nous arranger un rendez-vous, à Adria et à moi ?

Le menton calé sur le poing, Cybil s'accorda un temps de réflexion.

— Mmm... Il se pourrait que tu lui plaises, oui, admit-elle en l'examinant par-dessus le rebord de son verre. Tu es physiquement attirant, avec juste ce qu'il faut de rudesse pour faire battre le cœur d'une femme. Comme elle est séduite par les artistes, elle craquera facilement pour un musicien. Et comme tu as un sale caractère, tu la traiteras autrement que comme une reine. Ce que trop d'hommes ont tendance à faire, avec Adria.

Preston constata que les effets du chianti se faisaient sentir sur Cybil. Elle était plus adorable que jamais avec ses joues rosies par le vin et ses yeux trop brillants.

— Comment ça, ils la traitent comme une reine ?

— Elle est tellement belle que c'est plus fort qu'eux : ils rampent. Et comme elle, ça l'irrite, elle les envoie balader… Avec toi, ça fonctionnerait quelque temps, mais elle finirait sans doute par te faire souffrir. Remarque que ça pourrait t'humaniser un peu d'avoir le cœur enfin meurtri.

— Je n'ai pas de cœur, rétorqua-t-il en souriant à la serveuse qui apportait leur dessert. Je pensais que tu t'en étais déjà rendu compte.

Avec un soupir résigné, Cybil prit sa cuillère et s'attaqua au *tiramisu*.

— Mais si, tu as un cœur. Seulement, tu l'as enfermé sous une armure pour éviter d'avoir la poitrine percée par un second coup de baïonnette. Tu estimes avoir suffisamment souffert comme cela et tu n'as pas envie d'en reprendre une dose… Oh, mon Dieu, que c'est bon, ce truc-là ! Empêche-moi d'en prendre une seconde bouchée après celle-ci, O.K. ?

Preston la regarda, sidéré. Comment « la folle » de l'appartement d'en face avait-elle pu le cerner aussi facilement, alors que ceux qu'il considérait comme ses proches n'avaient jamais compris à quel point son histoire avec Pamela l'avait marqué ?

— Qu'est-ce qui te fait dire ça, Cybil ?

— Dire quoi ? Je t'ai demandé de m'empêcher d'engloutir cette masse savoureuse de calories, non ? bougonna-t-elle en dirigeant sa cuillère vers leur assiette commune. Tu es sadique ou quoi ?

Renonçant à la questionner plus avant, il plaça le tiramisu hors de sa portée.

— O.K., stop. C'est propriété privée, maintenant. Pas touche, microbe.

Il eut juste à lui taper sur la main une ou deux fois avec sa cuillère et le tour fut joué : il put consommer l'intégralité de son dessert en toute tranquillité.

Sur le chemin du retour, Cybil se pendit spontanément à son bras.

— Tu sais que j'ai passé une supersoirée, tout compte fait ? annonça-t-elle avec enthousiasme. C'était beaucoup plus divertissant que d'avoir à me battre deux heures durant pour empêcher l'ami Johnny de passer ses grosses pattes velues sous mes jupes.

Penser aux mains poilues dudit Johnny glissant sur les jambes de Cybil suscita chez Preston une irritation aussi vive qu'inattendue.

Il se contenta cependant de lui jeter un regard amusé.

— Le malheureux Johnny n'aurait pas eu la vie facile : tu es en pantalon.

— Je sais. Je n'étais pas tout à fait sûre que je couperais au rendez-vous. Alors, dans le doute, je me suis barricadée.

Preston était sceptique. Son pantalon souple couleur safran lui paraissait plus sexy que défensif.

— Il existe des techniques plus expéditives pour repousser l'assaillant. Puisque tu es capable d'envoyer un type au tapis sans trop t'abîmer les poings, pourquoi ne pas soumettre l'ami Johnny à cette bonne vieille méthode toute simple ?

— Parce que Mme Wolinsky l'adore et que je n'ai jamais eu le cœur de lui révéler que la prunelle de ses yeux a des mœurs d'orang-outang.

Preston sourit.

— Une prunelle avec des mœurs d'orang-outang. C'est inédit… Il reste, Cybil Campbell que tu es extrêmement manipulable.

— Comment ça, je suis manipulable ? protesta-t-elle, vexée.

— Tout le monde fait de toi ce qu'il veut, non ? Tu laisses ton amie Joanie…

— Jody.

— … t'imposer son cousin Machinchose. La vieille dame du premier te colle son neveu libidineux sur les bras. Et j'imagine que tu as comme ça quantité d'amis ou de voisins qui se démènent pour te fourguer quelque vague parent laissé-pour-compte. Dis-leur d'aller se faire voir et ils te ficheront une paix royale, crois-moi.

— Ils le font pour mon bien.

— C'est de l'ingérence pure et simple, oui.

Cybil émit un soupir pensif et salua d'un geste joyeux de la main un couple qui déambulait sur le trottoir opposé.

— Il y a des gens comme ça. Tiens, prends mon

grand-père, par exemple… Qui, en réalité, n'est pas mon ancêtre du tout, entre parenthèses. En fait, il est le beau-père de Shelby, ma tante, côté paternel. Mais il se trouve que, par ailleurs, il existe des liens de parenté avec ma mère, qui est la cousine du mari de…

Laissant sa phrase en suspens, Cybil pouffa de rire.

— C'est un peu compliqué, non ?

— Complètement inextricable, même.

— Bon, reprenons les explications depuis le début : il existe des liens familiaux, indirects mais réels, entre Anna et Daniel MacGregor et ma famille. Ma tante Shelby — la sœur de mon père — est la femme d'Alan MacGregor. Tu as peut-être entendu parler de lui ? Il a séjourné quelque temps à la Maison Blanche.

— Le nom me dit vaguement quelque chose, oui, acquiesça Preston, amusé.

— Quant à ma mère, Genviève Campbell, née Grandeau, elle a deux cousins, Justin et Diana Blade, qui ont épousé respectivement Serena et Caine MacGregor, les frère et sœur d'Alan. Tu as réussi à me suivre jusqu'ici ?

— Pas à pas, oui. Mais j'ai complètement oublié où tu cherchais à en venir avec cette brillante démonstration, en revanche.

— Moi aussi.

Elle rit de délice, puis se cramponna à son bras en perdant l'équilibre sur ses talons.

— Oups ! Désolée. J'ai abusé du chianti, je crois. Voyons, de quoi parlions-nous, déjà ? Ah oui, d'ingérence. Or il se trouve que mon grand-père — Daniel MacGregor, donc — est un champion toutes catégories en la matière. Lorsqu'il s'agit de créer des couples, il est imbattable, je te jure. Crois-moi si tu veux, McQuinn, mais cet homme est un sorcier. Il doit avoir un don caché quelque part.

Cybil dut s'immobiliser un instant sur le trottoir pour compter sur ses doigts.

— Il a réussi à marier *sept* de mes cousins jusqu'à présent. C'est terrifiant, non ?

— Comment ça, il les a mariés ? Vous pratiquez l'union forcée dans la famille ?

Elle rit de délice.

— Mais non, idiot. Quelle idée ! C'est un talent qu'il a. Ne me demande pas comment, mais il *sent* qui est fait pour qui. Puis il s'arrange pour mettre les deux personnes en présence. Et hop, le reste se fait tout seul. Le pire, c'est que ça marche à tous les coups. Même si le couple paraît invraisemblable au départ, ça finit toujours par fonctionner. Et chaque fois, il y a un mariage et une naissance à la clé. Les bébés prolifèrent dans la famille.

— Et personne ne l'envoie jamais promener, ton grand-père ?

— Mais bien sûr que si ! *Tout le monde* lui rit au nez. Mais lui, il s'en fiche et va son bonhomme de chemin sans rien demander à personne. Je pense que la prochaine victime sur sa liste sera ma sœur Adria. Ou ma cousine Mel, peut-être. Le temps de laisser mûrir un peu mon frère Matthew.

— Et toi ? Tu n'entres pas dans ses desseins machiavéliques ?

Elle eut un sourire en coin.

— Oh, moi, il ne m'aura pas. Je connais trop bien ses techniques. Et je n'ai pas l'intention de tomber

amoureuse avant plusieurs années. Et toi ? Tu y as
déjà été ?

— Déjà été où ? s'enquit-il, sourcils froncés.

— Quelle question ! En terre d'amour, McQuinn.

— L'amour n'est pas un lieu mais une situation.
Et elle est sans grand intérêt.

Le regard de Cybil se fit rêveur.

— Désolée d'être sceptique, mais je ne te crois
pas sur parole. Je demande à voir.

Pour la seconde fois en l'espace de cent mètres,
elle s'immobilisa net. La mine consternée, elle le
retint par le bras.

— Oh non, c'est bien ma chance ! Tu vois la
Lincoln blanche, garée juste devant l'immeuble ?
C'est la voiture de Johnny ! Il est quand même venu
du New Jersey, apparemment. Voilà qui complique
un peu notre retour.

Pivotant vers Preston d'un mouvement brusque,
elle dut fermer les yeux un instant.

— Oh, mon Dieu, ça tangue ! Je n'aurais jamais
dû boire ce dernier verre de vin. Mais tant pis. Ivre
ou non, je reste maîtresse de mon destin.

— Je n'en doute pas, microbe.

— Suffisamment pour me rendre compte que tu
m'appelles « microbe » pour marquer tes distances et
afficher ta supériorité. Mais là n'est pas la question.
Voici mon plan d'urgence : nous allons nous avancer
jusque sous les fenêtres de Mme Wolinsky. Prends
un air naturel, O.K. ?

— Ça risque d'être difficile mais je vais voir ce
que je peux faire.

Elle éclata de rire.

— Je me demande bien pourquoi, mais j'adore ton côté sarcastique. Voilà, c'est parfait, nous y sommes. Et maintenant, nous allons rester là, sur place, car elle nous observe. D'une seconde à l'autre, tu vas voir ses rideaux frémir. Guette-la, d'accord ?

— Je guette.

Comme cette petite mascarade paraissait totalement innocente, il s'exécuta et concentra son attention sur les rideaux de Mme Wolinsky.

— Ça y est. Apparemment, elle est à son poste, les yeux braqués sur nous. Qu'est-ce qu'on fait maintenant ?

— C'est simple : il faut que tu m'embrasses.

Sidéré, il reporta son regard sur Cybil.

— Que je t'embrasse ?

— Evidemment ! Et avec conviction, de préférence. Si tu t'y prends comme il faut, elle comprendra que c'est fichu pour son Johnny. Ou en tout cas, ça la calmera pendant quelque temps. Et je te donnerai cinquante dollars de plus.

Preston contempla le visage adorable levé vers lui. Elle était mignonne comme un bouton de rose — la tentation incarnée.

— Je rêve ou tu as l'intention de me payer cinquante dollars pour un baiser ?

— Considère qu'il s'agit d'une prime. Avec un peu de chance, Johnny repartira dans le New Jersey de façon définitive. Dis-toi que tu es sur scène et que tu répètes un numéro… Elle nous regarde toujours ?

— Ouais, répondit-il distraitement.

Mais Preston avait cessé de guetter. Et il se souciait moins que jamais de ce qui se passait ou non derrière le rideau de Mme Wolinsky.

— Parfait. Alors mets du cœur à l'ouvrage, McQuinn. Il faut que ça ait l'air intense. Passionné. Romantique. Commence par glisser les bras autour de ma taille. Puis tu te pencheras doucement et…

— Je sais embrasser une femme, Cybil.

— Oui, bien sûr. Je n'en doute pas une seconde. Mais il s'agit de soigner la mise en scène et de…

Preston découvrit qu'il avait enfin trouvé une solution pour la faire taire. Puisque baiser il devait y avoir, il se chargerait de la « mise en scène » à sa façon. Il ne glissa pas les bras autour de sa taille mais l'attira contre lui avec tant de force qu'il la souleva presque de terre. Pendant une fraction de seconde, il vit les grands yeux verts s'écarquiller sous le choc. Puis il lui écrasa les lèvres, interrompant juste à temps une nouvelle salve de conseils et de recommandations.

« Il a raison, songea Cybil confusément. Il sait embrasser une femme. »

Telle fut sa dernière pensée consciente. Puis il n'y eut plus qu'un raz de marée de sensations. Elle dut se cramponner à ses épaules. Se hausser sur la pointe des pieds pour mieux s'offrir à son baiser.

Elle dut gémir, aussi. Même si ce n'était pas prévu dans le scénario.

La tête lui tournait tellement qu'elle avait cessé de voir clair. Quant à son cœur, il battait comme si elle venait de courir un mille mètres. Découvrant qu'elle ne contrôlait plus rien, elle se sentit perdue, désemparée, impuissante. Comme si McQuinn l'avait aspirée corps et âme.

Mais sa bouche était si décidée, si impérieuse

qu'elle n'avait d'autre choix que de laisser le baiser l'emporter dans son tourbillon.

Preston songea qu'il était en train de réaliser le rêve qu'il avait fait l'après-midi même. Non, mieux que cela. Beaucoup mieux, même. Dans son imagination, les lèvres de Cybil n'avaient pas eu cet arôme unique. Son corps frêle n'avait pas tremblé contre le sien comme si elle avait été agitée par de petites ondes de choc successives. Et elle n'avait pas gémi de plaisir contre sa bouche.

Il l'écarta de lui d'un mouvement brusque. Mais seulement pour s'assurer qu'elle avait le regard chaviré et que le feu lui montait aux joues comme il le sentait se répandre en lui.

L'intarissable Cybil, pour une fois, ne prononça pas un mot. Elle se contenta de le regarder fixement. Sa respiration était rapide, heurtée, et il voyait son souffle glisser sur le seuil humide de ses lèvres encore ouvertes.

— Le second, c'est ma tournée, murmura-t-il en la reprenant dans ses bras.

Un bruit impérieux de Klaxon se fit entendre. Quelqu'un, tout près, jura à voix haute. Il y eut un mouvement d'air déplacé lorsqu'une voiture passa — trop vite — à leur hauteur. Une fenêtre s'ouvrit quelque part au-dessus d'eux, libérant une odeur de dîner brûlé ainsi que les accents d'une guitare psychédélique.

Mais Cybil aurait pu tout aussi bien se trouver sur une île déserte avec des étendues d'eau turquoise à ses pieds.

Lorsque McQuinn l'écarta de lui la seconde fois,

il procéda avec lenteur, laissant glisser les mains de ses épaules à ses coudes, pour les remonter ensuite dans un geste qui ressemblait à s'y méprendre à une caresse.

Cybil eut le temps de sentir sa tête tourner lentement sur elle-même, puis se stabiliser de nouveau sur ses épaules.

Preston scruta le visage adorable levé vers le sien. Il n'avait qu'une envie : l'avaler tout rond, la dévorer toute crue, absorber en lui son indéracinable joie de vivre qui la faisait briller comme un soleil. Il voulait toute cette énergie inépuisable sous lui, au-dessus de lui, ouverte à lui.

Mais il savait sans l'ombre d'un doute que s'il traînait Cybil Campbell dans son lit, il n'en résulterait qu'amertume et frustration pour l'un comme pour l'autre.

Il lui posa les mains sur les épaules. Fermement cette fois.

— Je pense que cela devrait faire l'affaire, non ?

— Faire l'affaire ? répéta-t-elle faiblement.

— Convaincre Mme Wolinsky.

Elle cligna des paupières.

— Mme Wolinsky ? Ah oui… bien sûr.

Cybil laissa échapper un long soupir tremblant. Et songea qu'il lui faudrait une bonne décennie pour se remettre du choc et revenir à la normale.

— Si elle n'est pas convaincue maintenant, c'est que son cas est désespéré, enchaîna-t-elle avec un large sourire en reprenant ses esprits. Tu sais que tu fais ça magistralement, McQuinn ?

Il ne put s'empêcher de lui rendre son sourire.

En songeant une fois de plus que cette fille était un peu trop désarmante à son goût. Lui prenant le bras d'autorité, il la dirigea vers la porte.

— Tu veux que je te dise une chose ? Tu ne te débrouilles pas mal non plus. Allez, viens, microbe. On rentre à la maison.

Chapitre 4

Cybil chantait à tue tête accompagnant le CD qui passait sur sa chaîne stéréo. La fenêtre qui faisait face à sa planche à dessin était grande ouverte, laissant entrer à flots les bruits de la rue et le vent léger d'avril.

Son humeur était aussi ensoleillée que le ciel printanier au-dessus de la ville. Tournant la tête vers le miroir placé à côté d'elle, Cybil tenta de prendre un air courroucé pour trouver l'expression d'un de ses personnages. Mais elle ne réussit qu'à éclater de rire.

Ce n'était pas la première fois qu'on l'embrassait. Pas la première fois qu'un homme la tenait dans ses bras. Mais comparer l'épisode qui venait de se dérouler sur le trottoir avec ses expériences précédentes reviendrait à établir un parallèle entre la brise printanière du jour et un cyclone tropical de force 5.

Les heures qui avaient suivi, elle les avait vécues sur un petit nuage. Et elle avait adoré se trouver dans cet état flottant, à tanguer et à vaciller comme si tous ses muscles avaient déclaré forfait d'un coup. Quoi de plus extraordinaire que de se sentir à la fois forte et faible, sage et folle, embrouillée et lucide ?

Et elle n'avait qu'à fermer les yeux et à revivre les deux baisers en pensée pour que le flot de sensations revienne la submerger de plus belle.

Elle se demanda pour la énième fois où en était McQuinn. Qu'éprouvait-il ? Que pensait-il de son côté ? *Personne* ne pouvait vivre une expérience pareille et rester de marbre. Ce phénomène, ils l'avaient vécu à deux, après tout. Ils avaient sombré ensemble dans les abîmes et s'en étaient relevés main dans la main.

Un homme ne pouvait embrasser une femme comme McQuinn l'avait embrassée sans souffrir de quelques effets secondaires.

Cybil soupira. Souffrir était le mot, d'ailleurs. Elle rit ; elle soupira. Puis, se penchant de nouveau sur sa planche, dessina une Emily amoureuse, tout en chantant à pleine voix.

— Cybil ! Tu veux tomber malade ou quoi ? Il fait un froid de canard, dans cet atelier !

Levant les yeux de sa feuille de papier, elle sourit rêveusement à Jody.

— Ah, c'est toi ? Bonjour, bonhomme Charlie ! Tu as l'air tout endormi, dis-moi.

Son bébé calé sur l'épaule, Jody se dirigea vers la fenêtre et la ferma d'autorité.

— Il doit faire à peine 16° degrés dehors, maugréa-t-elle en repoussant le carreau.

Cybil posa son pinceau pour caresser la joue rebondie de Charlie.

— Bizarrement, j'avais chaud… C'est un miracle, non, que les hommes commencent aussi petits ? observa-t-elle. Au départ, ils sont mignons, ils gazouillent. Puis ils grandissent, prennent une voix grave d'outre-tombe et deviennent mystérieux et insondables.

— Mmm…

Sourcils froncés, Jody se pencha pour lui poser la main sur le front.

— Tu me parais étrange, ce matin, Cybil. Apparemment, pas de fièvre, pourtant. Tire un peu la langue, pour voir ?

Elle s'exécuta en louchant, pour le plus grand plaisir de Charlie qui rit aux éclats.

— Je ne suis pas malade, je me sens en grande forme. Légère comme un compte en banque après le passage du percepteur !

Le regard de Jody demeura soucieux.

— Tu n'es pas dans ton état normal, en tout cas. Je vais recoucher Charlie. Puis je ferai du café et tu me raconteras ce qui t'arrive.

— D'accord, acquiesça Cybil en souriant béatement.

Incapable de se concentrer sur sa planche du jour, elle prit un crayon rouge et se mit à dessiner des petits cœurs sur un bout de papier. Puis elle en traça un plus grand que les autres et se surprit à esquisser un portrait rapide de McQuinn à l'intérieur.

Elle n'eut aucun mal à croquer ses traits de mémoire : la bouche dure, le regard froid, les joues légèrement creusées, les cheveux noirs et drus.

Mais il suffisait d'un sourire pour adoucir la ligne de ses lèvres. Et son regard n'était pas froid lorsqu'il riait.

Comme elle aimait le faire rire ! Il avait un rire à part — un peu rouillé — comme s'il manquait de pratique. Elle pourrait peut-être l'aider à rire plus souvent ? C'était son métier d'être drôle, après tout. Il n'y avait aucun mal à le faire profiter de ses talents.

Une fois qu'elle lui aurait donné un coup de main

pour trouver un travail stable, il serait peut-être moins tourmenté par les questions d'argent. Elle veillerait, d'autre part, à ce qu'il s'alimente régulièrement. C'était une manie chez elle de toujours faire à manger pour quatre, de toute façon. Quant au canapé, elle finirait bien par lui en dégoter un d'occasion chez des amis.

Elle connaissait suffisamment de monde pour aider McQuinn à sortir de la mauvaise passe qu'il traversait en ce moment. Et une fois qu'il aurait résolu ses problèmes matériels, il se montrerait peut-être d'humeur moins sombre ? De tempérament moins solitaire ?

Ce ne serait pas de l'ingérence, bien sûr. Elle ne cherchait pas à se mêler de ses affaires ni à s'immiscer dans sa vie. Tout ce qu'elle voulait, c'était donner un coup de main à un voisin dans le besoin.

Un voisin beau comme un dieu, au demeurant. Capable, d'un seul baiser, de vous transporter jusqu'aux plus hauts sommets de la félicité.

Mais ce détail n'avait rien à voir avec son désir de lui rendre service. Elle avait bien aidé M. Peebles à trouver un bon podologue, non ? Et M. Peebles n'avait rien d'un adonis.

Cybil sourit toute seule en continuant à griffonner ses petits cœurs. Elle se comportait en bonne voisine, c'est tout. Et si quelques bénéfices secondaires se présentaient sous forme de dîners à deux ou de baisers volés, pourquoi pas ?

Satisfaite de ses projets, elle replia les jambes sous elle et se remit à sa bande dessinée avec une énergie décuplée.

Jody coucha Charlie dans la chambre de Cybil, le regarda dormir un instant en songeant que c'était le plus bel enfant de la création, puis passa dans la cuisine. Elle prépara le café, plaça deux muffins aux myrtilles sur une assiette, puis rassembla le tout sur un plateau.

Elle adorait ce rituel du matin.

Au fil des années, Cybil était devenue comme une sœur pour elle. Mieux qu'une sœur même. Cybil au moins ne vantait pas en permanence son mari et ses enfants comme le faisaient Lea et Sylvia.

Cybil savait écouter. C'était elle qui l'avait aidée à prendre la difficile décision de quitter son travail pour s'occuper de Charlie à plein temps. Elle qui avait été présente pendant les premiers jours qui avaient suivi sa sortie de clinique, lorsque les moindres pleurs de son bébé la plongeaient encore dans un état de peur panique.

Il n'existait pas de meilleure amie au monde que Cybil Campbell. Voilà pourquoi Jody avait cette idée fixe : la voir heureuse en amour comme elle l'était elle-même depuis trois ans.

Elle monta le plateau, le posa sur la table et tendit une tasse à son amie.

— Merci, Jody.

— Elle est sympa, ta séquence de BD dans le journal de ce matin, au fait. Je n'en croyais pas mes yeux, lorsque j'ai vu Emily le visage dissimulé par un feutre mou, filant M. Mystère d'un bout à l'autre de Soho. Elle a de ces idées saugrenues, parfois.

— Emily est ainsi faite. Elle est impulsive, excessive et portée à dramatiser les situations les plus anodines.

Cybil rafla un muffin sur l'assiette et y planta les dents avec appétit. Jody et elle avaient pris l'habitude de parler d'Emily comme d'une personne réelle. Elle adorait ces séances informelles où elles analysaient les actions de son héroïne et échafaudaient toutes sortes d'hypothèses farfelues à son propos.

— Il faut reconnaître qu'Emily est curieuse, observa-t-elle. Elle a toujours besoin de savoir tout ce qui se passe autour d'elle.

— Un peu comme toi, non ? Tu en es où de ton enquête sur M. 3B, à propos ?

— Elle avance à grands pas, admit Cybil avec un sourire jusqu'aux oreilles. Il s'appelle McQuinn.

Jody tressaillit et pointa l'index sur son sternum.

— Je t'ai entendue *soupirer*, Cyb !

Elle haussa les épaules.

— Mais non. Je respirais, c'est tout.

— Faux. Tu sou-pi-rais. Et langoureusement, avec ça. Que s'est-il passé avec ce McQuinn, au juste ?

Cybil aurait aimé prolonger encore un peu le suspense. Mais le besoin de tout raconter à Jody l'emporta.

— Nous avons passé une partie de la soirée d'hier ensemble.

— Hé, mais c'est un bond en avant prodigieux ! Comment en êtes-vous arrivés là si vite ? s'écria Jody en approchant une chaise.

Cybil pivota sur son tabouret pour lui faire face.

— Eh bien voilà… Tout a commencé à cause de Johnny, en fait. Tu sais que Mme Wolinsky n'a toujours pas renoncé à me voir filer le parfait amour avec son neveu chéri ?

— Ce n'est pas vrai ! se récria Jody, consternée. Elle est aveugle ou quoi ? N'importe qui serait capable de se rendre compte que Johnny et toi, ça ne peut pas marcher. Pourquoi cette obstination absurde ?

Par affection pour Jody, Cybil se garda stoïquement d'observer qu'elle mettait Johnny et Franck dans le même panier.

— Mme Wolinsky ne veut que mon bien. Je ne peux pas lui en vouloir. Quoi qu'il en soit, elle est montée hier après-midi pour essayer de me caser pour la soirée avec Johnny. Et l'idée même d'un tête-à-tête avec ce satyre m'a fait frémir. Tu me promets solennellement de ne répéter à personne ce que je vais te dire maintenant, Jody ?

— Je ne dirai rien. Pas un mot… Sauf à Chuck, bien sûr.

Cybil hésita puis hocha la tête.

— Bon, d'accord. Je veux bien faire une exception pour ton mari. Pour échapper à Johnny, donc, j'ai expliqué à Mme Wolinsky que j'avais déjà une sortie prévue avec McQuinn.

Jody ouvrit de grands yeux.

— Un rendez-vous avec McQuinn ? Et tu ne m'avais rien dit ?

— Je ne t'ai rien dit pour la bonne raison que mon histoire était inventée de toutes pièces ! Je lui ai raconté ce truc invraisemblable parce que j'étais prise de court, qu'il fallait bien que je dise quelque chose, et que le nom de McQuinn — Dieu sait pourquoi — m'a traversé l'esprit. Mon gros problème, c'est que je n'ai jamais su mentir.

— Parce que tu manques de pratique, déclara doctement Jody. Si tu t'entraînais un peu, tu t'améliorerais sûrement.

Cybil éclata de rire.

— J'adore tes conseils, Jody ! Quoi qu'il en soit, j'ai réalisé que je m'étais mise dans une situation délicate, puisque Mme Wolinsky allait forcément nous guetter pour nous voir sortir ensemble. Il ne me restait donc plus qu'à passer un arrangement avec McQuinn pour qu'il accepte de tenir le rôle. Je lui ai donc proposé cent dollars et un dîner.

Jody ouvrit des yeux comme des soucoupes.

— Tu l'as payé ! Mais c'est *brillant,* comme idée ! C'est ce que j'aurais dû faire, la première année où j'étais à la fac, au lieu de pleurer tous les soirs parce que aucun garçon ne s'intéressait à moi. Comment en es-tu arrivée à cette somme de cent dollars ? Tu crois que c'est le tarif en vigueur ?

— Le montant m'a paru correct. McQuinn est sans emploi et j'ai pensé que quelques billets et un repas chaud pourraient le dépanner pour quelques jours… Et ça s'est bien passé, figure-toi. On a beaucoup parlé. Enfin… moi surtout, car McQuinn n'est pas loquace.

— McQuinn, murmura pensivement Jody. Ça sonne bien, mais ça ne lève pas entièrement le mystère qui entoure cet homme. Tu ne connais pas son prénom ?

— Il ne me l'a pas encore dit, non. Mais attends, l'histoire se corse : en sortant du restaurant, il était presque détendu. Je crois que j'ai réussi à percer un peu sa carapace, Jody ! On marchait sur le trottoir en riant, comme deux vieux amis. Et tout à coup, l'horreur : j'aperçois la voiture de Johnny. Dans un sursaut de panique, je réalise que Mme Wolinsky ne me lâchera jamais avec son neveu, sauf si je lui prouve par a + b que j'ai déjà quelqu'un dans ma vie.

Et là, sur une impulsion, je passe un nouveau deal avec McQuinn. Pour cinquante dollars de plus, il a accepté de m'embrasser sous ses fenêtres.

Jody eut une moue dubitative.

— A ta place, j'aurais inclus la prestation dans le tarif de base.

— Impossible. Nous avions déjà fixé les termes du contrat. Et Mme Wolinsky nous guettait derrière ses rideaux. Il était trop tard pour renégocier, de toute façon. Résultat : il m'a prise dans ses bras, au beau milieu du trottoir.

Impressionnée, Jody mordit dans son muffin.

— Et comment s'y est-il pris ?

Cybil ferma un instant les yeux.

— Comment dire ? Il m'a attirée à lui d'un coup sec. D'une brusque saccade, si tu vois ce que je veux dire.

Jody hocha la tête d'un air approbateur.

— Le coup sec, c'est très bien. Ça fait viril et passionné à la fois.

— Je me suis retrouvée collée contre lui. Et dressée sur la pointe des pieds, car il est très grand.

Du bout de la langue, Jody cueillit une miette de muffin restée sur ses lèvres.

— C'est vrai qu'il est grand. Et charpenté.

— Pour être charpenté, il est charpenté, oui. Et dur comme un roc.

Jody en gémit de délice.

— Quelle histoire ! Donc, tu te retrouves pressée contre lui. Comment a-t-il procédé ensuite ?

— Eh bien là... sa bouche est descendue en piqué.

— Oh, oh : la brusque saccade et la descente en piqué. C'est un grand classique. Mais pas si simple à réaliser, crois-moi. Peu d'hommes y parviennent, si tu veux mon avis. Chuck l'a réussi brillamment à notre sixième rendez-vous. C'est comme ça que nous nous sommes retrouvés dans mon lit ce soir-là, à partager une pizza à même le carton, au lieu de dîner au restaurant comme prévu.

— La saccade et le piqué…, murmura Cybil, les yeux mi-clos. McQuinn l'a fait du premier coup. Et pas qu'à moitié. J'ai cru que ma tête allait exploser. Puis il m'a écartée de lui — toujours d'un mouvement brusque — et il m'a regardée.

— Oh, la vache ! chuchota Jody.

— Et rebelote : il a remis ça.

Jody lui agrippa la main.

— Tu as eu droit à un second ? Sur le même mode que le premier ? Tu te rends compte, Cybil, à quel point tu es privilégiée ? Il y a des femmes qui passent une vie entière à attendre en vain une double saccade avec descente en piqué.

— Pour moi, c'était le premier, admit Cybil. Et c'était… *grandiose*.

— O.K., O.K. Décris-moi le baiser proprement dit, maintenant.

— Il a été brûlant. Au début, j'ai cru que je prenais feu.

Jody porta la main à sa poitrine.

— Il va falloir que j'ouvre la fenêtre. J'ai des palpitations, tout à coup. Mais ne t'arrête pas là, surtout. Continue à me parler de tes sensations.

— Eh bien, comment dire ? Je me suis sentie dévorée, aspirée, absorbée…

Incapable de trouver ses mots, Cybil décrivit un grand cercle avec ses mains.

— C'était comme si ma tête flottait à un mètre au-dessus de moi. Et... et... c'est indescriptible !

Jody lui saisit les épaules.

— Voyons, sur une échelle de un à dix, comment noterais-tu ce baiser ?

Cybil ferma un instant les yeux.

— Il n'y a pas d'échelle.

— Comment ça, il n'y a pas d'échelle ?

— Je t'assure.

Jody fit la moue.

— Le hors-échelle n'existe pas. C'est un mythe. Une légende.

— Erreur. Il existe. Et il vient d'être éprouvé, déclara Cybil sobrement. Je suis catégorique.

Portant la main à sa poitrine, Jody se laissa tomber sur la chaise la plus proche.

— Ainsi tu as fait l'expérience d'un hors-échelle. Je te crois, Cyb. Venant de n'importe qui d'autre, j'aurais eu des doutes. Mais toi, tu ne mens pas.

— Merci de ta confiance, Jody.

Sourcils froncés, son amie secoua la tête.

— Tu sais ce que cela signifie, n'est-ce pas ? Tu es fichue pour la suite. Même un baiser noté dix ne pourra plus te satisfaire. Tu vas passer ton temps à attendre le prochain hors-échelle.

Du bout de son crayon, Cybil se tapota les lèvres.

— J'ai médité sur la question. Mais je crois qu'il est possible d'avoir une vie heureuse et épanouie, même après une expérience aussi confondante. Les gens vont sur la lune et ils en reviennent. On peut voguer dans les hauteurs de la stratosphère, mais pas indéfiniment. Il faut aussi savoir redescendre sur terre et se contenter de baisers de qualité plus médiocre.

— Quelle sagesse ! chuchota Jody en sortant un mouchoir de sa poche pour se tapoter les yeux. Je t'admire, tu sais.

Avec un large sourire, Cybil l'embrassa sur la joue.

— Merci. Mais en attendant, rien ne m'empêche d'aller frapper de temps en temps à la porte d'en face pour voir où en est McQuinn de ses descentes et de ses piqués…

Comme elle ne voulait pas avoir l'air trop pressée, Cybil s'interdit de traverser le palier et resta chez elle à travailler toute la matinée. Il était 14 heures passées lorsqu'elle s'accorda enfin une pause. A cette heure, son voisin apprécierait peut-être de boire un café ? A moins qu'elle ne lui propose de faire un tour dehors ? De s'asseoir dans l'herbe d'un parc et de se gorger de fleurs et de soleil ?

Cybil s'étira avec un large sourire. C'était décidé : elle ferait en sorte que McQuinn sorte plus souvent de son appartement. Et qu'il profite enfin de tous les plaisirs que la ville avait à offrir. Ce n'était pas sain pour lui de rester bouclé chez lui toute la journée. A s'inquiéter au sujet de son chômage, sans doute. Et de ses factures à payer.

Alors qu'il avait le talent et l'envergure nécessaires pour gagner correctement sa vie. Elle se faisait fort, d'ailleurs, de lui trouver des contrats rapidement.

Cybil entendit le chant triste du saxophone alors

qu'elle se maquillait dans la salle de bains. Un frisson la parcourut. La musique glissait sur elle, l'enveloppait de ses volutes, lui courait sur la peau comme un vent de mélancolie profonde.

— Hé, McQuinn ? chuchota-t-elle. Pourquoi pleure-t-il si tristement, ton saxophone, aujourd'hui ? On dirait que tu es encore plus désespéré que d'habitude.

Il méritait bien une petite pause lui aussi. Il lui fallait plus de lumière, plus de gaieté, plus de vie autour de lui. Elle avait envie d'effacer la lueur sarcastique dans ses yeux, de lisser le pli amer au coin de ses lèvres. De lui montrer que le monde pouvait être neuf, vibrant, généreux.

Cybil soupira. Au fond, elle était aussi idéaliste et naïve que son héroïne. A l'instar d'Emily, elle se sentait investie de la mission d'aider son voisin, de guérir le fond de tristesse en lui.

Oh, et puis, pourquoi pas, après tout ? Elle avait réussi à le faire rire. A contourner quelques défenses. C'était déjà un bel exploit. Elle avait envie de s'y essayer de nouveau, de voir la lueur d'amusement dans ses yeux lorsqu'elle trouverait les points faibles dans sa cuirasse.

Et où était le mal si quelques étincelles sexuelles s'allumaient ici et là au passage ?

Elle descendait dans la cuisine en chantant lorsque l'Interphone sonna.

— Oui ?

— Bonjour. Je suis à la recherche de McQuinn. C'est ici ?

— Non, lui, c'est au 3B.

— C'est ce qu'il me semblait. Alors pourquoi ne répond-il pas, bon sang ?

— J'imagine qu'il n'a pas dû vous entendre. Il est en train de jouer du saxo.

— Cela vous ennuierait de m'ouvrir ? Je suis son agente et j'ai déjà pris un retard monstre à l'attendre.

Son agente ! Cybil se félicita du hasard heureux qui avait voulu que cette femme sonne à sa porte. C'était une occasion inespérée de lui communiquer la demi-douzaine de noms auxquels elle avait pensé. Il était temps que McQuinn se produise sur de nouvelles scènes. A elles deux, elles le sortiraient de cette mauvaise passe.

— Pas de problème. Montez.

Elle débloqua la porte d'entrée et sortit sur le palier pour attendre. Cybil s'était préparée à voir une personne d'allure modeste — le genre d'agent que l'on imagine en charge d'un musicien désargenté. Mais la femme blonde qui sortit de l'ascenseur poussif avait une allure archiprofessionnelle. Une nette aura de succès flottait autour de sa chevelure de lionne. La silhouette était effilée, le visage aigu, la démarche assurée.

Son tailleur rouge sentait la haute couture à plein nez. Quant à son attaché-case en cuir, il devait valoir à lui seul un mois de loyer dans un grand appartement du centre-ville.

Cybil fronça les sourcils. Pourquoi McQuinn se trouvait-il sur la paille alors que son agente vivait manifestement sur un grand pied ?

— 3A ?

— Oui, c'est moi, bonjour. Je m'appelle Cybil.

— Mandy Dresher… Merci pour votre aide, Cybil. Notre ami McQuinn a coupé son téléphone portable une fois de plus. Et il semble avoir oublié que nous avions rendez-vous aux Quatre Saisons à 13 heures.

Cybil n'en revenait pas.

— Aux Quatre Saisons ? Le restaurant gastronomique sur Park Avenue ?

— Parce qu'il en existe un autre ?

Avec un léger rire, Mandy actionna la sonnette. Et, connaissant l'oiseau, elle maintint son doigt appuyé.

— Notre ami Preston est bourré de talent mais c'est un ours mal léché, observa-t-elle avec bonne humeur.

— Preston…, murmura Cybil faiblement. *Preston McQuinn…*

Elle se passa la main sur les paupières et poussa un soupir mortifié.

— L'auteur de *La Valse des Âmes mortes*, c'est ça ?

— Lui-même, acquiesça joyeusement Mandy Dresher. Allez, Preston, fais un effort et ouvre ta porte, nom de nom ! C'est toujours la croix et la bannière pour le sortir de sa tanière, celui-là ! Je pensais que ce serait royal de l'avoir sous la main à New York pendant quelques mois. Mais rien à faire, ça reste une course d'obstacles… Ah, ça y est. Il débloque son verrou.

La porte s'ouvrit à la volée.

— Qu'est-ce qui se passe encore ? Il n'y a donc pas moyen de travailler tranquille dans cette… Ah, c'est toi, Mandy.

— Oui, c'est moi, Mandy. Tu m'as fait faux bond pour le déjeuner et je t'ai déjà laissé cinq messages sur ton portable. Sans résultat.

— Le déjeuner ? Quel déjeuner ?

Mandy soupira.

— Nous avions rendez-vous à 13 heures aux Quatre Saisons, Preston.

— Bon sang, oui, tu as raison. C'est bizarre que le téléphone n'ait pas sonné.

— Tu l'as chargé, au moins ?

— Probablement pas, non.

Le regard de Preston tomba sur Cybil. Debout de l'autre côté du palier, le visage livide, elle lui fit penser à une statue de cire.

— Entre, Mandy. Et accorde-moi juste une minute.

— Je t'ai déjà accordé une heure et j'ai mieux à faire de mon temps que de t'attendre, McQuinn.

Mandy Dresher jeta un regard par-dessus son épaule avant de pénétrer dans l'appartement.

— Au revoir, Cybil. Et encore merci de m'avoir ouvert.

— Je vous en prie.

Preston allait lui emboîter le pas lorsque Cybil darda son regard vert dans le sien.

— Salaud, fit-elle sans élever la voix juste avant de refermer sa porte.

Il entendit la voix impatiente de Mandy dans son dos.

— Et où est-on censé s'asseoir, dans ta bauge ?

— Par terre. Ou là-haut si tu préfères une chaise, répondit-il distraitement, contrarié de sentir les griffes d'acier de la culpabilité se resserrer sur lui.

Imposant silence à la voix de sa conscience, il concentra son attention sur Mandy.

— Je campe à l'étage au-dessus, en fait.

— Camper est le mot, oui, acquiesça Mandy en

posant son attaché-case sur le plan de travail de la cuisine. Qui est la jeune femme d'en face, au fait ?

— Personne... Enfin, je veux dire Campbell. Cybil Campbell.

— Il me semblait bien que j'avais déjà vu sa tête quelque part. Je connais bien son agent. Il l'adore. Jure ses grands dieux que Cybil Campbell est le seul créateur au monde qui ne soit ni névrosé, ni hypocondriaque, ni narcissique. Elle respecte ses délais, ne se plaint jamais, travaille dans la bonne humeur et lui rapporte une fortune.

Mandy le regarda d'un œil torve.

— J'essaye d'imaginer ce que serait ma vie avec un client libre de toute névrose qui se souviendrait des rendez-vous que je lui fixe et qui m'enverrait des fleurs pour mon anniversaire. Le nirvana...

— Les névroses font partie du bonhomme. Mais je suis désolé pour le déjeuner.

Mandy l'examina avec une soudaine sollicitude.

— Que se passe-t-il au juste, Preston ? Tu as l'air épuisé. Tu coinces sur la pièce ?

— Non, non. Elle avance. Plus vite que prévu, même. Je manque juste un peu de sommeil.

— Je parie que tu passes la moitié de tes nuits à souffler dans ton cor de chasse ?

— Saxophone, Mandy. Saxophone... Et il y a un moment que je ne suis pas allé au club.

Il était bien trop occupé à penser à sa voisine d'en face. A désirer immodérément Mlle 3A. Laquelle le considérait désormais comme la dernière des ordures.

— Quelques mauvaises nuits n'ont jamais tué personne.

— Mmm…

Mandy lui effleura la joue avec une affection bourrue.

— Tu me dois un déjeuner, en tout cas. Tu as du café quelque part ?

— Il doit en rester une tasse ou deux. Mais il est déjà vieux de quelques heures.

— Bon, je me charge d'en refaire.

Après avoir mis la cafetière en route, elle entreprit d'inspecter ses placards. Preston la regarda faire, résigné à subir les réflexions horrifiées qui ne manqueraient pas de suivre. Mandy avait toujours considéré qu'il entrait dans ses attributions de veiller à sa survie.

— Bon sang, McQuinn, tu as entamé une grève de la faim, ou quoi ? Tu n'as strictement plus rien de mangeable dans cette cuisine, à part quelques miettes de chips rances et un bout de pain tellement moisi que même un rat affamé n'en voudrait pas.

— J'avais l'intention de faire les courses hier, mais j'ai été détourné de mon projet.

Son regard se tourna vers la porte et ses pensées vers Cybil.

— La plupart du temps, je me fais livrer un repas à domicile.

— A l'aide de ton téléphone que tu laisses sonner sans jamais répondre ?

— Je le rechargerai, Mandy.

— Essaye d'y penser, oui. Si tu l'avais fait plus tôt, nous serions assis aux Quatre Saisons en train de boire du champagne.

Les deux mains à plat sur le bar, elle se pencha vers lui avec un large sourire.

— J'ai négocié le contrat, Preston. *La Valse des*

Ames mortes va sortir sur les écrans. Tu as eu les producteurs que tu voulais, le réalisateur que tu exigeais et la possibilité d'écrire le scénario toi-même. Tout cela, plus une somme rondelette pour les droits.

Elle cita un montant qui aurait fait bondir de joie n'importe qui. Sauf Preston McQuinn, naturellement.

— J'espère qu'ils ne ficheront pas ma pièce en l'air, marmonna-t-il avec inquiétude.

Mandy soupira.

— Ah, on peut te faire confiance pour voir du négatif même lorsque tout baigne. Tu n'as qu'à écrire l'adaptation toi-même.

Preston secoua la tête.

— Non.

Il s'avança vers la fenêtre pour se donner le temps de digérer la nouvelle. Adaptée au cinéma, sa pièce perdrait le caractère intime qu'elle avait toujours gardé sur scène. D'un autre côté, elle toucherait un plus large public. Et il n'avait jamais eu le désir d'écrire pour une élite mais de s'adresser à l'humanité au sens large — à l'intellectuel comme à l'homme de la rue.

— Je n'ai pas envie de me replonger dans l'ambiance de la *Valse*, Mandy. Elle appartient à une phase de ma vie que j'ai laissée derrière moi, maintenant.

Elle versa le café et le rejoignit près de la fenêtre.

— Tu veux t'assurer un droit de relecture et de supervision, alors ? proposa-t-elle.

— Oui, ça m'irait. Tu peux m'arranger ça ?

— Je peux t'arranger ça. Et maintenant, si tu as fini de sauter de joie au plafond en poussant des « youpi ! », nous allons peut-être pouvoir parler de ton œuvre en cours ?

Avec un léger sourire, il posa son café sur le rebord de la fenêtre et prit le visage de Mandy à deux mains.

— Tu es le meilleur et certainement le plus patient des agents de la Création.

— Ah ça, pour l'être, je le suis. J'espère que tu es aussi fier de toi que je le suis. Tu as l'intention d'appeler ta famille ?

— Dans quelques jours. Le temps de laisser décanter un peu.

— La nouvelle va circuler, Preston. Ce serait quand même plus sympa qu'ils l'apprennent de ta bouche qu'en lisant les journaux.

— Tu as raison. Je vais leur passer un coup de fil... Une fois que j'aurai rechargé mon téléphone, précisa-t-il lorsqu'elle lui jeta un regard noir. Et si tu me laisses cinq minutes pour me décrasser et me changer, je t'emmène le boire, ce champagne. Ça te va ?

— Ça me va... Ah, juste une question encore, lança-t-elle alors qu'il s'élançait dans l'escalier. As-tu l'intention de me raconter ce qui se passe entre la jolie Mlle 3A et toi ?

— Je crains qu'il ne se passe plus grand-chose, en l'occurrence, murmura-t-il sombrement en reprenant son ascension.

Pourquoi au juste il frappa à la porte de Cybil ce soir-là, Preston n'aurait su le dire. Mais il ne pouvait laisser sans réponse le regard d'oiseau blessé qu'elle lui avait jeté quelques heures plus tôt.

Cela dit, il refusait catégoriquement de se sentir coupable. Il ne lui avait pas demandé de fourrer son nez dans ses affaires, après tout. N'avait-il pas tout fait pour la décourager, au contraire ?

« Au début, oui. Mais hier au soir, Preston ? »

Il pesta en silence. La veille, il s'était laissé entraîner bêtement. Il n'aurait pas dû agir sur un coup de tête et se prêter à une comédie qui lui avait paru innocente. Pas dû y prendre plaisir surtout.

Et pas dû l'embrasser non plus.

Cela dit, ce baiser n'aurait jamais eu lieu si elle ne le lui avait pas « acheté » pour la modique somme de cinquante dollars.

Lorsqu'elle ouvrit sa porte, il avait son discours déjà prêt :

— Ecoute, je suis désolé, lâcha-t-il avec un geste irrité de la main. Mais cela ne te regardait pas, de toute façon. On va s'expliquer là-dessus tout de suite et après on n'en parle plus.

Il voulut entrer mais Cybil l'arrêta net en lui frappant la poitrine du plat de la main.

— Stop. Tu ne mets pas les pieds chez moi.

— Attends, Cybil, tu ne vas quand même pas faire un drame pour ça ! C'est toi qui as commencé, après tout ! J'ai peut-être laissé les choses aller un peu loin, mais…

— Commencé quoi ?

— Ce n'est pas toi qui es venue me chercher, peut-être ?

Il était furieux contre lui-même, furieux de ne pas trouver ses mots, furieux de l'avoir blessée et de le lire dans ses yeux.

— Bon, d'accord, c'est vrai. C'est moi qui ai commencé. J'ai commis le crime suprême de t'apporter une assiette de biscuits. Ce qui, je l'admets, était un geste terriblement déplacé de ma part. Je n'avais pas à m'inquiéter non plus du fait que tu paraissais être sans emploi. Je n'avais pas à t'offrir un repas chaud en pensant que cela te calerait l'estomac.

— Cybil…

— Tu ne m'as pas détrompée, *Preston*. Tu m'as laissé m'enfoncer dans mon erreur sans prononcer un mot. Comme tu as dû rire de mes tentatives de « sauvetage » ! Le brillant auteur dramatique Preston McQuinn, plébiscité par le public et la critique, traité comme un pauvre musicien sans le sou. Quelle farce ! Tu dois d'ailleurs être stupéfait que je connaisse ton œuvre. Une pauvre illuminée de mon genre, avec mon « gentil petit talent ».

De nouveau, elle le repoussa avec violence.

— Comment une minable petite dessinatrice de BD pourrait-elle comprendre quelque chose à l'art avec un grand A ? Que sait-elle du théâtre, du vrai ? Qu'entend-elle à la *littérature* ? Un écrivain qui s'exalte dans les hauteurs de la création a bien le droit de s'amuser un peu, n'est-ce pas ? Espèce de snob, hautain et prétentieux !

Cybil se mordit la lèvre. Sa voix tremblait alors qu'elle s'était promis de rester calme, froide et distante.

— Tout ce que je voulais, c'était t'aider, McQuinn.

— Contre mon gré !

La voir au bord des larmes le mettait hors de lui. Les pleurs étaient une arme redoutable que les femmes utilisaient pour tromper, biaiser, manipuler. Et il n'avait pas l'intention de tomber une seconde fois dans le piège.

— Le métier que je fais ne regarde que moi.

— Ah oui ? Alors que tes pièces sont produites sur Broadway ? C'est très confidentiel, en effet ! Et même si tu ne voulais pas dire qui tu étais, rien ne t'obligeait à faire semblant d'être un saxophoniste !

Preston explosa.

— Je joue de ce fichu saxophone parce que *j'aime* jouer de ce fichu saxophone ! Je n'ai jamais affirmé être quoi que ce soit. Tu as tiré tes propres conclusions.

— Et tu m'as laissée faire !

— Et alors ? J'ai emménagé ici pour travailler à ma pièce sans être dérangé. Pour écrire, j'ai besoin d'être seul, tranquille, au calme. Résultat : au bout d'une semaine à peine, tu débarques avec tes cookies. Le soir même, tu me suis dans la rue et je passe la moitié de ma nuit au poste. A peine remis de ces mésaventures, je me trouve sollicité pour dîner avec toi, car tu es incapable d'expliquer à l'espèce de concierge qui vit au rez-de-chaussée que tu as mieux à faire dans la vie que de subir la compagnie de son tripoteur de neveu. Et pour couronner le tout, tu me proposes cinquante dollars pour t'embrasser !

Une première larme roula sur la joue de Cybil. Preston sentit son estomac se nouer.

— Ah non, pas ça. Ne me fais pas le coup de pleurer, tu m'entends ?

— Ne pas pleurer alors que tu m'humilies ? Que tu me couvres de honte et de ridicule ?

Elle ne prit même pas la peine de cacher ses larmes, se contentant de fixer sur lui ses immenses yeux verts noyés de chagrin.

— Désolée, mais je suis faite comme ça. Je pleure quand quelqu'un me fait mal.

— Ce qui est arrivé, tu l'as cherché, Cybil.

Il le lui lança d'autant plus violemment à la figure qu'il voulait se convaincre lui-même. Et comme il échoua à les persuader l'un et l'autre, il prit la fuite en traversant le palier.

La voix calme de Cybil s'éleva derrière lui.

— Les faits, tu les as bien enregistrés, Preston. Tu les as soigneusement nommés et alignés. Ce qui t'échappe, en revanche, ce sont les sentiments qui les accompagnent. Je t'ai apporté des cookies parce que je pensais que tu pourrais avoir besoin de soutien et de compagnie. Je me suis déjà excusée de t'avoir suiv. Mais je peux recommencer.

— Je ne te demande pas de…

— Je n'ai pas fini, l'interrompit-elle avec une calme dignité qui acheva de le culpabiliser. Si je t'ai proposé un dîner, c'est : un, parce que je ne voulais pas blesser inutilement une femme déjà âgée ; deux, parce que je pensais que tu souffrais peut-être de la faim. J'ai passé un très bon moment avec toi et je ne suis pas restée indifférente quand tu m'as embrassée. Je pensais — manifestement à tort — que tu avais également ressenti quelque chose de ton côté.

Elle lui décocha un sourire glacial, même si les larmes continuaient à couler de plus belle.

— Donc, oui, tu as raison, Preston : je l'ai cherché. Je suppose que la part de sensibilité en toi, tu la déverses dans l'écriture et que, dans la vie courante, tu es complètement blindé. Je le regrette pour toi car ton existence en est appauvrie. Je suis désolée d'autre part d'avoir envahi ton territoire sacré. Mais sois tranquille : plus jamais je ne commettrai ce sacrilège à l'avenir.

La porte de Cybil se ferma sous son nez avant qu'il ait pu ouvrir la bouche pour répondre. Il y eut le petit claquement sec, définitif, d'un verrou que l'on tourne.

Puis ce fut le silence.

Pénétrant chez lui, Preston se boucla à son tour. Il avait obtenu ce qu'il voulait. La solitude. Le calme. Elle ne reviendrait plus frapper à sa porte pour le distraire, l'inonder de son flot joyeux de paroles, éveiller chez lui des émotions, des désirs dont il n'avait que faire.

Seul, épuisé par la tempête et dégoûté de lui-même, il demeura immobile, dans le noir, sans autre horizon devant lui que le trou béant que constituait son appartement vide.

Chapitre 5

Preston ne dormait plus que par bribes. Et ces bribes étaient peuplées de rêves où il se tenait debout, enlacé à Cybil. Tantôt il était acculé contre un mur, tantôt il se trouvait au bord d'une falaise.

Chaque fois, il se rendait compte qu'elle l'avait manœuvré pour le placer dans une situation où elle devenait son seul recours. Quoi d'étonnant si, à partir de là, la scène prenait une coloration distinctement érotique ? Si bien qu'il se réveillait en sursaut, furieux, excité, et obsédé par le souvenir des deux baisers que Cybil et lui avaient échangés en version *live*.

Il était incapable de manger. Rien ne lui faisait envie. Et tout lui rappelait péniblement le simple repas italien que Cybil et lui avaient partagé dans la bonne humeur quelques soirs plus tôt. Il ne se nourrissait que de café fort qui lui vrillait les nerfs et l'estomac.

Mais s'il était incapable de dormir et de manger, il écrivait comme il n'avait encore jamais écrit. Dans l'état de frustration exacerbée où il se trouvait, il pouvait se couler sans difficulté dans ses personnages. C'était comme s'il extirpait de lui-même une nourriture essentielle que les protagonistes de sa pièce absorbaient goulûment. Ainsi ses personnages s'étoffaient et prenaient corps au fur et à mesure où il perdait de sa substance.

Un phénomène qui, par quelque mystérieuse alchimie, le vidait et le remplissait, tour à tour.

Preston songeait parfois aux paroles qu'avait prononcées Cybil avant de lui fermer la porte au nez : que sa sensibilité passait entièrement dans sa création et qu'il en était coupé dans la vie courante.

Elle avait raison et c'était mieux comme ça. Son entourage était extrêmement restreint : ses parents et sa sœur qu'il aimait, même s'il les maintenait à distance ; André et Delta, ses seuls amis véritables. Et Mandy à qui il vouait une entière confiance. Mandy qui le poussait quand il avait besoin d'être poussé, l'écoutait quand il avait besoin de se confier et qui semblait toujours garder un fond d'affection pour lui, même lorsqu'il ne se supportait plus lui-même.

Ses quelques proches lui suffisaient. Et il n'était pas prêt à laisser une femme jeune et désirable s'infiltrer dans le cercle de ses intimes. Une fois, oui. Mais pas deux. Il avait appris sa leçon depuis Pamela, et veillait à maintenir les candidates à distance respectable.

Pamela l'avait immunisé à force de mensonges, de comédies et de trahisons. S'il avait été crédule à vingt-cinq ans, il était devenu cynique à trente. Et il se considérait désormais comme à l'abri de la tentation.

Convaincu que l'amour était un leurre bon pour les imbéciles, il avait gardé l'option plaisir et mis une croix sur le reste. Et ce mode de fonctionnement lui convenait à merveille.

Dans ce parcours sans faute, Cybil arrivait comme un grain de sable venu se coincer dans les rouages :

il avait beau multiplier les stratégies pour l'oublier, elle revenait immanquablement hanter ses pensées.

Il l'avait entendue sortir à plusieurs reprises, ces trois derniers jours. Et les rires, la musique et les voix dans l'appartement voisin l'avaient troublé plus d'une fois dans sa concentration.

Cybil, avec son talent immodéré pour la vie, était déjà passée à autre chose, de toute évidence. Alors pourquoi se torturait-il encore à ce point ?

Pourquoi ? Parce qu'il était travaillé par la culpabilité, ni plus ni moins. Il avait blessé Cybil sans le vouloir. D'une certaine façon, il avait été sous le charme. Et il s'était laissé entraîner sans réfléchir aux conséquences. Pas un instant, il n'avait songé qu'elle pourrait se sentir ridicule ou humiliée.

Preston soupira. Il s'était cru immunisé contre les larmes féminines, mais il avait eu tort. Voir Cybil en pleurs l'avait consterné. Même s'il savait d'expérience que certaines filles étaient capables de se transformer en Madeleine sur commande.

Mais sur les joues de Cybil, les larmes lui avaient paru sincères. En vérité, elle pleurait aussi spontanément qu'elle riait, avec le naturel inimitable qu'elle avait en toute chose.

Preston pesta avec force et recommença à faire les cent pas. Qu'il le veuille ou non, ce malentendu avec Cybil était devenu un problème — son problème. Et tant qu'il n'aurait pas réglé la question avec elle, sa conscience continuerait à le titiller.

Autant l'admettre : il s'y était pris comme un rustre pour lui présenter ses excuses. Il retournerait donc la voir et lui ferait ses excuses dans les règles de l'art.

Il n'y avait aucune raison, après tout, pour qu'ils soient ennemis. Cybil était la petite-fille d'un homme qu'il admirait et respectait. Et que penserait Daniel MacGregor s'il apprenait qu'il avait fait pleurer la « chère enfant » sur laquelle il lui avait demandé de veiller ?

Preston réalisa soudain que l'opinion de Daniel MacGregor comptait pour lui. « Et celle de Cybil tout autant », souffla en lui une petite voix.

Voilà pourquoi il arpentait sa salle de séjour vide au lieu de rester rivé à son ordinateur. Il avait entendu Cybil quitter son appartement une heure plus tôt. Mais, le temps d'enregistrer son travail et de descendre, et l'oiseau s'était envolé. Qu'importe. Elle finirait bien par revenir tôt ou tard. Et il était prêt à l'attendre le temps qu'il faudrait.

Avec un peu de chance, elle finirait par passer l'éponge. Il ne faisait aucun doute que sa voisine d'en face avait le cœur tendre. S'il exprimait des regrets sincères, elle lui pardonnerait volontiers.

Du moins… Avec une moue dépitée, Preston songea au billet de cent dollars qu'il avait accepté. L'idée de se faire passer pour un artiste dans le besoin l'avait beaucoup amusé sur le coup. Mais avec le recul, il se rendait compte à quel point son attitude avait pu paraître méprisante.

Par chance, Cybil avait de l'humour. Il avait tort de s'inquiéter de sa réaction, d'ailleurs. Dès qu'il se serait expliqué, ils en riraient de bon cœur ensemble. Une nature aussi généreuse que la sienne ignorait *forcément* la rancœur.

Un seul coup d'œil à la mine courroucée de Cybil aurait prouvé le contraire à Preston s'il l'avait vue dans l'ascenseur qui s'élevait lentement vers le troisième étage. L'idée même d'avoir à passer devant la porte de McQuinn la rendait folle de rage. Chaque fois qu'elle mettait un pied sur le palier, le souvenir de l'humiliation subie revenait la harceler. De sa vie, elle ne s'était sentie aussi stupide. Et elle aurait volontiers étranglé le prétentieux imbécile qui lui avait infligé ce camouflet.

Encombrée par ses deux paniers, Cybil tenta de pêcher ses clés au fond de son sac. Mais l'ascenseur s'immobilisa avant qu'elle soit parvenue à mettre la main sur le trousseau. Pestant tant et plus, elle serra brusquement les lèvres en découvrant Preston sur le palier.

— Euh, Cybil...

Décontenancé par son regard glacial, il reporta son attention sur les paniers.

— Je peux te donner un coup de main ?

— Je me débrouillerai très bien toute seule, merci.

Cramponnée à ses provisions, elle fouilla désespérément dans son sac. Mais ses clés prenaient un malin plaisir à jouer à cache-cache.

— Tu vois bien que tu as besoin d'aide. Tu ne retrouves jamais rien dans ce sac.

Le sourire de Preston s'évanouit lorsqu'elle refusa de lâcher ses fichus paniers. Il finit par les lui arracher de force.

— Bon, ça suffit maintenant ! Je t'ai déjà dit que

j'étais désolé. Il faudra que je te le répète combien de fois avant que tu cesses de faire la tête ?

— Ecarte-toi de mon chemin, McQuinn.

Sortant enfin sa clé, elle l'introduisit rageusement dans la serrure.

— Rends-moi mes provisions, maintenant.

— Entre d'abord. Je te les dépose dans la cuisine.

— Jamais, tu m'entends ? Je t'ai déjà dit que tu ne remettrais plus les pieds chez moi.

Ils recommencèrent à tirer de toutes leurs forces sur les paniers, comme deux gamins se disputant un jouet.

Cybil finit par lâcher prise.

— Oh, et puis zut ! Tu n'as qu'à les garder, tiens !

Elle se précipita à l'intérieur, mais il réussit à coincer le battant de la pointe de sa chaussure avant qu'elle ne le lui claque au nez. Il entra chez elle de force et ils se mesurèrent du regard. Notant une lueur suspecte dans les yeux verts de Cybil, il secoua la tête.

— Inutile d'y aller avec les poings. Ça ne marchera pas avec moi.

Cybil évalua l'adversaire d'un œil expert et songea qu'en frappant fort et juste, elle pourrait quand même commettre quelques dégâts. Mais tout compte fait, elle préférait laisser tomber. En l'attaquant physiquement, elle lui accorderait une importance qu'elle refusait de lui donner.

Les bras croisés sur la poitrine, elle attendit qu'il ait posé ses paniers sur le bar.

— Parfait. Merci. Tu as terminé ta livraison. Tu veux un pourboire ?

— Très drôle.

Il sortit de sa poche le billet de cent dollars qu'elle lui avait donné.

— Tiens.

Elle jeta à l'argent un bref regard indifférent.

— Garde-le. Tu l'as gagné.

— Sûrement pas, non. D'autant plus que la plaisanterie semble avoir tourné à l'aigre.

Les yeux verts lancèrent des flammes.

— Une *plaisanterie*, tu dis ? Ha, ha ! quel humour ! Tiens, à propos, je te dois encore cinquante dollars.

Exaspéré, il la vit tendre la main vers son sac.

— Ne pousse pas le bouchon trop loin, Cybil. Reprends cet argent tout de suite.

— Non.

— Je t'ai dit de prendre cet argent ! Ce n'est pas possible d'être obstinée comme ça.

Il lui saisit le poignet, lui ouvrit la main de force et plaça les cent dollars dans sa paume.

— Voilà. Et maintenant...

Il s'interrompit net en la voyant réduire le billet en confettis.

— Et hop ! Le problème est réglé.

Il compta jusqu'à dix pour tenter de se calmer.

— Ce n'est pas très intelligent ce que tu viens de faire là, Cybil.

— Une stupidité de plus ou de moins de ma part, ça ne devrait pas faire trop de différence. Tu peux disposer, maintenant.

Le ton était hautain à souhait. Une princesse s'adressant au dernier de ses palefreniers ne se serait pas exprimée avec plus de dédain.

— Très efficace, commenta-t-il. J'ai failli t'obéir.

La suggestion qu'elle lui fit alors était plus imagée. Et Preston en demeura un instant sous le choc.

— Pas mal. Je suppose que ce n'est pas à prendre au sens sexuel du terme ?

Cybil se détourna sans répondre et entreprit de ranger ses courses. Puisque les insultes ne marchaient pas, il ne lui restait plus qu'à faire abstraction de sa présence. A la longue, il finirait bien par se lasser.

La méthode aurait sans doute marché si Preston n'avait pas vu ses doigts trembler alors qu'elle stockait son produit à vaisselle sous l'évier. Sa colère retomba d'un coup. Ne laissant plus derrière elle que la culpabilité.

— Je suis désolé, Cybil.

Il vit sa main s'immobiliser un instant, puis pousser résolument une boîte de conserve au fond d'une étagère.

— Je me suis laissé prendre au jeu. Je n'aurais pas dû. Je regrette.

— Il aurait suffi que tu me dises la vérité. Je t'aurais fichu la paix.

— Je ne t'ai pas menti, mais je ne t'ai pas détrompée non plus, c'est vrai. Voilà pourquoi je viens te présenter mes excuses. Mais j'ai *besoin* d'anonymat, Cybil. C'est vital pour moi.

— Eh bien, c'est parfait. Tu l'as, ta tranquillité, non ? Ce n'est pas moi qui suis venue m'introduire de force dans *ton* appartement.

— Oui, je sais.

Il fourra les mains dans ses poches, les sortit de nouveau pour laisser retomber les bras contre ses flancs. En désespoir de cause, il finit par poser ses deux paumes à plat sur le bar.

— Je t'ai blessée alors que rien ne le justifiait. Et je m'en veux.

Cybil poussa un léger soupir et ferma les yeux. Elle s'était *juré* que cela n'arriverait pas, pourtant. Mais, déjà, elle se sentait fléchir dangereusement.

— Alors pourquoi m'avoir fait marcher comme ça ?

— Parce que je pensais que cela te maintiendrait de ton côté du palier. Parce que je te trouvais un peu trop attirante à mon goût. Et aussi parce que, quelque part, ça me touchait que tu te décarcasses pour me dégoter un boulot.

Voyant les épaules de Cybil se crisper, il se reprit aussitôt.

— Ne le prends pas mal. Comment n'aurais-je pas été séduit par cette offre de cent dollars que tu me faisais pour partager un dîner ? Cent dollars pour ménager la susceptibilité d'une vieille dame et pour remplir l'estomac d'un saxophoniste fauché. C'était… comment dire ? Adorable. Et ce n'est pas un mot que j'utilise souvent, crois-moi.

Cybil prit son second panier et commença à bourrer des produits dans son réfrigérateur.

— Ce n'est pas adorable, c'est humiliant, marmonna-t-elle.

— Pas forcément.

Il se risqua de l'autre côté du bar.

— Ça t'a paru humiliant, parce que tu as appris la vérité indirectement. Si je t'avais révélé moi-même qui j'étais, nous en aurions ri ensemble. Mais j'ai eu le tort de prolonger le jeu un peu trop longtemps. Résultat : ce qui aurait dû t'arracher un sourire t'a arraché des larmes. Et ça, je ne le supporte pas.

Debout face au réfrigérateur, Cybil demeura un instant immobile. Jamais elle n'aurait imaginé que le grand Preston McQuinn aurait pris le temps de se pencher sur ses états d'âme et de s'inquiéter des conséquences de sa « bonne blague ». Mais il se sentait concerné, responsable. Et elle n'avait jamais pu résister à une manifestation de sollicitude sincère.

Elle prit une profonde inspiration. Bon. Il n'était pas interdit de prendre un nouveau départ. De recommencer en simples camarades.

— Tu veux une bière, McQuinn ?

Tous les nœuds qui s'étaient formés dans les épaules de Preston se dénouèrent d'un coup.

— Oh oui, je veux une bière. Plutôt deux fois qu'une même.

— Il me semblait bien qu'il devait y avoir urgence.

Elle décapsula la bouteille et la posa devant lui.

— Je ne t'ai jamais entendu parler autant dans un laps de temps aussi court. Tu dois avoir la gorge en feu.

— En effet. Merci.

Il vit la fossette se creuser.

— Je n'ai pas de cookies pour l'accompagner, hélas.

— Dommage. Mais tu envisages peut-être d'en refaire ?

— Cela se pourrait, oui. Mais je serais plutôt d'humeur à me lancer dans la confection d'une tarte. Il me semble d'ailleurs qu'il avait été question que je t'en offre une part avec du café, non ?

— C'est en effet le souvenir que j'ai.

Elle était *dangereusement* attirante, constata Preston, fataliste. Même habillée à la diable, même perchée sur ses chaussures bizarres, même avec deux anneaux d'or dans une oreille et un petit diamant logé dans l'autre.

Tous ces éléments dépareillés se combinaient pour former un ensemble irrésistiblement cohérent.

Lorsqu'elle se tourna pour prendre une plaquette de beurre dans son panier, il la retint par le poignet.

— Nous sommes de nouveau amis, alors ?

— On dirait, oui.

— Alors il y a autre chose, encore, annonça-t-il en reposant sa bière. Je rêve de toi.

Ce fut au tour de Cybil d'avoir la bouche sèche, tout à coup.

— Tu quoi ?

— Je rêve de toi, répéta-t-il en s'avançant pour l'acculer contre le réfrigérateur.

Preston songea, non sans satisfaction, que c'était elle, cette fois, qui se trouvait le dos au mur. Et non pas l'inverse, comme dans ses divagations nocturnes.

— Je rêve que je te tiens contre moi et qu'on se caresse, poursuivit-il en passant le bout de ses doigts sur ses seins. Et je me réveille comme imprégné de toi.

— C'est chaud, murmura-t-elle.

— Tu m'as dit que tu avais ressenti quelque chose lorsque nous nous sommes embrassés. Et que tu pensais que je n'étais peut-être pas resté indifférent de mon côté, enchaîna-t-il en laissant glisser les mains sur ses hanches. Eh bien, tu avais pensé juste.

Cybil avait soudain du mal à tenir sur ses jambes.

— J'avais pensé juste ?

— Tout à fait. Et je n'aurai pas un instant de paix avant d'avoir retrouvé ces sensations.

Elle se rejeta légèrement en arrière lorsqu'il se pencha pour cueillir ses lèvres.

— Attends. Pas si vite ! Je...

Sa bouche s'immobilisa à quelques millimètres de la sienne.

— Tu quoi ?

— Je ne sais plus.

Preston la gratifia d'un de ses rares sourires.

— Tu m'arrêteras lorsque ça te reviendra, chuchota-t-il contre ses lèvres.

Aussi étonnant que cela puisse paraître, le miracle du premier baiser se reproduisit à l'identique. Cybil ne s'y attendait pas, pourtant. Jamais elle n'aurait imaginé ressentir une seconde fois cette accélération, ce tourbillon, cette spirale ascendante. « Oh, mon Dieu, Jody avait raison », songea-t-elle confusément. Elle était fichue, désormais. Rien de ce qui suivrait dorénavant ne saurait la satisfaire, à présent qu'elle avait goûté un nouveau « hors-échelle ».

Preston buvait à ses lèvres comme à une source vive. Fraîche, éclatante, belle comme un rayon de soleil : Cybil était tout cela à la fois. Et chaleureuse, aussi. Douce. Généreuse. Tout le bonheur auquel il avait perdu l'habitude d'aspirer tremblait entre ses bras.

Pris d'un puissant élan de désir, il lui dévora le front, les joues, la peau soyeuse du cou.

— Cybil... J'ai envie de toi. Là. Tout de suite. Sur place.

— Non.

C'était le dernier mot qu'elle aurait songé à prononcer alors que le sang bouillonnait dans ses veines et qu'elle frissonnait tout entière sous ses caresses. Et pourtant, elle réitéra son refus :

— Pas ici. Pas tout de suite.

Il releva la tête. Plongea dans le sien un regard aussi agité qu'un océan soulevé par la tempête.

— Pourquoi ?

— Parce que je…

Avec un gémissement de défaite, elle renversa la tête en arrière lorsqu'il passa doucement les mains sur tout son corps, faisant crier de désir chaque cellule de son être.

— J'ai envie de toi et tu as envie de moi, murmura-t-il d'une voix rauque.

Elle ferma les yeux.

— C'est un bon résumé de la situation, en effet. Mais il y a deux ou trois choses dans la vie que je refuse de faire sur une impulsion. Et à mon grand regret, ceci en est une.

Soulevant de nouveau les paupières, elle tenta de calmer le rythme précipité de sa respiration. Le regard de Preston était rivé sur elle. Fixe. Scrutateur.

— Je ne joue pas avec toi, Preston.

Il haussa un sourcil, surpris qu'elle ait lu aussi clairement dans ses pensées.

— Je te crois. Tu ne dois pas être douée pour ce genre de savante comédie, je suppose ?

« Il a déjà souffert de la duplicité d'une femme », comprit Cybil. Et elle eut mal pour lui, soudain. Preston recula d'un pas. Il paraissait de nouveau parfaitement maître de lui-même. Alors qu'elle avait toujours le plus grand mal à rassembler ses pensées.

— Je ne sais pas si je suis douée ou non pour ce

genre de comédie, Preston. Je ne m'y suis encore jamais essayée. Mais j'ai besoin de temps avant de partager une intimité physique avec un homme. Faire l'amour, c'est déjà donner un peu de soi, non ? Et pour moi, ce don devrait être conscient, réfléchi.

Preston hocha la tête. Les paroles de Cybil, étrangement, amenaient en lui un calme inattendu.

— C'est pourtant l'acte par excellence qui fait appel aux sens et à l'instinct plus qu'à la pensée et à la raison.

— J'ai besoin d'être en accord avec moi-même avant de prendre ma décision, Preston.

Il glissa les pouces dans la ceinture de son jean pour résister à la tentation de lui caresser la joue. S'il voulait garder le contrôle de lui-même, il était encore trop tôt pour qu'il se risque à la toucher.

— Et ce que tu me racontes là est censé me tenir à distance, selon toi ?

— Ce que je te raconte là est censé te faire comprendre pourquoi je prononce « non » alors que mon corps dit oui. En sachant que tu aurais le pouvoir, si tu le voulais, de me faire changer d'avis.

Preston sentit une onde brûlante lui traverser les reins.

— Tu sais que tu pratiques une forme de franchise pour le moins périlleuse, microbe ?

— Tu as droit à la vérité.

Elle connaissait peu d'hommes, d'ailleurs, qui avaient besoin de sincérité autant que Preston.

— Et je ne mens pas aux hommes avec qui j'ai l'intention d'instaurer un rapport d'intimité, poursuivit-elle, son regard rivé au sien.

Preston fit un pas en avant et vit le souffle de Cybil trembler sur ses lèvres. Il ne tenait qu'à lui de la faire céder. Elle le lui avait affirmé elle-même. Mais s'il se servait du pouvoir qu'il détenait sur elle, il détruirait quelque chose d'impalpable dont il n'était même pas tout à fait certain de croire à l'existence.

— Tu as besoin de temps, donc. Tu peux définir un délai approximatif ?

Le regard de Cybil restait voilé, ses joues empourprées, son souffle erratique.

— Telle que je me sens maintenant, je dirais pas plus d'une minute, admit-elle d'une voix altérée. Mais je sais que je le regretterais par la suite… Tout ce que je peux dire, c'est que, lorsque j'aurai pris ma décision, tu seras le premier à en être informé.

— On pourrait peut-être faire en sorte de raccourcir le temps d'attente d'un jour ou deux, chuchota-t-il, incapable de résister à la tentation de frotter doucement les lèvres contre les siennes.

Cybil garda les yeux grands ouverts pour ne pas se laisser déconcentrer. Mais ce fut peine perdue. Sa vision se troubla quand même et elle frissonna de la tête aux pieds.

— Ça marche, admit-elle gravement en se retenant d'une main contre le réfrigérateur pour ne pas perdre l'équilibre. Tu as gagné tes deux jours. Les doigts dans le nez.

— Bien. Et si on essayait de rabioter jusqu'à une semaine ?

Il approfondit le baiser jusqu'à ce qu'elle défaille à demi entre ses bras.

Lorsqu'il la laissa aller, Cybil pressa une main sur sa poitrine.

— Mmm... Tu as remporté la semaine haut la main. On essaye pour les quinze jours maintenant ? s'enquit-elle d'une voix alanguie.

Il ne put s'empêcher de rire malgré le désir qui lui lacérait les reins.

— Je propose que nous attendions un peu avant de nous lancer pour la quinzaine. Ça me paraît plus sûr, si tu veux rester sur ta décision.

Cybil cligna des paupières et tenta désespérément de concentrer son attention sur quelque chose, n'importe quoi qui ramènerait son esprit enfiévré à la normale.

— Sage décision, McQuinn... Eh bien, comme tu vois, nous avons beaucoup de... de...

D'un geste, elle désigna les provisions qu'elle n'avait pas fini de ranger.

— De nourriture ? suggéra Preston, secourable, ravi de la voir aussi perturbée.

— Nourriture, oui. Comme j'ai beaucoup de nourriture, je pourrais te préparer à... à...

Il attendit quelques secondes pendant qu'elle pressait les mains sur ses tempes, les sourcils froncés, les lèvres arrondies pour former un mot qui refusait de venir.

— A dîner, peut-être ?

— Ah, voilà : à dîner ! C'est étonnant comme les expressions les plus simples nous échappent parfois. Je pourrais nous confectionner un repas. Ça te dit de le partager avec moi ?

Sirotant sa bière, il se renversa contre le bar.

— Ça te dérange si je te regarde cuisiner ?

— Pas le moins du monde. Tu m'aideras à éplucher et à couper les légumes.

— Je crains de ne pas être l'assistant idéal, mais je te tiendrai volontiers compagnie.

Charmé à l'idée d'assister à ses préparatifs, il se percha sur un tabouret.

— Tu cuisines beaucoup ?

Cybil sortit de son réfrigérateur la viande qu'elle venait tout juste d'y loger.

— Assez, oui. J'aime bien improviser. C'est une belle aventure de procéder à des mélanges, de tester de nouvelles saveurs.

— Et cela t'arrive de cuisiner nue ?

Interdite, elle reposa le poivron rouge qu'elle était en train d'examiner. Puis elle sourit gaiement.

— Ça y est, McQuinn : non seulement ta langue s'est déliée, mais en plus tu fais de l'humour ! Je suis tellement fière de toi.

— Désolé de te décevoir, mais c'est une question des plus sérieuses.

Elle éclata de rire et se pencha pour lui plaquer un baiser sonore sur la bouche. Si on lui avait tendu un miroir à cet instant précis, Preston ne se serait pas reconnu lui-même avec son sourire béatement heureux aux lèvres.

— Non, Preston, je n'ai encore jamais préparé un poulet sauté aux petits légumes dans mon plus simple appareil.

— Tant pis. J'ai une excellente imagination.

Elle éclata de nouveau de rire, puis capta la lueur incandescente de son regard et s'éclaircit la voix.

— Je crois que je boirais bien une goutte de vin. Je t'en sers un verre ?

Il leva sa bière en guise de réponse.

— Ah oui, pardon. J'oubliais.

Avec un rire nerveux, elle lui tourna le dos pour attraper une bouteille de vin blanc puis secoua la tête en croisant son regard.

— Il va falloir que tu arrêtes ça.

— Que j'arrête quoi ?

— De me donner l'impression que je suis nue. Tiens, va donc mettre un peu de musique, lui intima-t-elle. Ouvre une fenêtre ou deux pour nous donner un peu d'air. Et laisse-moi une minute pour évacuer les brumes libidineuses qui m'obscurcissent le cerveau. Comme ça, je serai de nouveau en état de soutenir une conversation.

— Toi ? Je ne me fais aucun souci pour tes capacités d'expression. Elles sont plutôt surdéveloppées dans l'ensemble.

Cybil but une gorgée de vin blanc et descendit de son tabouret.

— Je sais que tu dis ça dans une intention critique. Mais pour moi, c'est un compliment. Je me considère comme une experte dans l'art de la conversation.

— C'est le terme à la mode pour désigner les pipelettes ?

Cybil le couva d'un regard attendri.

— Tu es plutôt en verve ce soir, je trouve.

— C'est ton influence qui doit commencer à se faire sentir, marmonna-t-il tout en examinant sa collection de CD. Dis-moi, mais tu as des goûts tout à fait corrects, en musique !

— Tu t'attendais à quoi, au juste ?

— Je ne sais pas. Mais en tout cas ni à Aretha Franklin, ni à Fats Waller, ni à B.B. King. Bon, avec ça, tu as également de la variété mièvre, en veux-tu, en voilà.

— Tu ne connais rien à la chanson, McQuinn.

— Alors que toi, si ? Tu peux me réciter toutes les paroles de tous les tubes, c'est ça ?

Réprimant un nouvel éclat de rire, elle jeta ses légumes dans une cuvette.

— Bien sûr que je connais les paroles. J'ai été chanteuse dans un groupe, moi, môssieu.

— C'est ça, bien sûr, commenta-t-il en fixant son choix sur Aretha Franklin.

— Tu ne me crois pas ? Je jouais également de la guitare électrique. Nous nous appelions « Les Turbos ». Le gars qui était à la basse ne rêvait que de grosses cylindrées.

— Tu joues de la guitare !

— Je *jouais,* McQuinn, je jouais… J'avais une belle Fender rouge qui doit toujours être dans ma chambre, chez mes parents, avec mes chaussons de danse, mon équipement complet de chimiste amateur ainsi que ma collection de livres sur les animaux que j'ai arrêtée lorsque j'ai renoncé à devenir vétérinaire.

Elle plaça une planche à découper sur son plan de travail et sélectionna le couteau adéquat.

— Ce furent là toutes mes grandes vocations avortées, précisa-t-elle en attaquant son poulet au hachoir.

— Les guitares Fender et les chaussons de danse

ont été des vocations pour toi ? s'enquit Preston, intrigué.

— J'ai eu beaucoup de mal à trouver ce que je voulais faire, dans la vie. Tout ce que j'essayais m'amusait beaucoup au début. Puis, au bout de quelques mois, cela devenait une vraie corvée. Tu sais découper les poivrons rouges en lanières ?

— Non. Et avoir tes cinq vignettes de bande dessinée à livrer tous les jours, qu'il pleuve ou qu'il vente, tu ne considères pas ça comme du travail ?

Avec un léger soupir, elle se résigna à trancher ses poivrons elle-même.

— Si, bien sûr. C'est même un boulot énorme. Mais cela continue à me passionner quand même. Et toi, cela ne t'amuse pas, d'écrire ?

— Rarement.

Elle leva vers lui un regard étonné.

— Alors pourquoi y passes-tu la plupart de tes nuits et l'essentiel de tes journées ?

— Parce que je n'ai pas le choix. Ça me tient et ça ne me lâche pas.

Cybil hocha gravement la tête et passa aux champignons.

— C'est la même chose pour ma mère, lorsqu'elle peint. Quand je la vois batailler face à sa toile, j'ai l'impression que c'est une souffrance terrible. Mais lorsqu'elle a terminé et qu'elle est parvenue à se surpasser, elle rayonne d'une espèce de joie incrédule. Comme si, une fois le tableau achevé, elle avait de la peine à croire qu'elle en était effectivement l'auteur. J'imagine qu'il doit y avoir un peu de ça aussi pour toi.

Levant les yeux, elle nota que Preston l'examinait avec attention.

— C'est intéressant, ce que tu dis.

— Ça t'étonne toujours lorsque je perçois quelque chose qui ne soit pas superficiel, n'est-ce pas ?

Il la retint par la main lorsqu'elle voulut se détourner.

— Si c'était le cas, cela signifierait simplement que je n'ai pas encore su te comprendre. Il m'arrivera peut-être encore de t'offenser. Jusqu'au moment où j'aurai appris à vraiment te connaître.

— Je suis ridiculement simple à comprendre.

— C'est ce que je pensais, mais c'est faux. Tu es un labyrinthe, Cybil. Avec des tours, des détours et des recoins fascinants.

Son sourire s'épanouit. Magnifiquement.

— Ce sont les paroles les plus aimables que tu as eues pour moi jusqu'à présent.

— Je ne suis pas un homme aimable. Si tu étais maligne, tu me jetterais dehors, tu fermerais ta porte à clé, et tu ferais en sorte que je ne la franchisse plus.

— Etant maligne, justement, je l'avais compris depuis longtemps. Mais tu es devenu ma nouvelle vocation, murmura-t-elle en lui effleurant la joue.

— Jusqu'à ce que je cesse de t'amuser et que je ne sois plus que pure corvée ?

Cybil soutint son regard. Il y avait tant de gravité en lui. Ainsi qu'une disposition marquée à toujours envisager le pire.

— McQuinn, tu es *déjà* une corvée. Et je ne t'ai pas encore viré de ma cuisine pour autant… Tu sais découper des carottes en bâtonnets ?

— Tu t'illusionnes sur mes capacités culinaires, Cybil.

— Peut-être. Mais c'est le moment ou jamais d'observer et d'apprendre. La prochaine fois, tu mettras la main à la pâte.

D'un couteau expert, elle lui fit une démonstration rapide puis leva de nouveau les yeux.

— Suis-je encore nue ?

— Tu as envie de l'être ?

Avec un rire un peu rauque, elle reprit son verre de vin et laissa la réponse pétiller dans ses yeux.

Cuisiner un repas simple prenait un temps infini lorsqu'on était distraite en permanence par des regards prolongés, des mimiques qui faisaient rire, une conversation qui n'en finissait pas de rebondir.

Manger un repas simple prenait un temps infini lorsqu'on était occupée à tomber amoureuse de l'homme assis à table en face de soi.

Cybil identifia sans mal les signes avant-coureurs. L'irrégularité du rythme cardiaque et la chaleur dans le sang auraient pu passer pour de simples manifestations d'attirance physique. Mais lorsque des symptômes tels que sourires rêveurs et soupirs tremblants venaient enrichir le tableau clinique, l'amour n'était jamais bien loin.

Se dire au revoir sur le pas de la porte prenait également un temps infini lorsque la vague sombre des baisers vous emportait par le fond.

Et s'endormir devenait carrément interminable lorsque corps et esprit bouillonnaient de concert.

Seulement lorsqu'elle entendit les notes nostalgiques du saxophone, Cybil sourit et laissa ses rêves éveillés la porter en douceur jusque dans l'abandon du sommeil.

Chapitre 6

Les cheveux encore mouillés par la douche, Preston était assis dans sa cuisine, perché sur le tabouret de bar que Cybil lui avait prêté. Il parcourait les gros titres des journaux, tout en avalant les céréales qu'elle lui avait apportées d'office le jour où elle avait eu l'occasion d'inventorier ses placards.

« Même un enfant de cinq ans est capable de couper une banane en rondelles et de verser du lait sur des flocons de céréales », lui avait-elle expliqué patiemment.

Il aurait pu se vexer, bien sûr. Mais il avait décidé de prendre son parti de ses remarques. Même s'il considérait que son cas n'était pas tout à fait aussi désespéré que le croyait Cybil. La preuve ? Pas plus tard que la veille au soir, il avait réussi à leur préparer une salade. Elle, pendant ce temps, avait jonglé avec toutes sortes d'ingrédients extraordinaires et réussi un tour de passe-passe culinaire, comme elle en avait le secret.

Cybil était incontestablement un as du fourneau. Il était rapidement devenu accro à ses petits dîners. Et déjà il se demandait comment il avait pu vivre toutes ces années en se contentant de plats à emporter et de sandwichs.

Le fait qu'ils mangeaient tous les soirs chez elle ne semblait pas déranger Cybil le moins du monde. Pas une seule fois, jusqu'à présent, elle n'avait protesté et exigé qu'il la soulage de ses tâches en l'emmenant dîner ailleurs.

Il était surpris qu'elle n'ait encore manifesté aucun signe de lassitude. Chez la plupart des femmes, à sa connaissance, la routine générait l'ennui. Or Cybil et lui avaient déjà pris certains plis — pour ne pas dire des habitudes. Pendant la journée, ils travaillaient chacun de leur côté et se consacraient à leurs occupations respectives.

En règle générale, du moins. Car il arrivait que Cybil fasse un saut chez lui et le somme de venir prendre l'air. Quand elle ne l'entraînait pas au supermarché. Ou dans un parc. Ou chez un brocanteur pour acheter une lampe.

Tournant la tête par-dessus son épaule, Preston contempla son séjour d'un œil sceptique. Comment avait-elle réussi à lui faire acheter cette applique ridicule où une grenouille en bronze tenait un abat-jour entre ses pattes ? Cela dit, la lampe-grenouille était presque esthétique, comparée à la chaise longue qu'il avait héritée de Mme Wolinsky.

Il n'était pas surpris que la locataire du premier ait cherché à s'en débarrasser. Qui supporterait d'avoir dans son salon ce monstre tendu de velours jaune ?

Hideux, certes. Mais confortable, il fallait le reconnaître.

Naturellement, une fois qu'il avait été pourvu de la chaise et de la lampe, il avait fallu se mettre en quête d'une table. La sienne était antique, authentique... et délabrée. Mais qu'à cela ne tienne. Cybil l'adorait et le félicitait tous les jours d'avoir fait une aussi belle affaire.

Un heureux hasard, d'ailleurs, voulait qu'elle ait *justement* une amie qui se passionnait pour la restauration des meubles anciens. Autrement dit, il n'aurait pu mieux tomber.

Cybil avait également une amie fleuriste, ce qui expliquait le vase plein de jonquilles posé sur la vieille table en question. Et comme le stock d'amis de Cybil était inépuisable, elle connaissait aussi un peintre de rue génial et méconnu qui peignait New York comme personne.

Il avait eu beau lui assurer qu'il ne ressentait aucun besoin d'égayer son intérieur, il ne s'en était pas moins retrouvé avec trois dessins au fusain — plutôt sympathiques, au demeurant — accrochés dans son salon.

Comment elle s'y prenait, il n'aurait su le dire. Mais elle avait déjà commencé à le travailler au corps pour qu'il investisse dans un tapis. Et il doutait de réussir à lui tenir tête très longtemps.

Bon. L'essentiel, c'est qu'il continuait à disposer librement de ses journées pour travailler à sa pièce.

Si on faisait exception, bien sûr, du samedi après-midi où Cybil avait fait irruption chez lui, armée de seaux, de balais, de serpillières et de détergents.

Arguant qu'il ne pouvait rester deux mois de plus dans cet appartement sans livrer un juste combat contre la poussière, la crasse et les acariens, elle l'avait entraîné d'autorité dans sa croisade. Et il avait passé trois heures de suite à briquer, à frotter et à astiquer les vitres.

Une mésaventure qui, cela dit, avait failli bien se terminer puisqu'elle avait été à deux doigts de finir au lit.

Preston sourit en revoyant la mine horrifiée de Cybil lorsqu'elle avait découvert sa chambre. Si elle était restée sans voix pendant quelques secondes, la phase de mutisme n'avait pas duré. Inutile de préciser qu'il avait eu droit à un sermon en règle. Qu'il bivouaque dans un dépotoir immonde pour dormir, passe encore. Mais tout écrivain digne de ce nom devrait avoir un minimum de respect pour son lieu de travail, non ? Et comment pouvait-il garder les rideaux tirés ainsi, même en plein jour ? Aurait-il un faible particulier pour les grottes et les cavernes de ses ancêtres préhistoriques ? Et sa religion lui interdisait-elle de fréquenter les laveries automatiques ?

Pour étouffer ses récriminations, il n'avait pas trouvé d'autre moyen que de l'empoigner vigoureusement et de la museler d'un baiser. S'il n'avait pas eu le malheur de trébucher sur un tas de linge sale en la portant sur son lit, ils auraient sûrement terminé l'après-midi autrement que par une expédition au pressing.

Dommage.

Mais la séance de nettoyage avait tout de même eu ses avantages. Preston appréciait de vivre dans la propreté même s'il remarquait rarement la crasse et le désordre. Tomber le soir dans des draps frais avait son charme, même s'il aurait préféré s'y étendre avec Cybil. Et trouver de la vraie nourriture dans ses placards était nettement plus agréable que de composer le matin avec des croûtons et quelques miettes de biscuits.

Même la frustration sexuelle lui réussissait. L'état de manque semblait avoir une incidence favorable sur son inspiration. Il n'avait encore jamais progressé avec autant de facilité dans l'écriture d'une de ses pièces. Comme si les scènes s'enchaînaient d'elles-mêmes. Peu à peu, cependant, il assistait à un glissement dans son scénario de base. Un de ses personnages féminins s'étoffait pour passer peu à peu à l'avant-scène. C'était une femme jeune et jolie, rayonnant d'une joie de vivre qui pouvait paraître naïve mais qui ne lui donnait pas moins une dimension étonnante.

Pour son malheur, elle succombait à l'attrait d'un homme sombre et tourmenté qui la détruisait à petit feu. Un homme qui lui voulait du bien mais qui lui faisait du mal. Parce que le poids d'amertume qu'il portait en lui était trop corrosif pour ne pas contaminer tout ce qu'il approchait — y compris la grâce et l'innocence.

Si le parallèle entre ce qu'il vivait et ce qu'il écrivait ne lui apparaissait que trop clairement, Preston refusait de s'en inquiéter pour le moment.

Il but une gorgée de café et fit la grimace. Il faudrait qu'il pense à demander à Cybil pourquoi le breuvage qu'il concoctait avait toujours un vague arrière-goût d'eau de marécage. En attendant, comme chaque matin, il ouvrit son journal à la page des *comics* pour voir ce qu'elle était encore allée inventer.

Il parcourut la brève séquence, puis revint à la première image et, sourcils froncés, relut le dialogue du début.

*
* *

Cybil était déjà au travail. Installée devant sa planche à dessin, elle respirait à pleins poumons l'air tiède qui entrait par la fenêtre grande ouverte en même temps que le fracas de la rue new-yorkaise.

Sifflotant gaiement, elle prit une simple feuille de papier machine et plaça rapidement ses éléments au porte-mine bleu. Elle avait déjà son scénario en tête. Même la chute, elle l'avait déjà griffonnée dans un coin.

Le fuyant M. Mystère — qui avait entre-temps reçu le nom de Quinn — se terrait dans son appartement perpétuellement plongé dans le noir pour écrire le Roman du Siècle. Il était tellement absorbé dans sa création qu'il ne voyait pas Emily, perchée sur l'escalier de secours avec une paire de jumelles, qui tentait désespérément de lire quelques lignes de son œuvre en cours, à travers la fente entre les rideaux.

Cybil secoua la tête en souriant de ses propres faiblesses. Sa curiosité à elle s'exprimait de façon plus discrète que celle de son héroïne. Mais elle ne pouvait s'empêcher de questionner Preston sur l'avancement de sa pièce. Et elle aurait donné cher, comme Emily, pour en lire au moins quelques bribes.

Abandonnant son porte-mine bleu, elle passa au HB et exécuta le dessin de sa première case au crayon en s'aidant de ses esquisses préparatoires. Dans sa fiche « Personnages », elle avait déjà un dessin type de Quinn. Elle fit quelques essais au brouillon pour étudier la posture assise avachie qu'elle lui avait attribuée dans la première vignette. Mais même affaissé sur sa chaise de bureau, il gardait tout son charme intact. Cybil examina son personnage avec affection. Comme son modèle, Quinn était grand et musclé, avec un regard qui tenait le monde à distance. Il était drôle, désagréable, et déconcerté en permanence par l'univers dans lequel évoluait Emily.

— Le pauvre, commenta Cybil avec un sourire attendri. Elle le bouscule, elle le dérange. Il ne sait plus où donner de la tête… Vraiment, il me fait fondre, ce type.

Lorsqu'on sonna à sa porte, elle glissa son crayon derrière l'oreille en pensant que Jody avait oublié sa clé. Passant devant la machine à café, elle fit une halte pour remplir sa tasse.

— Une seconde. J'arrive !

Ouvrant en grand, elle crut fondre pour de bon en trouvant Preston sur le palier. Torse nu et les cheveux mouillés, il était proprement irrésistible. Elle dut se faire violence pour ne pas se lécher les lèvres, comme une chatte gourmande à la vue d'un pot de crème.

Il se tenait pieds nus, vêtu de son seul jean élimé. Et son visage — son cher visage — affichait un sérieux inaltéré. Elle réussit à lui décocher un simple sourire accueillant alors qu'elle n'avait qu'une envie : se jeter sur lui, l'embrasser avec une ardeur sauvage et le traîner dans son lit de force.

— Salut, McQuinn ! Qu'est-ce qui t'amène ? Tu es tombé en panne de savon et tu viens m'emprunter mon gel douche ?

Preston fronça les sourcils en découvrant qu'il était sorti de chez lui sans prendre la peine de s'habiller.

— En fait, j'ai une question ou deux à te poser au sujet de ta copine Emily, fit-il en lui montrant son journal.

— Mais bien sûr. Toutes les questions que tu veux. Entre.

Ils ne couraient aucun risque car Jody ne tarderait pas à monter pour sa visite matinale. A priori, aucun débordement n'était à craindre.

— Va te servir un café et monte me rejoindre à l'atelier. Je suis plutôt inspirée ce matin, alors je ne voudrais pas m'arrêter trop longtemps.

— Si je te dérange en plein travail, je peux revenir plus tard.

Cybil, qui était déjà dans l'escalier, lui jeta un regard amusé.

— Rien ne me dérange quand je travaille, rétorqua-t-elle gaiement. Si ça te dit, il y a des brioches à la cannelle sur le bar.

— Non merci, ça va. Je n'ai besoin de rien.

Mais le café dégageait des arômes tentants ; les brioches étaient dorées, odorantes. Preston pesta et finit par se servir de l'un comme de l'autre.

C'était la première fois qu'il montait dans l'atelier de Cybil. Au passage, il s'offrit un moment de torture en examinant sa chambre à coucher. Il repéra le grand lit avec sa montagne de coussins aux couleurs vives et les jolis barreaux en fer forgé auxquels elle s'accrocherait des deux mains lorsque, enfin, il disposerait de son corps de rêve à son gré.

L'odeur de Cybil flottait dans la pièce, fraîche, légère, subtilement vanillée. Il vit des pétales de rose dans un bol en fine porcelaine, des bougies sur la fenêtre, un roman sur sa table de chevet.

— Preston ? Tu as trouvé tout ce qu'il te fallait ? appela-t-elle de la pièce voisine.

Il se secoua.

— Oui, oui j'arrive… Ecoute-moi, Cybil, je ne voudrais pas être indiscret, mais…

Il s'interrompit en pénétrant dans son atelier.

— Bon sang. Comment fais-tu pour *travailler* dans un boucan pareil ?

Elle releva à peine la tête.

— Le boucan ? *Quel* boucan ? Ah oui, les bruits de la rue, murmura-t-elle en continuant à faire glisser le crayon sur le papier. C'est comme une musique de fond, en fait. C'est à peine si je l'entends.

Preston examina la pièce avec intérêt, admirant le sens de l'organisation de Cybil au passage. Tout ici respirait le sérieux et l'efficacité. Sur une série de petites étagères accrochées à portée de main, règles, crayons, encres et pinceaux étaient rangés avec un soin quasi maniaque. Il reconnut le style du peintre de rue dans un des trois tableaux accrochés au mur, et le génie de la mère de Cybil dans les deux autres.

Dans un coin, par terre, se dressait une grande sculpture en métal aux formes hardies. Un petit bouquet de violettes avait été placé dans un flacon à encre. Un canapé confortable complétait l'ensemble.

Assise devant sa planche à dessin, Cybil n'avait pas l'air ordonnée et efficace, elle. Et sérieuse, encore moins. Avec ses jolies jambes nues repliées sous elle, son crayon glissé derrière une oreille et ses lèvres entrouvertes, elle était comme toujours, à croquer.

Poussé par la curiosité, il contourna la planche à dessin pour venir se pencher sur son épaule. Tout en étant conscient que quiconque eût essayé la même chose alors qu'il écrivait se serait vu condamné d'office à une mort violente.

— Ça sert à quoi, toutes ces lignes bleues ?

— Elles me permettent de placer les différents éléments de la case. La portée de lignes, là, c'est pour le lettrage. Et je dessine toujours la bulle à l'avance pour bien gérer mon espace. Le *comic strip* que je livre chaque jour a un format fixe de cinq vignettes.

Satisfaite de son crayonné, elle passa à la case suivante.

— Je fais d'abord une sorte de premier jet pour être certaine que les vignettes s'enchaînent bien et forment un ensemble cohérent. Puis j'utilise une table lumineuse pour reprendre le crayonné par transparence sur du papier à gros grain. Et c'est là, seulement, que je commence à travailler à l'encre.

Sourcils froncés, Preston examina le personnage avachi devant son ordinateur.

— C'est censé être moi, ce gars-là ?

— Mmm… Et si tu t'asseyais, plutôt ? Tu bloques la lumière.

Sans tenir compte de sa remarque, il pointa le doigt sur Emily, dans la deuxième case.

— Et qu'est-ce qu'elle fabrique, au juste ? Bon sang, mais elle espionne ce pauvre Quinn ! Tu m'espionnes, toi, Cybil ?

— Ne sois pas ridicule, voyons. Tu n'as même pas d'escalier de secours qui donne sur ta chambre !

Elle se tourna vers le miroir placé à côté d'elle et esquissa différentes mimiques sous le regard surpris de Preston.

— Et comment expliques-tu ceci ? s'enquit-il en brandissant le journal du jour.

— Comment j'explique quoi ? Mmm… Tu sens bon. Tournant la tête, elle le renifla avec délices.

— C'est quoi, ton savon ?

— Pourquoi ? Tu as l'intention de lui faire prendre une douche, à ton personnage ?

— Tiens, ce serait une idée.

L'air songeur, Cybil se frotta la mâchoire, comme si elle projetait déjà de situer sa prochaine saynète dans une salle de bains.

— Ah non, hein ? Stop ! Je ne marche plus, là. Il y a des limites. C'est vrai que ça m'a amusé au début mais…

Il se tut brusquement en entendant la porte de l'appartement s'ouvrir.

— Qu'est-ce qui se passe ? On entre chez toi sans frapper ?

Elle leva les yeux pour le rassurer d'un sourire.

— C'est Jody. Elle a la clé. Alors, comme ça, tu as apprécié mon nouveau héros ? Je me posais la question car tu ne m'as jamais rien dit à son sujet. Tu sais qu'il y a des gens qui ne se reconnaissent pas eux-mêmes ? J'imagine qu'ils n'ont aucune conscience de qui ils sont… Salut, Jody. Hello, Charlie.

— Euh, salut…, balbutia Jody, bouche bée, les yeux rivés sur le torse nu de Preston. On dérange, peut-être ?

Cybil lui fit signe d'avancer.

— Non, pas du tout. Entre. Preston avait juste quelques questions à me poser au sujet d'Emily.

Le visage de Jody s'éclaira.

— J'adore le nouveau personnage masculin ! C'est la première fois qu'Emily tombe amoureuse d'un homme qui tient à peu près la route. Même si ce Quinn a des côtés très tourmentés.

Jody s'interrompit lorsque Charlie tendit les bras vers Preston.

— Papa ! lança le bébé avec enthousiasme.

— Ne vous inquiétez pas, il appelle tout le monde « papa », en ce moment. C'est juste une phase. Chuck a un peu de mal à s'y faire. Mais j'imagine que ça lui passera.

Preston caressa distraitement les cheveux soyeux du bébé tout en gardant son attention concentrée sur Cybil.

— Oui, j'aimerais savoir quel est le rapport exact entre ta série *Voisins et Amis* et ta vie privée. Certains détails laissent supposer...

— Papa ! répéta Charlie, les bras tendus vers lui, en lui décochant un irrésistible sourire ensommeillé.

Preston le prit distraitement et le cala contre son épaule.

— Pour en revenir à ton travail, Cybil, pourrais-tu me préciser où tu situes la frontière entre fiction et réalité ? S'agit-il d'un ersatz de journal intime en images ou...

Elle lui jeta un regard ému.

— Oh, Preston, tu aimes les bébés !

— Pas du tout, non. Je les jette du troisième étage à la moindre occasion, rétorqua-t-il avec impatience.

Comme Jody poussait un cri d'horreur, il dut s'interrompre pour la calmer.

— Je plaisante. Votre Charlie est en sécurité... Bon.

Et maintenant, Cybil, j'aimerais que tu me fournisses quelques éclaircissements sur cet épisode, trancha-t-il en lui posant le journal du jour sur les genoux.

— Ah, l'histoire du « hors-échelle ». En fait, c'est juste la première partie. La suite sort demain. Je trouve que ça fonctionne assez bien, non ?

— Chuck et moi, nous étions pliés de rire lorsque nous l'avons lu ce matin, coupa Jody.

— Bon. Alors expliquez-moi un peu, toutes les deux. Ces deux filles…

— Emily et Cari.

— Oui, oui, je connais leur prénom depuis le temps. Ces deux filles, donc, ne trouvent rien de mieux à faire que d'évaluer sur une échelle de un à dix la façon dont Quinn a embrassé Emily quelques jours plus tôt !

Cybil hocha la tête.

— C'est en gros la teneur de l'épisode, oui. Mais tu dis que Chuck a ri, Jody ? Je me demandais si cela amuserait aussi les hommes, ou si seules les femmes apprécieraient ce genre d'humour.

— Il était mort de rire, je te jure.

Avec une maîtrise de lui qu'il jugea admirable, Preston leva la main pour se faire entendre.

— Désolé de vous interrompre, les filles, mais j'aimerais savoir si c'est habituel chez vous de commenter vos exploits sexuels réciproques, d'attribuer une note à vos partenaires, puis d'en faire profiter le reste du pays.

Cybil ouvrit de grands yeux innocents.

— Commenter nos exploits sexuels ? Mais McQuinn,

que vas-tu imaginer ? Ce sont des *comics,* rien de plus. Des gags destinés à amuser le public.

— Mmm… rien à voir avec la réalité, donc ?

— Jamais de la vie.

Les bras croisés sur la poitrine, Preston scruta ses traits avec une attention soutenue.

— Bon, j'aime autant ça. Ça m'ennuierait de penser que lorsque nous coucherons enfin ensemble, toi et moi, l'événement sera couvert sur cinq épisodes, avec commentaires de mes prestations à l'appui.

— Oups ! se récria Jody en s'éventant nerveusement de la main. Je crois qu'il serait temps que je mette Charlie au lit. Je reviens dans cinq minutes.

Prenant le bébé des bras de Preston, elle quitta promptement l'atelier. Avec un large sourire, Cybil porta son crayon à ses lèvres.

— Tu sais, McQuinn, j'ai le pressentiment que notre première nuit ensemble mériterait un traitement en couleur dans l'édition spéciale du dimanche.

— C'est une menace ou un compliment ?

Comme elle se contentait de rire, il fit pivoter son tabouret vers lui et lui donna un baiser dont ils émergèrent aussi tremblants et secoués l'un que l'autre.

— Dis à ton amie Jody de s'en aller et nous pourrons tester tout de suite si la prestation vaut la peine d'être rapportée, commentée et dessinée, lui souffla-t-il à l'oreille.

— Oh non, pas question. Je garde Jody comme chaperon. C'est grâce à elle que je ne t'ai pas violé tout à l'heure. Quand je t'ai vu arriver torse nu, j'ai failli succomber.

— Mmm… C'est quoi le but, là, Cybil ? Me rendre fou ?

— Non, non. Te rendre fou n'est pas le but, juste un effet secondaire, murmura-t-elle, le souffle court. Je crois que mon cœur bat des records en matière de pulsations par seconde. Il faut que tu files, Preston. Jusqu'ici, je pensais que rien — mais vraiment rien — ne pouvait me détourner de mon travail lorsque j'étais lancée. Mais je viens de découvrir que c'est faux. Ton pouvoir de distraction est trop puissant pour moi. Et j'ai du boulot à rendre.

Ne voyant aucune raison de souffrir seul, Preston se pencha pour lui donner un dernier baiser, aussi brûlant que le premier. Puis il attrapa sa lèvre inférieure entre ses dents et tira doucement.

— Erotique, non ? commenta-t-il en plongeant les yeux dans son regard embrumé. Lorsque Emily et Cari en discuteront — et je ne doute pas qu'elles le feront —, pense à être précise dans tes descriptions.

Il se dirigea vers la porte, se retournant juste à temps pour la voir frissonner, les yeux mi-clos.

— « Hors-échelle », Cybil ?

Réduite au silence, pour une fois, elle lui adressa juste un faible signe de la main.

Satisfait de lui, Preston quitta l'atelier en sifflotant. Et se demanda pourquoi il avait pris un coup de sang en lisant *Voisins et Amis*. Non seulement la caricature qu'elle faisait de lui était amusante, mais elle lui renvoyait, tout compte fait, une image de lui qui lui allait comme un gant.

**
*

Quelques minutes plus tard, la tête de Jody apparut dans l'entrebâillement de la porte.

— C'est bon ? La voie est libre ?

— Oui, oui, entre, murmura Cybil faiblement.

Elle passa une main tremblante dans ses cheveux en bataille, puis glissa son crayon derrière une oreille, oubliant qu'un premier s'y trouvait déjà.

— Oh, Jody, je suis dans de beaux draps… Qu'est-ce que je vais faire, maintenant ?

Avec une mimique soucieuse, son amie tira une chaise près de son tabouret pour recueillir ses confidences. Cybil soupira.

— Qui aurait pu prévoir que je perdrais aussi vite le contrôle de la situation ? Après tout, il n'y a pas de contre-indication majeure à entamer une histoire sympa avec un homme grand, beau et intelligent, si ?

Sourcils froncés, Jody prit la tasse de café que Preston avait omis de boire.

— De contre-indication ? Mmm… A priori, je ne vois pas, non.

— Et si on est un tout petit peu amoureuse de l'homme en question, c'est plutôt un avantage. On pourrait même dire que ça ajoute une dimension supplémentaire, tu es d'accord avec moi ?

— Absolument. Etre un peu amoureuse me paraît hautement recommandable dans ce genre d'affaire, acquiesça Jody gravement. Sinon, c'est comme quand tu engloutis une boîte entière de chocolats en l'espace d'un seul film à la TV. Sur le moment, c'est le pied, mais après, ça fait de sales sensations.

— Oui, être un peu amoureuse, c'est bien. Mais

quand tu passes à l'étape suivante et que tu te mets à aimer carrément ?

Les yeux écarquillés, Jody posa sa tasse sur la soucoupe.

— Oh, mon Dieu. Ça y est, Cybil ? Tu as franchi le cap ?

— A l'instant même.

— Oh, ma puce…

Pleine de maternelle sollicitude, Jody la prit dans ses bras et la berça doucement.

— Pas de panique, O.K. ? Sur le coup, ça donne le tournis mais on s'habitue, tu verras. Et ça devait arriver tôt ou tard.

— Je sais bien que ça devait arriver ! Mais j'ai toujours pensé que ce serait plutôt tard que tôt !

— De toute façon, il faut y passer, déclara Jody doctement. Alors autant que ce soit fait.

Cybil secoua la tête.

— Ça ne va pas lui plaire *du tout* que je sois amoureuse de lui. L'amour n'est pas son genre.

Avec un soupir tremblant, elle enfouit son visage contre l'épaule de Jody.

— Cela dit, je ne l'ai pas fait exprès. Ça m'est tombé dessus comme un virus. D'ailleurs, maintenant que j'y pense… les jambes comme du coton, la tête bourdonnante, cette étrange fatigue… Tu ne crois pas que je couve une grippe, tout bêtement ?

Jody lui tapota la joue avec affection.

— Désolée de te décevoir, Cyb, mais c'est de l'amour ou je ne m'y connais pas… Pauvre Franck, commenta-t-elle en se redressant. Mais je crois qu'il ne t'a jamais vraiment attirée, si ?

— Pas trop, non, admit prudemment Cybil. Je suis désolée.

Jody évacua le problème d'un geste indifférent de la main.

— Il s'en remettra… Mais toi, qu'est-ce que tu vas faire, maintenant ?

— Je ne sais pas. Honnêtement, je ne sais pas. Je pourrais prendre la fuite et me cacher six mois dans une grotte ?

Son amie secoua la tête.

— C'est une solution bonne pour les lâches.

— Pour les lâches, oui. Je pourrais également nier le problème et faire comme si ça allait me passer ?

— Ça, c'est bon pour les imbéciles.

Cybil prit une profonde inspiration.

— Tu as raison. Et je ne suis ni lâche ni idiote, nous sommes bien d'accord ?

— Tout à fait d'accord.

— Mmm… Et si je m'achetais une nouvelle robe ?

Le visage de Jody s'éclaira.

— Ah, j'aime mieux ça !

Elle se leva avec un large sourire.

— Je file demander à Mme Wolinsky si elle peut garder Charlie. Rejoins-moi dans un quart d'heure et nous affronterons la situation, comme deux femmes dignes de ce nom !

Cybil commença par l'achat de la robe. Ultranoire, ultra-féminine, ultramoulante. Jody en avait soupiré de satisfaction lorsqu'elle l'avait vue sortir de la cabine d'essayage.

— Parfaite. Elle est absolument parfaite. Preston ne s'en remettra pas, le pauvre.

Mais la robe n'était pas tout. Il avait fallu ensuite trouver les accessoires. Une sublime paire d'escarpins noirs avec des talons aiguilles vertigineux. Et de la lingerie plus fine que fine, bien sûr. Ainsi que le porte-jarretelles indispensable pour compléter sa tenue de femme fatale.

Une fois les détails vestimentaires réglés, elles avaient choisi les fleurs, le vin, le champagne et les bougies délicatement parfumées. Voyant l'heure tourner, Jody avait fini par sauter dans un taxi pour rentrer récupérer Charlie. Mais Cybil, elle, ne s'était pas arrêtée en si bon chemin. Elle avait fait le tour des épiceries fines et acheté des ingrédients raffinés pour concocter le plus somptueux des dîners. Fleurs, mets, parfums se conjugueraient pour éveiller et attiser les sens, afin que tous les appétits soient stimulés.

Après trois heures de courses, Cybil rentra chez elle, les pieds en feu, mais les nerfs apaisés. Elle avait un décor à planter et un repas à préparer. Rien de tel que d'avoir l'esprit et les mains occupés pour se remettre les idées en place.

Comme elle voulait surprendre Preston, elle s'enferma à clé chez elle après avoir collé un petit mot à son intention sur sa porte.

Le cœur battant, elle entreprit de fleurir sa chambre. Muguets, freesias, tulipes et roses blanches furent arrangés en petits bouquets placés sur la commode, les rebords de fenêtre, les tables de chevet et la coiffeuse. Puis elle disposa les bougies — toutes blanches, elles aussi. Cybil en regroupa certaines, en isola d'autres.

Plaça six lumignons sur la surface réfléchissante d'un miroir. En alluma même quelques-unes par avance afin d'imprégner la chambre de senteurs délicates.

Elle déballa deux flûtes qu'elle posa sur une table basse près d'un fauteuil en rotin. Et se promit de penser à mettre le champagne au frais.

Debout face au lit, Cybil hésita un instant. L'ouvrir carrément serait peut-être un peu osé, non ? Mais elle finit par rire de ses propres scrupules. Au point où elle en était, pourquoi faire les choses à moitié ?

Longuement, Cybil tourna dans la chambre, rectifia ses arrangements, déplaça, puis replaça un meuble. Elle huma avec délices ses bouquets, vérifia chaque détail avec un soin attentif. Lorsqu'elle estima enfin que le cadre était à sa convenance, elle descendit s'attaquer au repas.

Avec un peu de chance, Preston s'accorderait une pause pour jouer du saxophone et sa musique lui tiendrait compagnie. Mais aucun son, hélas, ne vint filtrer de l'appartement d'en face.

Une fois ses préparatifs terminés, Cybil sélectionna avec soin la musique pour la soirée, puis elle monta se faire couler un bain. Avant de s'immerger dans l'eau parfumée, elle disposa la robe et la lingerie sur son lit et frissonna en songeant au plaisir que prendrait Preston à lui retirer le tout.

Posant un verre de vin blanc sur le rebord de la baignoire, Cybil prit le temps d'allumer quelques bougies pour parfaire l'ambiance. Puis elle ferma les yeux, imagina les mains de son amant glissant sur elle.

*
* *

Une heure plus tard, alors qu'elle se massait avec une huile parfumée, Preston trouvait le petit mot qu'elle avait scotché sur sa porte.

« McQuinn, je suis indisponible pour le moment. J'ai de grands projets pour ce soir. A plus tard, Cybil. »

De grands projets ? Madame avait mieux à faire que de lui accorder sa soirée, apparemment. Elle aurait au moins pu prendre la peine de sonner chez lui pour le prévenir qu'elle sortait, bon sang ! Et lui qui avait passé la journée à attendre le moment où ils se retrouveraient enfin pour faire la popote ensemble, s'embrasser entre deux joutes verbales, et écouter de la musique blottis l'un contre l'autre sur le canapé.

Il était même sorti lui acheter un bouquet de fleurs, comme un idiot qu'il était ! La dernière fois qu'il avait apporté des fleurs à une femme remontait à…

Chassant Pamela de ses pensées, Preston froissa le petit mot de Cybil dans sa main. C'était bien de lui de s'être illusionné sur cette fille. Cybil, comme toutes les femmes de la création, ne pensait qu'à elle, n'en faisait qu'à sa tête et ne ménageait jamais les autres.

Il le savait depuis Pamela et il l'avait accepté. S'il avait eu l'imprudence d'oublier cette vérité élémentaire avec Cybil, il ne pouvait s'en prendre qu'à lui-même.

« A plus tard », concluait-elle son bref message. Ainsi, elle se jouait de lui, elle aussi. Mais rien ne le forçait à se boucler chez lui et à attendre.

Il rentra dans son appartement, jeta le bouquet de lilas sur l'évier et se demanda comment ces grappes doucement odorantes avaient pu lui rappeler Cybil.

Quel incurable idiot il faisait, décidément.

Jetant le petit mot froissé par terre, il récupéra son

instrument et partit défouler sa mauvaise humeur chez Delta.

A 7 h 30 précises, Cybil sortit ses feuilletés aux truffes du four et constata avec soulagement qu'ils étaient réussis à la perfection. Ouf. Cette entrée élaborée lui avait pris un temps fou. Mais sa salade était prête, la table mise pour deux, les bougies allumées et ses arrangements floraux disposés avec soin.

Le gratin aux fruits de mer demandait juste à être réchauffé. Et si tout se passait bien, ils termineraient le repas avec une assiettée de fruits rouges à la crème fraîche, arrosée de champagne. Au lit, de préférence.

— Bon, Cybil... Cette fois, il n'est plus temps de reculer.

Retirant son tablier, elle vérifia sa tenue devant le miroir, se jucha sur ses nouveaux escarpins, vaporisa une touche de parfum supplémentaire et prodigua un sourire d'encouragement à son reflet.

— Aucune raison de stresser, n'est-ce pas ? Tout se passera à la perfection.

Les jambes en coton, elle sortit sur le palier et sonna à la porte de Preston. Son cœur battait si fort qu'on devait l'entendre jusqu'au pied de l'immeuble. Faisant passer son poids d'une jambe sur l'autre, elle appuya une seconde fois sur le bouton de la sonnerie.

Personne ne réagit.

— Preston ?

Pas de réponse. Elle poussa un gémissement de défaite.

— Oh, non ! Ne me dis pas que tu n'es pas là ! Je

t'avais laissé un mot pourtant ! Tu ne peux pas me faire faux bond un soir pareil ! J'ai bien précisé « A plus tard », non ?

Effondrée, Cybil envoya un coup de poing dans le battant clos. Et là, brusquement, la lumière se fit.

— J'ai écrit que j'étais indisponible et que j'avais de grands projets ! Et toi, tu as compris que j'avais l'intention de passer la soirée ailleurs, tête de bois ! Comme si je pouvais avoir d'autres préoccupations que toi en ce moment !

Elle courut récupérer sa clé chez elle et réalisa qu'elle n'avait pas de sac à portée de main. Tant pis. Elle glissa le sésame dans son soutien-gorge pour ne pas perdre plus de temps. Et, au risque de se rompre le cou, dévala l'escalier, perchée sur ses huit centimètres de talons.

— Tu as des peines d'amour, mon ami ?

Preston qui s'était brièvement interrompu entre deux morceaux pour boire une gorgée d'eau tourna les yeux vers Delta.

— Des peines d'amour, moi ? N'importe quoi ! Je n'ai même pas de femme dans ma vie.

Delta lui donna une chiquenaude sur la joue.

— Tu oublies à qui tu parles, Preston ? Les autres, tu peux leur raconter des histoires, mais pas à ton amie Delta. Voilà une semaine que tu viens jouer tard, tous les soirs, et que ta musique sonne comme un appel à l'amour. Mais aujourd'hui, tu arrives tôt et ton sax rugit de colère. Ou de dépit, peut-être ? Tu t'es encore disputé avec la jolie Cybil ?

— Tu crois vraiment que je n'ai que ça à fiche ?

Delta rit doucement.

— Elle se fait prier pour t'accepter dans son lit ? Il y a des femmes qui ont besoin qu'on les charme plus que d'autres.

— Comment ça, qu'on les charme ? maugréa-t-il, intrigué malgré lui.

— Tu lui as déjà apporté des fleurs ? Tu lui as dit qu'elle avait des yeux extraordinaires ? Tu l'as invitée à dîner ?

Les compliments oiseux n'avaient jamais été son fort. L'absence d'invitation à dîner, elle, lui pesait vaguement sur la conscience. Mais le bouquet de fleurs, il l'avait acheté, mine de rien ! Et comme par hasard, il avait trouvé porte close.

— Qu'est-ce que tu t'imagines, Delta ? Que je vais lui faire la cour dans les règles de l'art ? L'inonder de roses rouges et lui écrire un poème tous les matins ? Ce que je veux, c'est coucher avec elle. Rien de plus.

Delta secoua la tête en lui posant la main sur l'épaule.

— Ah, Preston, quand te décideras-tu à jouer le jeu ? Tu crois vraiment que tu peux te passer d'y mettre les formes, avec une fille comme celle-là ?

— S'il faut en faire tout un plat, je préfère me passer de la fille. Les complications, ça ne m'intéresse pas, Delta. La vie est trop courte pour qu'on s'épuise en simagrées stériles. Je crois aux vertus de la simplicité.

Il souleva son instrument.

— Je peux recommencer à jouer ou tu as d'autres conseils à me donner sur ma vie amoureuse ?

Les grands yeux bruns de Delta glissèrent sur lui

avec une expression qui se situait à mi-chemin entre la compassion et l'amusement.

— Quand tu en auras une de vie amoureuse, *cher,* murmura-t-elle avec le plus pur accent cajun, tu pourras compter sur moi pour les conseils.

Portant son saxo à ses lèvres, Preston démarra au quart de tour. Mais même en soufflant comme si sa vie en dépendait, il ne parvint à chasser Cybil de son esprit. Tant pis. A travers la musique, il pouvait hurler son obsession. Parce que c'était moins compromettant, moins douloureux qu'avec les mots.

Juste au moment où son saxophone gémit de désespoir, elle franchit le pas de la porte.

Interdit, il contempla l'apparition vêtue de noir en se demandant si les émanations d'alcool et la fumée épaisse lui provoquaient des visions.

Les yeux de la femme fatale trouvèrent les siens et ne les quittèrent plus. Le sourire qui glissa sur ses lèvres était pure tentation. Elle ne s'assit pas au fond de la salle, cette fois, mais tout près de la scène. Croisant ses jambes interminables, elle se renversa contre son dossier en une attitude provocante.

Pendant tout le morceau, elle demeura immobile, le regard rivé au sien. Puis, lorsque les dernières notes moururent, elle s'humecta longuement les lèvres de la pointe de la langue.

Lorsqu'elle se leva, ses yeux étaient toujours plongés dans les siens. Elle posa une main sur sa taille, la laissa glisser le long d'une hanche au galbe adorable, puis se détourna pour se diriger vers la porte. Au moment de la franchir, Cybil se retourna pour lui adresser une invite d'un mouvement à peine perceptible de la tête.

Puis elle sortit en faisant claquer les portes battantes derrière elle.

Il jura en reposant son saxophone. André qui avait suivi la jeune femme des yeux souriait de toutes ses dents.

— Eh bien... Voilà une fille qui sait ce qu'elle veut, on dirait ? Qu'est-ce que tu comptes faire, maintenant ? Lui emboîter le pas ?

Preston s'accroupit pour ranger son saxophone dans son étui.

— A ton avis, André ? Ai-je l'air d'un imbécile ?

Avec un léger rire, son vieil ami recommença à jouer.

— Non, tu n'as pas l'air d'un imbécile. Et il y a des invitations qui ne se déclinent pas.

Chapitre 7

En sortant de chez Delta, il la trouva qui l'attendait sur le trottoir. Plantée dans le halo blanc d'un lampadaire, la main sur la hanche, la tête légèrement inclinée, elle posait avec un petit sourire insolent aux lèvres. On aurait dit une photo sur papier glacé, tirée de quelque prestigieux magazine d'art.

Et les mots « Tentation en noir et blanc » auraient pu servir de légende.

A mesure qu'il approchait, Preston nota d'autres détails. Les cheveux courts et lissés qui encadraient son visage ; la robe courte et lisse qui épousait son corps.

Pas de bijoux pour détourner l'attention de la perfection épurée de l'ensemble. Les jambes interminables encore allongées par la hauteur des talons. Seule touche de couleur dans cette harmonie en noir et blanc : le vert lumineux de ses yeux et le rouge insolent de sa bouche.

Le pli amusé de ses lèvres exprimait un triomphe féminin manifeste. A trois pas de distance, déjà, il fut comme happé par son parfum — sensuel et envoûtant.

— Salut, voisin, lança-t-elle d'une voix rauque et caressante qui acheva de lui électriser les reins.

Il haussa les sourcils.

— Tu as renoncé à tes grands projets… voisine ?

— Je ne crois pas, non.

Ce fut elle qui franchit le dernier pas qui les séparait encore. Elle qui fit glisser ses mains le long de ses flancs, lui agrippa les épaules et ajusta son corps au sien.

Alors seulement, elle éclata de rire et secoua la tête.

— Mes « grands projets », c'était toi, espèce d'âne !

Il lui fallut une fraction de seconde pour digérer la nouvelle.

— Depuis le début ?

— Depuis le début.

Cybil lui prit le visage à deux mains.

— Dis-moi, McQuinn, il me semble t'avoir dit que lorsque je serais prête, tu serais le premier à en être informé, non ? chuchota-t-elle en lui effleurant la lèvre de la pointe de la langue. Eh bien voilà, c'est pour ce soir.

— Ce soir ?

De sa main libre, il lui emprisonna la nuque, maintenant la bouche rouge et tentatrice à portée de la sienne.

— A quelle allure penses-tu pouvoir avancer, juchée sur ces échasses ?

Elle rit de nouveau. Mais d'un rire un peu tremblant, cette fois.

— Je crains de ne pas être en mesure de battre des records de vitesse. Mais nous avons la nuit entière devant nous.

— Je doute qu'une nuit puisse suffire.

Reculant d'un pas, il lui tendit la main.

— Où as-tu trouvé l'arme fatale ?

— L'arme fatale ?

— La robe, bien sûr.

— Ah, cette vieille chose ?

Avec un rire rauque, elle s'accrocha à son bras.

— En vérité, je l'ai achetée tout à l'heure, en pensant à toi. Et quand je l'ai enfilée, je n'ai plus eu qu'une seule obsession : te retrouver pour que tu puisses me l'enlever.

Preston s'immobilisa net pour boire un baiser à ses lèvres.

— Dis-moi, séductrice, tu t'es entraînée en préparant tes répliques ? Je te trouve incroyablement douée pour ce genre de numéro.

— J'improvise, en fait.

— Ne t'arrête pas pour moi, surtout.

Le bras passé autour de la taille de Preston, Cybil ferma un instant les yeux tandis qu'ils avançaient sur le trottoir de Soho. Comment la douceur printanière de cette soirée new-yorkaise avait-elle pu se muer tout à coup en touffeur tropicale ?

— Je suis désolée de ne pas avoir été plus claire dans mon message. Mais j'avais tellement de choses en tête… Tant de toi en tête, pour être exacte.

— Ça m'a fichu en rogne lorsque j'ai déduit de ton petit mot que tu avais l'intention de passer la soirée sans moi.

Il fut étonné de pouvoir l'admettre avec autant de facilité.

— Je trouve ça très flatteur, McQuinn. En fait, j'ai eu la même réaction que toi lorsque j'ai tambouriné à ta porte sans obtenir de réponse. J'ai passé pas mal de temps à me préparer et j'étais furieuse que tu te dérobes à l'appel.

Preston l'enveloppa d'un long regard dévorant.

— J'imagine que ça a dû être long, en effet, de passer ce semblant de robe sur ton anatomie délicieuse.

Le cœur de Cybil battit plus vite lorsqu'ils atteignirent le pied de l'immeuble.

— Il n'y a pas eu que la robe. J'ai également prévu un dîner.

— En plus ?

Preston n'était pas seulement flatté et excité. Il se sentait touché.

— Et pas n'importe quel dîner. Toute modestie mise à part, il devrait être sublime. J'ai choisi un vin blanc très fringant pour l'accompagner. Et il y aura du champagne au dessert.

Elle pénétra dans l'ascenseur et s'adossa contre la paroi avant de préciser...

— ... que je compte bien consommer allongée.

Preston refréna un élan vital puissant et veilla à maintenir un pas de distance entre eux. S'il la prenait dans ses bras maintenant, ils ne quitteraient pas la cabine de sitôt.

— Voilà de grands projets, en effet. Et tu as d'autres détails à me fournir ?

— J'aurais peut-être dû penser à imprimer un programme ? lança-t-elle avec un sourire provocant en sortant de la cabine.

Preston dévora sa silhouette des yeux. Et se promit de lui montrer au plus vite qu'il était capable, lui aussi, de prendre certains détails en main.

— Tu as ta clé, Cybil ?

Elle sourit en portant la main à sa poitrine.

— Mmm… Quelque part sur moi, oui. Si tu la trouves, tu gagnes un droit d'entrée.

Un brusque afflux de sang lui tourna la tête. Du bout du doigt, il effleura son décolleté puis glissa un doigt nonchalant sous la dentelle, frottant avec douceur une pointe déjà érigée. Le regard de Cybil s'embruma et elle finit par fermer les paupières.

— J'ai l'impression que c'est toi qui t'es entraîné à l'avance, murmura-t-elle dans un souffle. Tu avais préparé ce petit numéro ?

Il sourit.

— J'improvise, en fait.

— Mmm… Ne t'arrête pas pour moi, surtout.

Il n'avait aucune intention d'arrêter quoi que ce soit. Pas avant des heures et des heures, en tout cas.

— Tiens, coup de chance. On dirait que j'ai réussi à localiser la clé.

Il extirpa le métal brûlant de sa sensuelle cachette. Sur un long soupir tremblant, Cybil souleva les paupières.

— Je savais qu'on pouvait te confier cette mission.

Il introduisit la clé dans la serrure, débloqua les verrous.

— Invite-moi à entrer, Cybil.

— Entre, Preston, le convia-t-elle.

Il poussa la porte et l'entraîna avec lui à l'intérieur. Les mains rivées à ses hanches, il continua à tirer en direction de l'escalier.

— Et le dîner ?

— Il attendra, décréta-t-il en décrochant le téléphone au passage.

— Le vin ?

— Plus tard.

Les jambes tremblantes, Cybil gravit l'escalier à reculons, cramponnée aux épaules de Preston.

— Demande-moi de te caresser.

— Caresse-moi, Preston.

Elle soupira lorsque ses mains glissèrent sur son corps.

— Demande-moi de découvrir le goût de ta peau.

— Dévore-moi, Preston, chuchota-t-elle, comme ensorcelée.

Avec un gémissement de délice, elle renversa la tête en arrière lorsqu'il pressa la bouche contre sa poitrine à travers la fine barrière conductrice de dentelle et de soie.

Lorsqu'ils atteignirent la porte de sa chambre, il lui égratignait le cou avec les dents, pressait les doigts au creux de ses reins.

— Embrasse-moi, intima-t-elle.

— Tout de suite.

Mais au lieu de lui prodiguer le baiser étourdissant qu'elle briguait, il se contenta de lui effleurer les coins de la bouche de la pointe de la langue.

— De la lumière, Cybil.

— Non, non... Pas d'électricité, surtout. J'ai des bougies. Il y en a partout.

Elle se dégagea et trouva la boîte d'allumettes à tâtons. Mais elle fut incapable d'en gratter une seule.

— J'ai les mains qui tremblent. C'est idiot, non ?

Il lui prit les allumettes des mains en lui caressant la cuisse au passage.

— Je *veux* que tu trembles. Ne bouge pas.

Il fit le tour de la pièce, allumant les bougies une à une. Lorsque des dizaines de lumières tremblotantes les entourèrent, Preston revint à Cybil qui l'attendait, immobile, ses yeux immenses écarquillés par un mélange indéchiffrable de désir et de mystère.

Il lui glissa les bras autour de la taille.

— Et maintenant, demande-moi de te prendre.

— Prends-moi, chuchota-t-elle, sans détacher son regard du sien.

Sa bouche se mêla à la sienne comme s'il voulait absorber sa substance même. Elle se sentit traversée de part en part par une première vague brûlante, née de la tension accumulée à coups de regards, de mots, de premières caresses esquissées. Cybil se cramponna à Preston, surfant sur la vague, prête à attiser encore le vent de tempête. C'était une tornade qu'elle voulait, un déchaînement. Une guerre des désirs ; une frénésie des sens, une lutte érotique au sommet.

— J'ai envie de toi, murmura-t-elle en couvrant son visage de baisers. Maintenant.

Elle tressaillit lorsqu'il la fit pivoter dos contre lui. Légèrement abasourdie, elle contempla leur reflet dans le grand miroir ancien, vit le désir assombrir le regard que Preston laissait courir sur son corps.

— Nous avons toute la nuit, lui rappela-t-il. Prends ton temps. Regarde.

Il enfonça doucement les dents dans le creux sensible entre cou et épaule. Un son léger monta de sa gorge, doux comme une imploration. Les yeux rivés sur leurs doubles dans le miroir, elle suivit le parcours des mains de Preston. Obnubilée, elle ne voyait plus qu'elles maintenant, en même temps qu'elle les sentait emprisonner ses seins puis remonter pour se glisser sous la soie de sa robe.

Elle ferma un instant les yeux, se préparant à entendre le son du tissu que l'on déchire. Mais il laissa ses mains descendre plus bas. Elle poussa un cri lorsqu'il exerça une légère pression sur son mont de Vénus.

Preston releva la tête et attrapa le lobe délicat d'une oreille entre ses dents. Puis il capta de nouveau le regard de Cybil dans le miroir. Lorsqu'elle était entrée chez Delta pour lui faire son grand numéro de séduction, elle l'avait rendu à demi fou de désir. Il comptait à présent lui rendre la politesse. Jouer de son pouvoir à son tour.

— Dis-moi que tu en veux encore, Cybil.

— Preston, protesta-t-elle dans un soupir.

Ses jambes ne la portaient plus. Ses muscles étaient à l'état semi-liquide. Les mains de Preston s'enhardirent, froissèrent sa robe sur ses cuisses.

— Dis-moi que tu en veux encore, répéta-t-il, inflexible.

La tête de Cybil retomba sans force contre son épaule.

— Oui, j'en veux encore.

— Moi aussi.

Ses doigts passèrent de la douceur soyeuse des bas au velouté ensorcelant de la chair. La sentir, la toucher faisait monter son excitation de manière à peine contrôlable. Mais il continuait à se contenir pour prolonger les préliminaires et honorer Cybil des plus subtiles caresses. Car il savait qu'une fois l'animal lâché en lui, ils se consumeraient l'un et l'autre dans la sauvagerie d'un désir sans limites.

Il mordilla, lécha sa nuque tout en faisant glisser la fermeture Eclair de sa robe. Il fit descendre le vêtement sur ses épaules puis réprima un grognement.

« Tentation en noir et blanc », songea-t-il pour la seconde fois en l'espace de moins d'une heure.

Même à travers les brumes qui obscurcissaient sa vision, Cybil vit le changement dans le regard de Preston. Comme une lueur létale qui s'allumait dans ses yeux. Et elle comprit que c'était là ce qu'elle cherchait depuis le début : le danger, le risque, l'ivresse. Elle était prête à tout pour voir céder enfin le contrôle d'acier qu'il exerçait sur lui-même.

Grisée par la découverte de son pouvoir, elle lui prit la main et la guida sur sa poitrine.

— J'ai acheté ces vêtements aujourd'hui pour que tu me les arraches cette nuit, murmura-t-elle, son regard rivé au sien.

Elle continua à guider ses doigts puis poussa un léger cri lorsqu'il déchira la robe.

Ce geste marqua la fin du patient jeu de séduction et le début de la tempête. Preston la retourna contre lui d'un geste presque brutal et la fit tomber avec lui sur le lit.

Il comprit qu'il allait forcément la dévorer vivante et qu'il ne pourrait rien faire pour se retenir. Le bassin de Cybil se souleva lorsqu'il la couvrit de sa main. Il entendit son cri étouffé lorsqu'il l'amena jusqu'à un premier pic de plaisir. Puis il s'escrima sur de nouvelles soies, de nouvelles dentelles, transformant sa lingerie en charpie.

Il se délecta de ses seins blancs comme neige. Adora leur douceur, leur fermeté. Sentit son cœur battre comme un oiseau affolé contre sa bouche. Pas un instant, les mains de Cybil ne restaient en repos de leur côté. Elles s'acharnaient sur sa chemise et ses petits ongles pointus s'enfonçaient dans sa chair, égratignaient la peau de son dos.

Sa bouche était avide, affamée ; ses gestes impatients — marqués par la même violence primitive que la sienne. Elle le débarrassa de son jean, le prit entre ses doigts, l'aima avec ses lèvres.

Elle roula avec lui d'un bout à l'autre du lit, entortillant les draps qu'elle avait si soigneusement lissés l'après-midi même. Le souffle bruyant et le corps secoué de frissons, elle se noua à lui, s'enroula à ses hanches, s'ouvrit pour lui donner son être et son avoir, son yin et son yang, son futile et son essentiel.

Lorsqu'il vint en elle et que leurs deux chaleurs se mêlèrent, ils furent submergés par une vague rugissante de plaisir qui les emporta, étroitement enlacés. Avec un gémissement rauque, Cybil laissa se déchaîner en elle une furie égale à la sienne.

Plus. Encore plus. C'était la seule pensée qui hantait encore l'esprit de Preston. Il avait beau être en elle, il la voulait plus fort encore. Lui prenant les mains, il lui souleva les bras, l'aida à s'agripper aux barreaux du lit et s'ancra encore plus profondément dans l'antre ému de sa chair. Elle s'arc-bouta. Accepta. Ivre du plaisir qu'il lui donnait, il garda les yeux rivés sur son visage, enregistrant tous les signes de l'extase montante, tandis qu'il la portait toujours plus haut, toujours plus vite vers la limite ultime où elle sanglota son nom, ses yeux immenses écarquillés jusqu'à paraître aveugles.

Et comme son corps fondait sous le sien, il se déversa en elle. Se rendit.

Ses mains tenaient toujours les siennes, même si les doigts de Cybil s'étaient desserrés sur les barreaux. Son corps couvrait toujours le sien, même si elle avait cessé de bouger. Ils restaient en lien — accouplés. Unis.

— Tu crois que nous respirons encore ? finit par chuchoter faiblement Cybil.

Il tourna la tête pour enfouir le visage dans son cou.

— Je sens une veine qui pulse, là. Apparemment ton cœur bat toujours.

— Bonne nouvelle. Et le tien ?

— Il a l'air de tenir le choc.

— Mmm… Parfait. Avec un peu de chance, si on attend un an ou deux, je serai de nouveau capable de bouger de ce lit.

Il souleva la tête. Même à travers ses paupières closes, Cybil sentit son regard bleu qui la scrutait. Elle sourit paresseusement.

— J'ai mis beaucoup d'application à te séduire, McQuinn. Merci de m'avoir rendu la pareille. C'était du grand art.

— Tout le plaisir fut pour moi.

Elle ouvrit les yeux.

— Je n'avais encore jamais vécu cela avec personne. Jamais. C'est la première fois que je ressens quelque chose d'aussi fort.

Erreur, constata Cybil lorsqu'elle vit son visage se fermer. Ce n'était manifestement pas la chose à dire à un amant comme Preston. Tant qu'ils étaient dans

173

la légèreté, le jeu, la complicité érotique, il se sentait dans son élément. Mais ni la tendresse ni l'expression de sentiments n'étaient de mise.

Elle en eut mal pour elle. Pour lui. Mal pour eux.

Retrouvant un sourire enjoué, elle bougea les doigts sous les siens.

— Tu sais que tu as des mains grandioses, McQuinn ? Et un doigté de magicien.

Preston rit doucement en se laissant rouler sur le dos.

— Je peux te retourner le compliment. C'est incroyable ce que tu arrives à faire avec ces petits doigts agiles.

Il s'en voulait de sa propre réaction ; maudissait le mouvement de recul qu'il avait eu, bien malgré lui, lorsque les yeux de Cybil s'étaient embués d'émotion.

Mais il ne pouvait pas laisser leur relation déraper du côté du sentiment. Il n'avait plus rien à offrir dans ce domaine. La partie de lui qui avait été capable d'amour était sclérosée depuis longtemps.

Cybil, par chance, semblait avoir pris son retrait émotionnel avec philosophie. Elle se dressa sur son séant avec son énergie coutumière.

— Il me semble que mon vin blanc passerait bien maintenant, non ?

— Oh, que oui !

Il lui caressa le mollet pour le seul plaisir de maintenir un contact tactile entre eux.

— Et tu ne m'avais pas parlé d'un dîner, au fait ?

Cybil se pencha pour lui effleurer les lèvres d'un baiser gentiment désinvolte.

— Mieux qu'un dîner même, McQuinn. Un festin.

Tout est prêt ou presque. J'ai juste quelques petites touches de dernière minute à apporter.

— Tu vas cuisiner ?

Cybil hocha la tête et se leva pour attraper une robe de chambre.

— C'est quoi, ce truc ? protesta-t-il.

— Ce « truc » s'appelle un peignoir, McQuinn. Il s'agit d'un vêtement d'intérieur commode conçu pour couvrir la nudité.

Il se leva pour la retenir et dénouer la ceinture de soie.

— Enlève-le.

Cybil leva vers lui un regard mi-interrogateur mi-brûlant.

— Je croyais que ton estomac criait famine, homme des bois ?

— Tout à fait. Et j'ai envie de te regarder cuisiner.

Avec un éclat de rire, elle resserra les pans de son peignoir autour d'elle.

— Pas question que je m'active aux fourneaux en tenue d'Eve, McQuinn. Désolée, mais ton petit fantasme restera inassouvi.

Preston ne partageait pas cet avis. Il se baissa pour attraper le reste d'un porte-jarretelles tristement mis à mal.

— Dis-moi… Tu en as d'autres, comme ça ?

Etonnée, Cybil haussa les sourcils.

— Une acheteuse intelligente procède généralement à des acquisitions par paires. J'ai le même ensemble en rouge, oui.

Le sourire de Preston s'élargit.

— Parfait. N'attends pas trop pour l'enfiler, car je meurs de faim.

Fignoler un repas en lingerie sexy était une activité des plus acrobatiques. Cybil en fit l'expérience lorsqu'elle se trouva acculée contre la porte du garde-manger par un Preston plus affamé d'elle encore que de ses feuilletés aux truffes. Ils firent l'amour debout, avec frénésie, sans même qu'elle songe à reposer le torchon qu'elle tenait à la main.

Stupéfiant.

A peine remise de ses émotions, elle se retrouva sur le tapis du séjour à chevaucher son amant.

Incroyable.

Et ça ne les avait pas empêchés de recommencer encore une fois sous la douche.

Preston avait raison : la nuit entière ne semblait pas devoir leur suffire. Chaque fois qu'ils croyaient leur soif étanchée, le désir renaissait de ses cendres. Ils ne se lassaient pas l'un de l'autre. Se mouvaient ensemble comme si leurs gestes étaient commandés par les mêmes nerfs, les mêmes muscles. Et finissaient par s'entremêler si étroitement que Cybil ne savait plus, par moments, si le cœur de Preston battait dans sa poitrine ou l'inverse.

Les bougies avaient fini de se consumer, ne laissant plus derrière elles que l'écho de leur parfum, et les deux amants s'étreignaient toujours. A l'aube seulement, ivre d'amour et de fatigue, Cybil céda au sommeil, étroitement enlacée à Preston.

Mais lorsqu'elle ouvrit les yeux quelques heures plus tard, son lit était vide.

Et quoi d'étonnant, au fond ? Connaissant Preston,

elle aurait dû se douter qu'il ne dormirait pas avec elle pour se réveiller à son côté. Elle avait su d'emblée comment il fonctionnait. Et l'avait accepté tel quel.

Il n'y aurait jamais entre eux de mots tendres ni d'épanchements. Ni longs regards amoureux ni dialogues cœur à cœur.

Leur intimité serait physique et uniquement physique. Et les frontières resteraient bétonnées du côté de Preston. C'était à elle de gérer ses sentiments de son côté. Preston ne pouvait pas deviner qu'elle s'était donnée à lui comme elle ne s'était encore jamais donnée à aucun homme. C'était son problème, si elle l'aimait d'un amour fou.

Frottant ses yeux fatigués, Cybil se fit violence pour s'extirper du lit et mettre de l'ordre dans le chaos de sa chambre. De Preston, elle savait ce qu'elle pouvait attendre et elle savait sur quoi il était inutile de compter. Il avait pris soin, après tout, de poser ses limites d'emblée. Ces restrictions émotionnelles mises à part, ils pourraient passer des moments fabuleux ensemble.

Alors, de quoi se plaignait-elle ?

Avec un profond soupir, Cybil rassembla les restes de bougies consumées et de lingerie en lambeaux. Après la nuit qu'elle venait de passer, ce serait tout de même un comble qu'elle débute la journée en se désespérant ! Elle était responsable de ses actes et capable d'assumer ses sentiments la tête haute, sans rien demander à personne. Il ne manquerait plus qu'elle s'effondre en larmes sous prétexte qu'elle vivait une histoire intense avec un homme beau, riche et brillant.

Se jetant sur le lit, Cybil attrapa le téléphone. Elle

avait besoin de parler. De partager ses doutes et ses questions. Et au stade où elle en était, il n'y avait plus qu'une seule interlocutrice possible.

— Maman ? chuchota-t-elle dans le combiné. Oh, maman, je suis amoureuse !

Et elle éclata en sanglots.

Les doigts de Preston volaient sur le clavier. Il n'avait dormi que trois heures mais il avait rarement eu la tête aussi claire. Et les dialogues s'enchaînaient d'eux-mêmes. Sa première vraie pièce, il l'avait écrite dans la douleur. Chaque mot arraché de lui-même avait ouvert une plaie béante. Mais cette seconde œuvre coulait avec une fluidité stupéfiante.

Une vie nouvelle émanait de son écriture. Et de lui-même aussi, étrangement. Sa pièce avait enfin pris corps et il la voyait désormais devant lui comme si elle avait déjà été portée à la scène. Il visualisait les décors, les lumières. Les personnages et leur logique interne : les gagnants et les vaincus, ceux qui étaient portés par la grâce et ceux que la vie avait défaits.

L'humanité tout entière résumée en trois actes.

Une énergie nouvelle animait ces êtres qui se dessinaient sur la page de son écran. Pour Preston, ils devenaient des compagnons intimes dont il partageait les coups de cœur et les désillusions. A l'origine, il leur avait prêté des pensées désenchantées, des ressassements mélancoliques. Mais l'espoir, insidieusement, était venu se glisser dans ses répliques et transparaissait jusque dans ses indications scéniques.

Preston continua à travailler jusqu'à ce que son

inspiration l'abandonne. Puis, légèrement désorienté, il regarda autour de lui. La pièce était plongée dans l'obscurité. Et il n'avait aucune idée de l'heure. Une chose était certaine, en revanche : son estomac vide criait famine. Jetant un regard dégoûté au fond de café amer qui refroidissait dans sa tasse, il se leva pour étirer ses muscles ankylosés et déambula jusqu'à la fenêtre. Il ouvrit les rideaux en grand et découvrit qu'un gros orage de printemps se déchaînait sur la ville. Et lui qui ne s'était aperçu de rien !

Chassés par une pluie battante, les piétons couraient dans tous les sens, s'égaillant à la recherche d'un abri. Posté à l'angle de la rue, un vendeur ambulant faisait fortune en proposant des parapluies. Un objet que les New-Yorkais devaient avoir coutume de jeter après usage. Car personne, dans cette ville, ne semblait en être équipé au moment opportun.

Preston se demanda si Cybil était à sa fenêtre de son côté, son carnet de croquis à la main. A cette petite scène ordinaire de la vie urbaine, nul mieux qu'elle ne saurait donner de l'humour, du caractère et de l'éclat.

Elle choisirait sans doute le vendeur de parapluies et lui inventerait une biographie. Le jeune homme encapuchonné sortirait de l'anonymat et se verrait attribuer un nom, une personnalité, quelques petites manies. Et c'est ainsi qu'une simple silhouette entrevue dans la rue prendrait sa place dans l'univers de Cybil.

Elle avait un don pour cela, d'ailleurs : attirer les gens dans son monde.

Preston songea qu'il en faisait lui-même partie, désormais. Il n'avait pu résister à la tentation de pousser sa porte et de se laisser absorber par les couleurs, l'agitation, le charme de la galaxie Cybil.

Ce dont elle ne semblait pas se rendre compte, en revanche, c'est qu'il détonnait dans son univers enchanté.

Preston poussa un léger soupir en suivant d'un regard distrait le ballet des passants trempés en contrebas. Autant le reconnaître : lorsqu'il était avec elle, il avait une fâcheuse tendance à oublier que son espace à lui était ailleurs. Il était même tenté de s'incruster dans celui de Cybil. Là où la vie bondissait comme un torrent ; là où le plaisir semblait couler de source.

Mais ces illusions, il le savait, étaient aussi passagères que l'orage qui sévissait sur la ville.

Lorsque Cybil s'était endormie dans ses bras, il avait failli fermer les yeux à son tour et passer le reste de la nuit dans son lit. Il lui avait paru insidieusement normal — *naturel* même — de s'abandonner au sommeil dans la chaleur des draps partagés, avec ce corps tiède de femme blotti contre le sien.

En se penchant sur le visage endormi de Cybil, il avait eu une impression de douceur presque déchirante. Et il avait eu faim d'elle, de nouveau, mais d'une tout autre manière. Ce n'était plus tant l'envie de posséder que celle de tenir, d'enlacer, de partager un même rêve.

Une envie dangereuse, en somme.

Voilà pourquoi il avait jugé plus prudent de la laisser dormir seule.

Preston descendit refaire du café dans la cuisine, avala un sandwich et envisagea de faire une sieste. Mais il savait qu'il serait incapable de fermer l'œil.

Cybil et la nuit qu'ils avaient passée ensemble étaient trop présentes dans ses pensées.

Si seulement il avait été mouche sur un mur pour voir à quoi elle était occupée. Il aurait pu passer lui dire un petit bonjour, sans doute. Mais de quel droit la dérangerait-il dans son travail, sous prétexte qu'il en avait momentanément fini avec le sien ?

Sous prétexte que le fracas de la pluie d'orage tambourinant contre la vitre le ramenait à sa solitude.

Sous prétexte qu'il avait envie d'elle.

Enervé, indécis, Preston arpenta le séjour. La solitude, jusqu'aux dernières nouvelles, ne lui avait jamais pesé. Non seulement il *aimait* être seul, mais l'isolement lui était nécessaire pour travailler.

Il n'empêche qu'il avait envie d'être avec elle pour regarder la pluie tomber. Il avait envie de lui faire l'amour tout en douceur tandis que l'orage continuerait à se déchaîner, les protégeant du reste du monde.

En bref, il avait *beaucoup* d'envies qui tournaient autour de Cybil…

Preston se passa nerveusement la main dans les cheveux. « Bon, allez. Pas de panique, mon vieux. » Tant qu'il restait dans le domaine du désir, il n'avait pas trop d'inquiétude à se faire. C'était le passage du désir au besoin qu'il fallait éviter. Mais le glissement de l'un à l'autre s'opérait parfois de façon insidieuse. Et qu'est-ce qui lui prouvait, d'ailleurs, qu'il ne flirtait pas déjà avec les limites entre l'un et l'autre ?

Un homme qui avait une femme dans la peau devenait forcément plus ouvert, plus vulnérable. Et il finissait par exposer des parties de lui qu'il aurait eu intérêt à tenir cachées.

Que Cybil ne soit pas Pamela, Preston était assez lucide pour s'en rendre compte. Il n'était pas devenu obtus au point de penser que les femmes dans leur ensemble étaient vouées au mensonge et à la trahison. S'il y avait une personne au monde qu'il considérait comme incapable de cruauté, c'était bien Cybil Campbell.

Mais cela ne changeait rien au fond du problème.

Son expérience avec Pamela avait été trop cuisante pour qu'il accepte de s'exposer à un second échec. Voilà pourquoi il veillait à toujours garder le contrôle de son implication émotionnelle. Etre passé une première fois par le désespoir, le dénuement et la chute lui avait suffi. Le choc de la trahison avait été si violent qu'il avait perdu la capacité de s'engager, de faire l'expérience de l'intimité avec une femme.

Autrement dit, il n'avait rien à craindre, se raisonna Preston en buvant son café. Cybil ne lui proposait rien de plus, au demeurant, qu'une agréable amitié amoureuse. Elle savait aussi bien que lui que leur histoire n'était pas appelée à durer.

Dans quelques semaines, il aurait quitté New York et chacun reprendrait son ancienne vie. Il s'enfermerait de nouveau dans sa forteresse. Et Cybil continuerait à vivre dans une agitation permanente avec son inépuisable bande d'amis tapageurs.

Preston reposa sa tasse avec fracas. Aussi étrange que cela puisse paraître, cette perspective, loin de le réjouir, le plongeait dans l'accablement.

Bon. Rien ne les empêchait de se revoir de temps en temps, cela dit. Le Connecticut n'était pas le bout du monde. Il venait régulièrement à New York pour voir Mandy ou pour jouer chez Delta. Qu'est-ce qui lui interdisait d'en profiter pour passer un peu de temps avec Cybil ?

Quitte à revenir régulièrement un ou deux jours par semaine. Pourquoi pas ?

Tout s'arrêterait le jour où Cybil déciderait de faire sa vie ailleurs, en revanche. Enfonçant les poings dans les poches, Preston recommença à faire les cent pas dans l'appartement. Une fille comme elle ne passerait pas indéfiniment son temps à l'attendre. Elle méritait mieux — beaucoup mieux — qu'un amant intermittent qui n'avait qu'un avenir en pointillé à lui proposer.

Lorsque Cybil trouverait à s'engager de façon plus satisfaisante ailleurs, il adopterait un profil bas et la laisserait partir. Sans scènes et sans reproches.

Les mâchoires crispées, Preston tapa du plat de la main sur le bar. Bon. Voilà qui était réglé. Il respecterait la liberté de Cybil. Saurait s'effacer, le moment venu, devant un cousin Franck quelconque, qu'un de ses amis bien intentionnés s'arrangerait pour lui imposer. Mais une chose était certaine : la tolérance avait ses limites. Et tant qu'ils seraient voisins de palier, il revendiquait une *totale* exclusivité !

Décidé à mettre les pendules à l'heure, Preston sortit de chez lui juste à temps pour voir Cybil se jeter dans les bras d'un homme aux traits magnifiques, vêtu d'un blouson en cuir râpé.

— Rien à faire, Cybil. Tu restes la plus belle fille de tout New York, commenta l'apollon avec un léger accent du Sud. Embrasse-moi.

La voyant s'exécuter sans se faire prier, Preston se demanda quelle méthode de meurtre lui apporterait la satisfaction la plus immédiate et la plus profonde.

Et se prépara à frapper.

Chapitre 8

— Matthew ! C'est bien de toi de débarquer comme ça, sans t'annoncer ! Quand es-tu arrivé à New York ? Et combien de temps comptes-tu rester ? Tu ne peux pas savoir comme je suis contente de te voir ! Mais tu es trempé comme une souche, mon pauvre. Viens, entre vite te sécher...

Cybil examina son blouson mouillé et secoua la tête.

— Je me demande quand tu vas te décider à en acheter un autre. Celui-ci a l'air d'avoir soutenu au moins deux guerres mondiales.

Matthew la décolla du sol en riant et la fit tournoyer dans ses bras.

— Tu sais que tu es toujours aussi bavarde, toi ? Une vraie pie.

— C'est le bonheur qui me fait ça ! Comment as-tu... ? Ah, Preston ! Je ne t'avais pas vu, s'exclama-t-elle lorsqu'elle capta enfin son regard.

Preston hocha la tête.

— A l'évidence, ton attention était ailleurs.

Il parvint à la conclusion que le meurtre à mains nues serait de loin la solution la plus gratifiante. Il déchirerait le type en petits morceaux et les ferait avaler à Cybil un à un.

— Je ne voudrais surtout pas vous déranger, lâcha-t-il entre ses dents. Vous avez l'air tellement ravis d'être ensemble.

— C'est génial, non ? Matthew, je te présente Preston McQuinn.

— McQuinn ? releva le dénommé Matthew en faisant prudemment un pas en arrière. L'auteur dramatique, c'est ça ? J'ai eu l'occasion de voir votre pièce lors de mon dernier passage à New York. Cyb a pleuré toutes les larmes de son corps. J'ai plus ou moins été obligé de la porter hors du théâtre.

— Matthew, tu exagères toujours !

— Pas tant que ça. Cela dit, tu as toujours eu la larme facile. Tu pleurais même en regardant les pubs à la TV, souviens-toi.

— N'importe quoi ! Ah, zut, le téléphone ! Je vous laisse une seconde !

Cybil se précipita dans l'appartement, abandonnant les deux hommes campés face à face. Matthew le regarda droit dans les yeux.

— Je suis sculpteur, McQuinn. Et comme j'ai besoin de mes dix doigts pour travailler, je préfère vous préciser que je suis le frère de Cybil *avant* de vous serrer la main.

Sans se départir de sa méfiance première, Preston examina l'inconnu.

— Je ne vois aucune ressemblance.

— Les lois de la génétique sont impénétrables, McQuinn. Vous voulez que je vous sorte une pièce d'identité ?

— C'était Mme Wolinsky, annonça Cybil qui revenait déjà au pas de course. Elle t'a vu entrer, Matthew, mais n'a pas été assez rapide pour te coincer avant que tu t'engouffres dans l'ascenseur. Elle tient à ce que je te dise que tu es plus beau que jamais.

Cybil attrapa en riant les joues de son frère.

— Tu ne trouves pas qu'il est mignon, Preston ?

— Ne commence pas ! protesta Matthew.

— Il faut bien dire ce qui est, non ? Toutes les filles t'adorent, Matthew. C'est la vie… Allez, entrez, tous les deux. On va boire un verre pour fêter ça.

Le premier réflexe de Preston fut de refuser. Mais il finit par obtempérer avec un léger haussement d'épaules. Il avait quelques minutes à perdre, après tout. Et ce serait l'occasion de voir quel genre de lien Cybil entretenait avec sa famille.

— Qu'est-ce que vous sculptez, alors ?

— Du métal, principalement.

Matthew ôta son blouson et le jeta sur le bras d'un fauteuil. Cybil le récupéra avant même qu'il ait le temps d'atterrir.

— Je monte le mettre à sécher dans la salle de bains… Preston, sers-nous un verre de vin, tu veux bien ?

— Pas de problème.

— Elle n'aurait pas une bière au frais, plutôt ? demanda Matthew dès que Cybil eut le dos tourné.

— A priori, elle devrait en avoir en stock.

Le frère aîné de Cybil prit appui sur le bar et le regarda aller et venir dans le coin cuisine.

— Vous avez l'air de bien connaître la maison, McQuinn.

— Assez, oui, répondit-il avec désinvolture, conscient du regard méfiant de Matthew posé sur lui.

Preston décapsula deux bières et versa un verre de vin à Cybil.

— Vous travaillez dans le Sud, Matthew ?

— A La Nouvelle-Orléans, oui. C'est une ville où nous avons nos racines du côté de notre mère. Et le climat me convient pour sculpter... Mais Cybil ne m'avait encore jamais parlé de vous. Il n'y a pas très longtemps que vous avez emménagé dans l'immeuble, je suppose ?

Preston leva sa bière en guise de salut. Et constata que les yeux de Matthew étaient de la couleur exacte des cheveux de sa jeune sœur : ambrés comme les meilleurs whiskys.

— Pas très longtemps, non.

— Vous êtes du genre rapide, on dirait ?

— Ça dépend.

Ils se turent lorsque les pas de Cybil retentirent dans l'escalier.

— Preston, protesta-t-elle en les trouvant chacun avec une bière à la main. Tu aurais pu au moins mettre des verres !

— Nous les hommes, les vrais, nous n'avons pas besoin de verre, rétorqua Matthew sans quitter Preston des yeux. On avale notre mousse d'un trait et on engloutit même la bouteille.

— J'imagine que des mâles aussi virils n'auront que dédain pour des choses délicates, comme des petits dés de fromage et des toasts au caviar ?

— Penses-tu. Nous les mâles virils sommes très sensibles à la délicatesse, rétorqua Matthew en se perchant sur un de ses sièges. Tu n'as plus que trois tabourets de bar ? Il y en avait bien quatre la dernière fois que je suis venu, non ?

— J'en ai prêté un à Preston, répondit Cybil en farfouillant dans son réfrigérateur. Mais tu ne m'as toujours pas dit ce que tu fais à New York, Matt.

— J'ai rendez-vous demain avec un galeriste en vue d'une exposition cet automne. Et je repars dans la foulée. Je fais juste un passage éclair.

Cybil disposa ses toasts sur un plat.

— Et tu as pris une chambre à l'hôtel, je parie ?

Matthew reposa sa bière avec une moue amusée.

— Je serais bien venu camper chez toi, mais tu sais ce que je pense de ta politique de la porte ouverte.

Il se tourna vers Preston pour le prendre à témoin.

— Vous avez vu comment elle vit ? C'est de la folie, non ? Un défilé permanent.

— Matt est un reclus, précisa Cybil en préparant quelques crudités. Vous devriez d'ailleurs vous entendre, tous les deux. Preston appartient à la catégorie des grands sauvages, lui aussi. Moins il voit de monde, mieux il se porte.

Les deux hommes échangèrent un sourire.

— Enfin une personne sensée dans tes relations, Cybil, commenta Matthew.

Il piqua un toast au caviar et se tourna vers Preston.

— Une fois, je me suis laissé convaincre de séjourner ici. Une épreuve ! Pendant trois jours, j'ai quasiment vécu en communauté. Ça rentrait, ça sortait, comme dans un moulin. Certains venaient pour manger, d'autres pour boire. De vagues relations débarquaient avec des amis d'amis et abandonnaient leurs animaux domestiques au passage. C'est un vrai poulailler, cet appartement.

— N'importe quoi, protesta Cybil en pinçant son frère. J'avais juste un petit chien en garde. Il était discret comme tout, ce caniche, c'est à peine si on s'apercevait de sa présence.

— Parle pour toi. Il squattait mes genoux en permanence. Et en guise de remerciement, ce cabot frisé m'a dévoré une paire de chaussettes.

— Si tu ne laissais pas toujours tout traîner par terre, ça ne serait pas arrivé. D'ailleurs, tu exagères. Il s'est contenté de les mordiller un peu.

Matthew leva les yeux au ciel.

— Je renonce à entrer dans ce débat. En tout cas, ce que j'apprécie dans les hôtels, c'est l'anonymat. La vie est tellement meilleure sans voisins et sans animaux domestiques... Cela dit, comme je suis quand même un grand frère exemplaire, je t'autorise à me cuisiner un repas ce soir.

— Tu as toujours eu un sens aigu du sacrifice, Matt.

— A qui le dis-tu ? A propos, McQuinn, elle t'a déjà fait son poulet en croûte de sel ?

— Je n'ai pas encore eu cet honneur, non.

— Tu ne peux pas passer à côté d'une expérience pareille. Bon, laisse-moi faire et je la baratine pour qu'elle nous en cuisine un ce soir. Et je te garantis que tu vas me remercier.

En compagnie du frère et de la sœur, Preston passa une soirée agréable bien que sexuellement frustrante. Matthew et Cybil s'adoraient et se taquinaient sans relâche. S'énervaient aussi par moments. Puis retombaient dans les bras l'un de l'autre en se traitant affectueusement de tous les noms.

Preston se souvenait d'avoir eu le même type de relation avec sa sœur Jenna. Avant Pamela, tout du moins. Après Pamela, l'affection avait subsisté. Mais le malaise qui s'était installé entre eux ne s'était jamais entièrement dissipé.

Entre Cybil et Matthew, en revanche, la décontraction était totale. Pas l'ombre d'une pointe d'embarras de part et d'autre. Ils n'hésitaient pas à se bombarder mutuellement avec les anecdotes les plus compromettantes. Et en riaient tous deux de bon cœur.

Après le dîner, Preston prit congé pour laisser le frère et la sœur en tête à tête. Mais il demeura comme imprégné de l'ambiance qui régnait dans l'appartement d'à côté. Pensif, il grimpa dans sa chambre et mit l'ordinateur en route. Et s'il incluait des éléments du dialogue entre Cybil et Matthew à la fin de son deuxième acte ? Cela dynamiserait l'intrigue, allégerait la longue tirade de son personnage masculin principal, et casserait le tragique de la scène.

Avec un soupir résigné, Preston ouvrit son fichier électronique et commença à relire, à modifier, à peaufiner ses répliques. Autant qu'il se fasse une raison. L'attention de Cybil risquait d'être monopolisée par son frère pendant un bon moment encore. Et le travail apparaissait comme son seul recours pour traverser la soirée.

*
* *

— Tu sais qu'il ne me déplaît pas, ton ami l'écrivain de théâtre ?

Les pieds posés sur la table basse, Matthew fit tourner son cognac dans son verre.

— Tu me croiras si tu veux, mais j'ai un certain faible pour lui moi aussi, admit Cybil en achevant de ranger les restes du repas.

— Il n'est pas un peu taciturne et ténébreux pour toi ? Vous êtes plutôt contrastés tous les deux.

Cybil se laissa tomber à côté de son frère sur le canapé.

— C'est la fameuse complémentarité des opposés, non ? Son silence me repose. Rien de tel qu'un muet pour monologuer en toute impunité.

Matthew huma les arômes qui s'exhalaient de son cognac et dégusta une gorgée.

— Apparemment, ton muet ne fait pas que t'écouter soliloquer. Vous n'avez pas perdu de temps pour tomber dans les bras l'un de l'autre lorsque j'ai eu la bonne idée de monter passer un coup de fil dans ta chambre.

— Puisque tu étais au téléphone là-haut, tu ne pouvais pas savoir ce que nous faisions en bas… Sauf si tu nous espionnais, bien sûr. Mais tu ne ferais jamais une chose pareille, n'est-ce pas, mon *cher* frère ? s'enquit-elle avec un sourire suave en battant ostensiblement des paupières.

— Loin de moi cette idée. Le hasard a voulu que je tourne la tête au moment stratégique alors que je montais à l'étage. Il ne m'a pas échappé d'autre part que l'ami McQuinn te dévorait des yeux d'une façon très particulière. Comme s'il savait *déjà* que tu étais encore plus fondante sous la langue que ton poulet en croûte de sel — lequel, au demeurant, était excellent. J'en ai tiré mes conclusions.

Cybil lui donna un coup de coude dans les côtes.

— Ça y est ? Tu as fini ? Ou tu comptes poursuivre l'interrogatoire jusqu'au petit matin ? Disons, pour satisfaire ta curiosité, qu'il y a effectivement quelque chose entre Preston et moi. Ça te va ?

— Vous couchez ensemble, autrement dit.

Cybil ouvrit de grands yeux innocents.

— Allons, allons, Matt, comme tu y vas ! Preston et moi allons devenir partenaires à la belote. Nous sommes bien conscients qu'il s'agit d'une décision grave qui nous engage l'un et l'autre. Mais nous sommes prêts à franchir le pas.

— Tu as toujours eu le sens de la repartie, Cybil.

— C'est ce qui fait ma réputation et ma fortune, mon cher frère.

— Et en ce moment, tu amuses tes lecteurs tous les matins avec une caricature réussie de ton voisin d'en face. Il est très intéressant, ce Quinn. Surtout maintenant que j'ai vu l'original.

— C'était difficile de résister à la tentation d'en faire un personnage de BD, non ?

Matthew tambourina des doigts sur l'accoudoir.

— Emily est convaincue qu'elle l'aime, son Quinn. Mais fuyant et compliqué comme il l'est, il risque de la rendre malheureuse, tu ne crois pas ?

Cybil se tut quelques secondes avant de répondre :

— Emily est une figure sur le papier, Matt. C'est ma créature. Pas mon alter ego.

— Emily a son propre caractère, c'est vrai. Mais elle a certains traits de toi.

— Exact. C'est sans doute pourquoi j'ai de la sympathie pour elle.

Sourcils froncés, Matthew scruta le fond de son verre de cognac d'un air sombre.

— Ecoute, Cybil, loin de moi l'idée de vouloir me mêler de tes histoires de cœur. Mais je suis et reste ton grand frère.

— Un super grand frère, Matt.

Elle se pencha en riant pour lui poser un baiser sur la joue.

— Et je te promets que tu n'as aucun souci à te faire pour moi, *big brother*. Preston McQuinn n'abuse pas de la naïveté de ta jeune sœur innocente.

Lui prenant le cognac des mains, elle en avala une gorgée avant de le lui rendre.

— En fait, c'est moi qui abuse de lui. Je lui ai apporté une assiette de mes super cookies, peu après son arrivée ici. Et maintenant qu'il est accro à ma pâtisserie, j'en ai fait mon esclave sexuel. Subtil, non ?

Matthew soupira.

— L'humour est un refuge commode, Cybil. Je ne cherche pas à connaître les détails de votre histoire, mais...

— Ah, quel dommage ! Et moi qui voulais tout te raconter de A à Z, avec photos souvenirs à l'appui.

— Cybil...

De plus en plus mal à l'aise dans son rôle de grand frère moraliste, Matthew se passa la main dans les cheveux.

— Je sais que tu es une grande fille, adulte et vaccinée. Le problème, c'est que tu es aussi sacrément jolie, malgré ton nez.

— Comment ça, malgré mon nez ? Il est très mignon, mon nez, protesta-t-elle vigoureusement.

— Il est vrai que nous nous sommes toujours donné beaucoup de mal, dans la famille, pour te faire croire qu'il n'avait rien d'anormal. Cela dit, tu as très bien su surmonter cette petite difformité.

Elle ne put s'empêcher de rire.

— Tais-toi, Matthew.

— Au fond, ce que j'ai à te dire est simple : sois toi-même et tout devrait aller pour le mieux.

Cybil lui jeta en riant les bras autour du cou.

— Je t'adore, sale bête ! Tu es un type formidable, au fond. En dépit de ton horrible tic facial.

— Je n'ai jamais eu de tic facial !

— Nous nous sommes toujours donné beaucoup de mal dans la famille, pour te faire croire que tu n'avais rien d'anormal, mais...

Matthew éclata de rire.

— Tais-toi, vilaine.

— Tu es sûr que tu ne peux pas rester un jour de plus ?

Il posa la joue sur le sommet de sa tête.

— Impossible. Je me suis engagé à passer une petite semaine à Hyannis. Le Massachussetts est agréable, en cette saison. Je compte me balader un peu. Faire quelques croquis. Grand-père m'a arraché la promesse que je serais chez eux après-demain sans faute. Et tu sais comment il est.

— Manipulateur en diable, oui. Grand-mère se fait un sang d'encre pour toi, c'est ça ? devina Cybil.

Matthew lui décocha un clin d'œil.

— Exactement. Elle est rongée par l'angoisse et

n'en dort plus la nuit. Tiens, pourquoi ne viendrais-tu pas me rejoindre chez eux un jour ou deux ? Ça fera un bonus à Daniel : deux petits-enfants pour le prix d'un. Et on se soutiendra mutuellement chaque fois qu'il nous sermonnera sur l'amour, le mariage et l'obligation qui pèse sur nous d'assurer la postérité des Campbell.

— Mmm… Il est vrai que ça fait un moment que Daniel me réclame une visite. Et je suis en avance de quelques épisodes pour *Voisins et Amis*… J'ai un rendez-vous important après-demain, mais pour le reste…

— Alors, loue-toi une voiture et prends la route juste après le rendez-vous.

La voyant hésitante, Matthew lui ébouriffa affectueusement les cheveux.

— Si ça t'ennuie de laisser ton partenaire de belote, tu peux toujours lui proposer de se joindre à nous. On vous organisera quelques parties de cartes.

— Tiens, pourquoi pas ? murmura rêveusement Cybil. La maison de Hyannis pourrait lui plaire. De toute façon, avec ou sans lui, je viendrai.

— Parfait.

Matthew ne dit rien mais il espérait que Preston serait du voyage. Tel qu'il connaissait Daniel MacGregor, il ne lui faudrait pas deux minutes avant de commencer à parler mariage à l'auteur dramatique. Et compte tenu du caractère des protagonistes, la rencontre entre les deux hommes promettait d'être électrique !

*
* *

Il était déjà minuit passé lorsque Matthew regagna son hôtel. Cybil bâilla, hésitant sur la conduite à suivre. La solution raisonnable consistait à monter se coucher. Seule et tout de suite. Ni Preston ni elle n'avaient beaucoup dormi la nuit précédente.

« Il a besoin de repos et toi aussi », se dit-elle. Mais elle traversait déjà le palier pieds nus pour aller sonner à sa porte. Quelques secondes s'écoulèrent sans que Preston réagisse. Il devait dormir, supputa Cybil. Ou alors il était parti jouer chez Delta. Sur le point de regagner son appartement, elle l'entendit tirer le verrou.

— Euh... salut. Je ne te réveille pas ? Je viens de réaliser que j'avais oublié de te proposer un digestif.

Preston examina le palier vide.

— Et ton frère ?

— Parti. Mais comme j'ai ouvert une bonne bouteille de cognac, j'ai pensé que...

Le reste de sa phrase se perdit dans un murmure incohérent lorsque Preston lui saisit le poignet, la tira sans ménagement à l'intérieur et la plaqua contre le battant clos.

Il l'embrassa si voracement qu'elle en oublia presque pourquoi elle était venue.

— Bon, de toute évidence, ce n'est pas de cognac que tu avais envie, murmura-t-elle contre ses lèvres lorsqu'il la laissa enfin reprendre son souffle.

Sans répondre, Preston déboutonna sa courte veste en tweed. Elle lui rendit la politesse en s'attaquant à sa chemise.

— Pas de mignardises non plus, apparemment ?

eut-elle le temps de chuchoter juste avant que sa bouche ne revienne écraser la sienne.

Preston aurait été incapable de prononcer un mot. Le désir qui l'avait submergé en la voyant avait la violence d'une tempête tropicale et ne lui laissait aucun répit. Il buvait aux lèvres de Cybil, entrelaçait sa langue à la sienne, lui tirait la tête en arrière pour plonger encore plus profondément au cœur de sa bouche offerte.

Cybil se pressait contre lui, s'accrochait à ses épaules, gémissait de plaisir tandis qu'il faisait glisser son pantalon sur ses hanches.

Il la voulait pour lui. Entièrement. Sans retenue. Prenant ses seins à pleines mains, il les malaxa, fit rouler la pointe entre ses doigts avant d'y porter les lèvres. Il lécha, lapa, aspira tandis que les ongles de Cybil s'enfonçaient dans son dos. La douleur, telles de légères piqûres d'aiguilles, accentua encore sa frénésie. La peau de Cybil était une soie chaude, vivante. Une invitation au plaisir.

Le désir qui le tenaillait était comme une lame acérée qui fouillait sa chair, lui lacérait les reins. Toujours plus bas, il se laissa descendre le long de son corps, lui donnant du plaisir jusqu'à ce qu'elle s'affaisse contre la porte, s'offrant sur un cri muet, le corps secoué de soubresauts.

Les paumes glissant sur sa peau moite, il lui fit atteindre un second sommet. Puis il se laissa tomber aveuglément sur la chaise longue et la souleva par les hanches pour la placer à cheval sur lui.

Il chercha son regard et vit le vert voilé de ses

yeux s'assombrir et se troubler tandis qu'il la faisait descendre sur lui.

Sa chair docile se referma sur la sienne, leurs gémissements rauques se mêlèrent. Cybil renversa la tête en arrière, révélant la beauté gracile de son cou.

Puis elle se mut d'avant en arrière, donnant le rythme, dansant sur lui. A chacun de ses coups de hanches, Preston se sentait propulsé avec elle vers le vortex noir du délire. Et il aspirait de tout son être à cette explosion, cette libération, ce moment où il sentirait tomber les frontières de son identité.

Les sensations en lui étaient comme autant de flèches aiguës, lumineuses qui l'écorchaient vif. Dans sa bouche, il avait le goût de son plaisir ; sous ses paumes, la brûlure de sa chair. Le son presque animal qui montait de la gorge de Cybil attisait son ivresse. Et il ne parvenait pas à détacher les yeux de son visage qu'illuminait déjà le début de l'extase.

Il tirait sur ses propres limites, luttant pour prolonger leur plaisir. Mais elle se resserra autour de lui comme en triomphe, criant son nom, et il fut emporté par la vague de ses contractions, pris dans les courants sous-marins, submergé par la puissance de l'orgasme.

Alors, comme elle l'avait déjà fait la veille, Cybil s'abandonna contre lui. La sentir ainsi alanguie, les muscles comme fondus, sa tête contre son épaule, ses lèvres à son cou, lui apporta une douceur inconnue. Fermant les yeux, il la maintint serrée contre lui, se raccrochant à la qualité presque irréelle de l'instant.

« C'est la première fois que je ressens quelque chose d'aussi fort », lui avait confié Cybil la veille. Il aurait pu lui répondre aujourd'hui qu'aucune femme, jamais, ne l'avait touché autant qu'elle. Mais s'il avait un certain talent pour coucher les mots sur le papier, dire les choses lui était infiniment difficile.

— Pendant toute la soirée, je n'avais qu'une envie : poser les mains sur toi, murmura-t-il, les lèvres enfouies dans ses cheveux.

Cela au moins, il pouvait l'admettre sans grand risque.

— Mmm… Et dire que j'ai failli monter me coucher après le départ de Matt.

Avec un soupir de contentement, elle se blottit encore plus étroitement contre lui.

— Je savais que cette chaise serait parfaite pour toi, Preston.

Un rire amusé vibra dans sa poitrine.

— J'envisageais de la faire recouvrir. Mais après ce qui vient de se passer, je vais la faire couler dans le bronze.

Cybil se dégagea pour lui prendre le visage entre les mains.

— J'adore tes petites touches d'humour pince-sans-rire.

— Ce n'est pas drôle. Ça va me coûter une fortune.

Preston espérait l'entendre rire. C'était un son qu'il avait appris à aimer — un son qui tendait même à lui devenir nécessaire.

Mais le sourire de Cybil se fit rêveur, un voile étrange altéra son regard.

— Preston…, murmura-t-elle avant de pencher la tête pour mêler sa bouche à la sienne.

Le baiser qu'elle lui prodigua l'emporta comme sur un océan calme. C'était une invitation au voyage.

Non plus à une exploration des sens, cependant, mais à un périple à la croisée de leurs âmes.

Le baiser toucha quelque chose de profond en Preston et le remplit de nostalgie pour un bonheur auquel il refusait de croire. Une barrière menaçait de basculer en lui. Ses mains en tremblaient tant il luttait pour ne pas succomber.

Inexorablement, il se sentit franchir la limite entre désir et besoin, et vaciller, impuissant, à l'extrême bord de ce gouffre que d'aucuns appelaient « amour »…

Pressant sa joue contre la sienne, Cybil ferma les yeux très fort et pria pour un miracle. Mais même si elle avait senti une tendresse nouvelle circuler entre eux, ce ne fut pas pour lui parler sentiments que Preston finit par ouvrir la bouche :

— Tu as froid ? Tu es glacée.

— Un peu.

Juste le temps de surmonter une pointe de déception, elle garda les paupières closes. Preston lui avait paru si proche pendant qu'ils s'embrassaient qu'elle avait presque cru percevoir un « je t'aime » dans la façon dont il l'avait serrée contre lui.

— Mmm… Je meurs de soif. Tu veux de l'eau, Preston ?

— Volontiers, oui. J'y vais.

— Non, ne bouge pas.

Lorsqu'elle se laissa glisser de ses genoux, Preston sentit un drôle de vide l'envahir.

— Tu n'as pas une robe de chambre quelque part ?

s'enquit-elle en frottant ses bras couverts de chair de poule.

— Je n'ai pas de ces machins-là chez moi, non. Mais je connais quelques techniques sympas pour te réchauffer, si tu veux.

Un sourire effleura les lèvres de Cybil.

— Dans une seconde, je suis toute à toi, promit-elle. Et en attendant, je te pique ta chemise.

Il la regarda aller et venir dans son coin cuisine. Elle était belle à croquer avec sa chemise qui flottait autour d'elle et ses jambes magnifiques découvertes jusqu'à mi-cuisses. Peu à peu, le vertige inquiétant qu'il avait ressenti en l'embrassant commençait à se dissiper. Peut-être qu'il ne s'était rien passé de décisif entre Cybil et lui, tout compte fait ?

— Tu sais que Matthew t'a trouvé plutôt sympa dans l'ensemble ? observa-t-elle en ouvrant son réfrigérateur.

— C'est réciproque... La sculpture dans ton atelier est de lui ?

— Tout à fait. Elle est étonnante, non ? J'adore son travail. Et ça vaut le détour de regarder Matthew sculpter. Mais il faut avoir la chance de tomber sur un bon jour. Neuf fois sur dix, il t'envoie balader sans pitié et tu peux t'estimer heureux si tu ne te fais pas écharper.

Cybil sortit une bouteille d'eau, remplit un grand verre jusqu'au bord et en but un bon tiers avant de retourner se blottir sur ses genoux.

Elle lui tendit le verre puis noua les bras autour de son cou.

— Une petite virée loin des gaz d'échappement, ça te dirait, McQuinn ?

— Une virée ?

— Juste une petite escapade de deux jours. A Hyannis, chez mes grands-parents — ou chez Daniel et Anna MacGregor, si tu préfères. Matthew leur a promis d'y passer la semaine. Et je le rejoindrais volontiers un jour ou deux. Mon grand-père se plaint toujours de ne pas nous voir assez souvent. Ça te ferait du bien de t'aérer un peu, tu ne crois pas ?

Preston refusa par réflexe.

— C'est gentil de me le proposer. Mais je préfère vous laisser en famille.

Bizarrement, la perspective de passer deux jours sans Cybil le contrariait au plus haut point. Il avancerait pourtant beaucoup plus vite dans sa pièce si elle n'était pas là pour le distraire, non ?

— Oh, pour les MacGregor, la famille est un concept très ouvert. Mon grand-père adore voir du monde. Il a plus de quatre-vingt-dix ans, mais il a gardé une énergie du feu de Dieu. Et Anna est une merveille de finesse et de douceur.

— Oui, je sais. Ils sont assez fascinants tous les deux.

— Tu les connais ? se récria-t-elle, stupéfaite.

— Un peu. Ce sont des amis de mes parents.

— Ah, tiens, c'est amusant ! Je t'ai raconté comment nos liens familiaux fonctionnent, n'est-ce pas ? Les recoupements compliqués entre les MacGregor, les Blade, les Campbell et les Grandeau ?

— Je n'ai pas encore tout à fait l'arbre généalogique en tête, mais pas loin.

Cybil rit doucement et lui déposa un baiser dans le cou.

— Tu as fait connaissance avec Matthew ce soir et tu connais déjà Daniel et Anna. Tu n'as plus aucune excuse pour te soustraire à mon invitation… Allez, viens… ça nous fera du bien de voir l'océan. Et le jardin d'Anna est une merveille au printemps.

— On pourrait rester ici, sur cette chaise, et passer deux journées très stimulantes sans même nous inquiéter du temps qu'il fait dehors, suggéra-t-il contre ses lèvres.

Elle rit doucement.

— Il y a des dizaines de chambres à coucher au château MacGregor. Et la plupart ont des lits immenses, des édredons moelleux et des cheminées où on peut allumer de grands feux.

— Dans ce cas… On part quand ?

Ravie qu'il se soit laissé convaincre aussi facilement, elle lui fit claquer un baiser sonore sur la joue.

— Alors, tu es d'accord ? Génial ! Après-demain, ça te va ? J'ai un rendez-vous en milieu de matinée. On pourrait démarrer tout de suite après. Je louerai une voiture.

— Inutile. J'ai ce qu'il faut.

Elle plissa le front, comme pour un effort intense de réflexion.

— Mmm… voyons, laisse-moi deviner dans quel genre de véhicule tu te déplaces… C'est une voiture qui a du caractère, je parie ?

— Pourquoi ? Tu as quelque chose contre le solide classicisme d'une bonne vieille berline familiale ?

Craignant de l'avoir vexé, Cybil porta la main à sa poitrine.

— Moi ? Oh non, pas du tout. L'essentiel, c'est que ça roule.

Il sourit.

— Parfait. C'est le cas pour ma Porsche. Pour rouler, elle roule.

Cybil en rit de délice.

— Tu as une Porsche ? J'adore. Une décapotable, j'espère ?

— A ton avis ?

Elle écarquilla les yeux.

— Non ? C'est vrai ? Et tu me laisseras conduire ?

— Bien sûr. Si d'ici après-demain, la terre renonce à sa course autour du soleil pour se diriger vers une autre galaxie, je te laisserai prendre le volant. Promis.

Cybil avança la lèvre inférieure.

— Tu as tort de te méfier. Je suis une excellente conductrice.

— Je n'en doute pas.

Jugeant plus habile de la distraire que de s'enfoncer dans un débat stérile, Preston fit rouler le verre d'eau froide contre la peau nue de son dos. Elle se cambra en poussant un petit cri.

— Dis-moi, si nous inclinions cette chaise en position allongée, ce serait plus confortable, non ? suggéra-t-il à son oreille.

Elle renversa la tête en arrière lorsqu'il lui mordilla le cou.

— Beaucoup plus confortable, en effet. Tu savais que mon grand-père était propriétaire de cet immeuble, au fait ?

— Bien sûr. C'est Daniel qui m'a parlé de cet appartement lorsque je lui ai dit que je cherchais un logement temporaire... Tiens, tourne-toi un peu... Voilà...

— C'est mon grand-père qui t'a conseillé cet appartement ?

Une association d'idées commença à se former dans l'esprit de Cybil. Mais Preston avait réussi à manœuvrer de façon à se positionner sur elle. Et ses pensées, au lieu de s'organiser, s'éparpillèrent comme des plumes au vent.

— Tu sais que tu es singulièrement doué pour ce genre d'exercice, Preston McQuinn ? murmura-t-elle dans un souffle.

— Merci. Mais j'aime autant te prévenir : ça va encore s'améliorer.

Chapitre 9

La demeure que Daniel MacGregor avait fait construire dressait sa haute silhouette arrogante au-dessus de l'océan bouillonnant. De ces vastes murs en pierre de taille, toute sobriété était absente. Avec ses tours orgueilleuses, son architecture compliquée et son drapeau aux armes des MacGregor claquant au vent, le château de Daniel affichait fièrement les origines de son propriétaire.

Daniel avait construit sur des fondations solides et en situation dominante. Perchée tout en haut d'une falaise vertigineuse, la maison MacGregor avait été conçue pour traverser les siècles.

— Stop.

Preston posa la main sur le bras de Cybil.

— Arrête-toi un instant, s'il te plaît.

Cybil obtempéra sans poser de questions. Voir l'orgueilleuse demeure apparaître au détour de la petite route sinueuse restait chaque fois un choc pour elle. Et elle était touchée que Preston partage sa réaction.

Les bras croisés sur le volant, elle se pencha pour observer la vue à travers le rideau de pluie qui se déversait du ciel gris.

— On se croirait en plein cœur d'une légende celtique, tu ne trouves pas ?

Preston hocha la tête.

— Une harmonie puissante se dégage de l'ensemble. J'avais déjà vu des photos, mais elles ne donnent qu'une faible idée de la magie du lieu.

— Et ce n'est pas seulement une belle façade. La maison MacGregor offre une générosité, un accueil comme je n'en ai encore jamais trouvé ailleurs. Enfant, je me souviens qu'à chaque visite, nous découvrions quelque chose de nouveau, d'excitant. C'était toujours la fête quand on nous annonçait que nous venions passer quelques jours ici.

Cette fois-ci encore, sa visite à Hyannis serait une occasion très particulière, puisque Preston l'honorait de sa présence.

— La maison rend bien sous la pluie, non ? commenta-t-elle rêveusement.

— J'imagine qu'elle doit être belle par tous les temps.

— C'est vrai. En hiver, sous la neige, c'est un décor de conte de fées. Chaque année, lorsque nous venons passer Noël ici, le château est comme pétrifié hors du temps. L'été, le ciel est d'un bleu parfois si intense qu'il donne le vertige. Mais lorsque la pluie tombe, cela ajoute une dimension supplémentaire : car on se croit vraiment transporté en Ecosse.

— Tu connais l'Ecosse ?

— J'y suis allée deux fois en vacances, oui. Et toi ?

— Jamais.

— Tu devrais faire le voyage. C'est là que se situent tes racines profondes. Et tu seras surpris de découvrir à quel point elles sont encore vivantes. Promène-toi dans les Highlands, assieds-toi au bord d'un loch et tu les sentiras vibrer en toi.

— Tiens, tu me donnes une idée. Je pense prendre quelques semaines pour décompresser, une fois que la pièce sera à l'affiche. Je profiterai peut-être de l'occasion pour aller tâter du kilt, du scotch et de la cornemuse.

Cybil enclencha une vitesse et la Porsche bondit en avant.

— Alors? Qu'est-ce que ça donne, la conduite? voulut savoir Preston.

— C'est difficile de te répondre, vu que ça fait quarante-cinq secondes à peine que tu m'as laissé le volant. Si tu me confies ce petit bijou demain pour faire un tour dans les environs, en revanche…

Preston secoua la tête.

— Inutile d'insister, c'est inutile. Je t'ai autorisée à la prendre sur le chemin privé qui mène à la maison, mais ça n'ira pas plus loin.

Cybil haussa les épaules avec désinvolture. Et se promit de le faire changer d'avis à la prochaine occasion. Arrivée près de la maison, elle gara la Porsche avec maestria.

— Et voilà, fit-elle en lui tendant les clés. Merci pour le bout d'essai.

— Je t'en prie. Tout le plaisir fut pour moi.

— Mmm… Heureuse de te l'entendre dire. Ainsi tu as pu constater que ta Porsche était en parfaite sécurité avec moi? enchaîna-t-elle avec un sourire angélique.

— Mmm…

— Je propose que nous laissions nos sacs dans le coffre et que nous fassions un sprint jusqu'à la porte.

Cybil ouvrit la portière, courut à toutes jambes sous la pluie et ne s'immobilisa que sur le perron couvert pour s'ébrouer en riant.

Pendant dix bonnes secondes, Preston demeura immobile dans la voiture à la regarder. Elle avait l'air si libre, si vivante, si heureuse sous la pluie. Désirable, certes. Mais tellement plus que cela encore. Il avait eu envie de nombreuses femmes avant elle. Mais jamais jusqu'à présent, le simple désir ne lui avait procuré cette réaction de peur panique.

Se lançant à son tour sous la pluie, il courut jusqu'à elle, attiré comme par un aimant, aiguillonné par le vent qui le giflait sans pitié. Comme elle le regardait approcher en riant, il l'attira presque violemment contre lui. Et l'embrassa avec une force telle que Cybil poussa un petit cri.

Mais, très vite, elle l'enveloppa de ses bras et ses mains glissèrent dans son dos avec une tendresse qui n'appartenait qu'à elle.

— Preston…

Le sang mugissait à ses oreilles comme en écho au fracas de l'océan qui rugissait à leurs pieds. Mais en entendant Cybil murmurer son nom, il desserra son étreinte et mit plus de douceur dans son baiser. A contrecœur, il finit par la laisser aller.

Cueillant son visage entre ses paumes, il repoussa une mèche de cheveux derrière une oreille. D'un geste si tendre que le cœur de Cybil fit comme une embardée dans sa poitrine.

— Je stocke, murmura-t-il. Une fois que nous

serons en présence de ta famille, je ne pourrai plus me laisser aller à mes élans tumultueux.

Saisie de vertige, elle dut se raccrocher à ses épaules.

— Tumultueux est le mot, en effet. Je pense que je pourrai tenir quelques heures avec un baiser pareil en réserve.

Le cœur débordant d'une joie indicible, elle poussa la lourde porte en chêne et l'entraîna à l'intérieur.

Preston fut frappé aussitôt par l'atmosphère chaleureuse qui l'accueillit dès le grand vestibule. Des épées et des boucliers étincelaient au mur, rappelant la longue lignée de guerriers dont Daniel MacGregor portait encore la marque de fabrique. Une agréable odeur de cire et de bois ancien se mêlait aux fragrances des premières fleurs du jardin rassemblées en grands bouquets de couleurs vives. Et si l'âge marquait ces murs vénérables, l'impression générale était de dignité et non de poussiéreux déclin.

— Cybil !

Anna MacGregor, toujours droite comme un i, se porta à leur rencontre. Ses cheveux gris étaient relevés avec élégance ; ses yeux sombres avaient gardé leur beauté et leur éclat. Elle ouvrit les bras à Cybil qui serra la frêle silhouette contre elle.

— Grand-maman ! Comment fais-tu pour être toujours aussi belle ?

Anna rit doucement.

— A mon âge, le maximum que l'on puisse viser, c'est « présentable ».

— Pas toi. Tu es et tu restes belle. N'est-ce pas, Preston ?

— Je partage entièrement ce point de vue.

— Aucune femme n'est jamais trop vieille pour apprécier le compliment d'un homme jeune et beau.

Gardant un bras passé autour de la taille de Cybil, Anna lui serra la main.

— Bienvenue dans la maison MacGregor, Preston. Vous ne vous souvenez sans doute pas de moi. La dernière fois que nous nous sommes vus, vous deviez avoir à peine seize ans.

— Dans ces eaux là, oui. Mais je vous remets parfaitement, madame MacGregor. C'était au bal de Printemps, à Newport. J'aurais voulu me trouver n'importe où sauf là où j'étais. Et vous avez fait preuve de beaucoup de tact avec l'adolescent empêtré de lui-même que j'étais.

— Si vous avez gardé cette rencontre à la mémoire, c'est un vrai compliment pour moi. Mais venez vite vous réchauffer tous les deux. Les pluies de printemps sont toujours glaciales par ici.

— Où sont grand-père et Matthew ?

Avec un léger rire, Anna les conduisit dans le grand salon, connu par tous les membres de la famille comme la « salle du Trône ».

— A la piscine. Daniel s'est mis en tête que la pompe était capricieuse et il a demandé à ce pauvre Matthew d'y jeter un coup d'œil. Tu sais comment est ton grand-père. Pour rien au monde, il ne se passerait de ses longueurs de brasse quotidiennes. Il dit que la nage l'aide à rester jeune.

— Tout l'aide à rester jeune, rétorqua Cybil.

Le fauteuil d'allure royale de Daniel dominait la pièce aux tapis écarlates. Les lampes étaient déjà allumées pour compenser la grisaille au-dehors et un grand feu clair brûlait dans la cheminée.

— Nous allons prendre le thé, annonça Anna. J'imagine que Daniel profitera de votre présence pour réclamer du whisky dans le sien... Asseyez-vous, mes enfants, et je vous rejoins dans quelques minutes. Si je tarde trop à avertir mon mari de votre arrivée, il me fera une scène tellement effroyable que ces vieux murs en résonneront encore dans trois mois.

Cybil posa les mains sur les épaules de sa grand-mère.

— Reste là, j'y vais. Et je passerai en cuisine pour demander que l'on prépare le thé.

Anna lui tapota la main en prenant un fauteuil près de la cheminée.

— Merci, ma Cybil. Tu es adorable, comme toujours... Tenez, venez vous asseoir près de moi, Preston. Daniel et moi avons vu votre pièce lorsqu'elle a été donnée à Boston, il y a quelques mois. Et nous avons été emballés. Quel talent, mon Dieu ! Vos parents ont dû être très fiers de vous.

— Je crois qu'ils ont été surpris, surtout.

Anna hocha pensivement la tête.

— Je peux le comprendre. Nous avons beau aimer et admirer nos enfants, nous ne savons pas toujours, nous les parents, reconnaître leur génie. Et lorsqu'il éclate soudain à la face du monde, cela nous fait un choc et nous nous demandons comment nous avons pu rester aveugles toutes ces années.

Preston tourna les yeux vers les flammes.

— Vous connaissez notre histoire, madame

MacGregor. Vous aurez sans doute deviné que cette pièce est en grande partie autobiographique.

— C'est en effet ce que j'ai perçu. Il est parfois nécessaire de vider une plaie. Votre sœur se remet ?

— Elle a ses enfants. Ils la recentrent.

— Et vous, Preston ? Qu'est-ce qui vous recentre ? Votre écriture ?

— Apparemment.

Anna leva ses mains fines en signe d'excuse.

— Je suis désolée. Ma question était terriblement indiscrète. En temps normal, c'est à mon mari que je laisse le soin de mettre le nez dans les affaires d'autrui. Si je me suis permis de vous demander cela, c'est parce que j'ai gardé un vif souvenir du jeune garçon de seize ans, au bal de Printemps de Newport. Et la façon dont vous veilliez sur votre jeune sœur, surtout, m'avait beaucoup touchée. Cela m'a rappelé la relation qui existait entre mes deux fils et ma fille. Serena avait bien du mal à supporter que ses deux grands frères se sentent investis d'une mission de gardien à son égard. Et vous étiez tout aussi protecteur avec… son nom est Jenna, je crois ?

— Jenna, oui. Et elle était furieuse contre mes « ingérences », en effet.

Preston sentit un poids tomber sur ses épaules.

— Si seulement j'avais été plus protecteur quelques années plus tard, elle n'en serait pas là où elle en est maintenant.

— Preston, vous n'êtes en rien responsable de ce qui est arrivé à Jenna, lui rappela Anna. Ce n'était nullement mon intention, d'ailleurs, de vous ramener à des souvenirs pénibles. Vous accepteriez de me parler de votre pièce en cours ou est-ce encore ultrasecret ?

— Oh, le sujet est on ne peut plus banal. Il s'agit d'une histoire d'amour qui se déroule à New York. Enfin… ce n'est pas tout à fait ce qui était prévu dans le synopsis de départ, mais c'est la tournure que prend mon texte.

Des voix retentirent dans le couloir et le regard de Preston vola en direction de la porte. « Eh oui, songea Anna. Que cette rencontre à New York tourne à l'histoire d'amour, il n'y avait que mon Daniel pour le prévoir dans son synopsis à lui. Je vais finir par croire qu'il est infaillible. »

— Comment, Anna ? Tu n'as pas encore servi un whisky à notre invité ?

Tel un Jupiter tonitruant, Daniel MacGregor surgit dans la salle du Trône, la dominant aussitôt par sa taille, sa présence, sa voix de stentor qui refusait de faiblir avec l'âge. Ses yeux étincelaient, aussi bleus que les lochs de son pays d'origine. Avec ses cheveux et sa barbe d'une blancheur immaculée, il avait l'allure d'un grand seigneur.

— Est-ce une façon d'accueillir un homme qui a roulé sous la pluie pendant des heures pour m'amener la petite-fille que je chéris entre toutes ?

— Ah tiens ? releva Matthew qui entrait à sa suite. C'était *moi* le préféré, tout à l'heure, lorsque tu voulais que je m'occupe du moteur de ta piscine.

— Oui, mais maintenant qu'il est réparé…

Daniel éclata de son grand rire sonore et tapa sur l'épaule de Matthew avec toute l'affection qu'un grizzli pourrait montrer à son ourson.

— Monsieur MacGregor…

Preston s'était levé pour serrer la main de Daniel. Mais ce dernier, toujours démonstratif, le serra dans ses bras en lui assenant de grandes tapes dans le dos.

— Ma foi, McQuinn, tu me parais être de constitution solide, comme tout Ecossais qui se respecte. Et rien ne nous réussit aussi bien, à nous autres, fils des Highlands, qu'un verre de bon whisky.

— Tu en auras juste une larme dans ton thé, Daniel, l'avertit Anna en se levant pour prendre la carafe.

— Une *larme* ? Tu veux me faire pleurer, Anna ?

— Deux larmes, alors, concéda-t-elle avec l'ombre d'un sourire. Dites-moi, Preston, vous fumez le cigare ?

— Seulement à titre exceptionnel.

Anna jeta un regard d'avertissement à son mari.

— Donc, si je trouve Preston empêtré avec un havane entre les doigts, je saurai tout de suite *qui* le lui a fourré dans les mains avant de filer dans la pièce à côté.

— Si ce n'est pas de la persécution, je me demande ce que c'est, marmonna Daniel… Mais assieds-toi, Preston. Et raconte-moi un peu : vous en êtes où, Cybil et toi ?

Preston se figea.

— Où nous en sommes, Cybil et moi ?

— Dans vos relations de voisinage, bien sûr.

Soulagé, Preston reprit son fauteuil à côté d'Anna.

— Oh, ça se passe très bien.

— Tu n'aurais pas pu tomber mieux, avoue-le. Elle est jolie comme un ange, non ?

Cybil entra au même moment, poussant une table roulante.

— Grand-père, s'il te plaît ! Ne commence pas tes travaux d'approche sur McQuinn. Cela ne fait pas dix minutes qu'il a mis les pieds dans cette maison.

Daniel fronça ses épais sourcils blancs.

— Quels travaux d'approche ? Tu es jolie comme un ange, oui ou non ?

— Je suis un vrai chérubin, oui.

Se penchant pour embrasser Daniel sur le front, Cybil en profita pour lui glisser à l'oreille :

— Si tu fais un effort pour te tenir, je te verserai un peu de mon whisky dans ta tasse.

Daniel retrouva instantanément le sourire.

— J'ai toujours dit que tu avais un cœur d'or, Cybil.

Ravie d'avoir réussi à corrompre son grand-père, Cybil entreprit de faire le service.

— McQuinn, goûte-moi ces scones et tu m'en diras des nouvelles. Les miens sont bons — j'irai même jusqu'à dire excellents — mais ils n'atteignent pas tout à fait la qualité de ceux d'ici.

— Si elle n'avait pas choisi de vivre de son crayon, Cybil aurait pu ouvrir un restaurant gastronomique, commenta Daniel en se regorgeant. J'espère que tu as pensé à nourrir Preston de temps en temps, ma fille ? Ce sont des pratiques courantes entre voisins.

Constatant que Daniel revenait à la charge, Cybil fit un signe discret à son frère. Matthew s'était engagé à détourner l'attention de Daniel si celui-ci entreprenait de manœuvrer Preston un peu trop ouvertement.

— L'autre soir, Cybil nous a fait son extraordinaire poulet en croûte de sel, intervint Matthew en tartinant son scone de confiture de myrtilles. Preston, une tasse de thé te ferait plaisir, ou je te sers plutôt un whisky ?

— Un whisky, s'il te plaît. Sec.

Daniel scruta sa tasse de thé avec dépit.

— Et dire que j'en suis réduit à boire cette espèce de tisane. Amère est la vie du vieillard privé des plaisirs de l'existence ! Réjouis-toi d'être encore jeune, McQuinn. Tu as eu un avant-goût de notre Cybil, alors ?

Il réprima un sourire en voyant Preston s'étrangler sur son scone.

— Je vous demande pardon ?

— Je te parlais de ses petits plats, bien sûr, précisa-t-il de son air le plus innocent. Cela dit, une fille qui cuisine comme ma Cybil devrait avoir une famille à nourrir.

— Mmm... Grand-père ! protesta-t-elle en tapotant démonstrativement son verre de whisky de la pointe de son index.

Daniel hésita. Entre l'avenir de sa petite-fille et un supplément de whisky, le choix était déchirant mais s'imposait de lui-même. Il n'était pas homme à reculer devant un sacrifice lorsque le bonheur de sa famille était en jeu.

— Un homme ne peut que se réjouir de trouver un repas chaud bien préparé lorsqu'il rentre chez lui. Tu es d'accord avec moi sur ce point, n'est-ce pas ?

Pressentant un piège, Preston acquiesça d'un rapide signe de tête.

— Tout à fait.

— Ah, qu'est-ce que je disais !

Daniel abattit son poing sur la table, faisant cliqueter les assiettes.

— Tes ancêtres t'ont transmis un nom que tu peux porter la tête haute, mon garçon.

— Merci, répondit Preston, se demandant où Daniel voulait en venir.

— Mais à ton âge, un homme devrait commencer à penser à ce qu'il laisse derrière lui en partant. Tu as trente ans, maintenant, je crois ?

— C'est exact, oui.

Mais pourquoi Daniel MacGregor s'intéressait-il tant à la transmission familiale chez les McQuinn ?

— A trente ans, un homme change de priorités. C'est l'âge auquel je me suis marié, où j'ai fondé une famille.

— Ouf ! Cela me laisse encore quelques années de répit, chuchota Matthew à l'oreille de Cybil.

Elle lui donna un coup de coude.

— Fais quelque chose ! Tu as vu la tête de Preston ? Il se demande ce qu'il lui arrive.

— Je te préviens, Cybil, s'il me prend pour cible à sa place, tu vas le payer cher.

— Ton prix sera le mien… Non, sérieux, je te revaudrai ça, Matt.

— Je compte sur toi.

Matthew se laissa tomber dans un fauteuil près de son grand-père et lança joyeusement sa petite bombe :

— Au fait, Daniel et Anna, je ne vous ai pas encore parlé de la femme qui m'obsède ?

— La femme qui t'obsède ?

La manœuvre de diversion fonctionna. Oubliant momentanément Preston, Daniel jeta un regard surpris à son petit-fils.

— Ne me dis pas qu'il y a une femme dans ta vie, Matthew ? Je croyais que tu étais trop occupé à fabriquer tes jouets en métal pour penser aux filles ?

Matthew leva son verre.

— On peut aimer sculpter et ne pas faire vœu de célibat pour autant. Et la jeune femme dont je vous parle sort carrément de l'ordinaire.

Daniel hocha gravement la tête.

— Ça, je n'en doute pas. Pour qu'elle ait réussi à attirer ton attention, elle doit valoir le détour.

— Chaque fois que mon regard tombe sur elle, je ne peux plus en détacher les yeux. Et je ne suis pas le seul, d'ailleurs... Elle s'appelle Lulu, improvisa Matthew. Lulu LaRue, plus précisément, mais je crois que c'est son nom d'artiste. Son métier consiste à danser sur les tables.

Daniel rugit de rire pendant qu'Anna toussotait en reposant sa tasse de thé.

— Elle danse sur les tables ! Ça, c'est la meilleure ! Nue ?

— Bien sûr ! Rien ne sert de danser sur les tables habillée. Elle a un tatouage magnifique sur...

— Une stripteaseuse tatouée ! Ah, ça, c'est la meilleure ! Tu as l'intention de briser le cœur de ta pauvre mère, Matthew Campbell ? Anna, tu as entendu, au moins ?

— Oui, bien sûr que j'ai entendu. Matthew, arrête de taquiner ton grand-père, veux-tu ?

Matthew eut un sourire placide.

— Bon, d'accord. Je me tais. Mais il n'est pas dit que je renonce à me construire un avenir avec une effeuilleuse. L'amour est censé gommer toutes les différences, non ?

***

Beaucoup plus tard, alors que le silence et la nuit étaient tombés depuis longtemps sur la maison MacGregor, Cybil soupira de contentement dans les bras de Preston. Dès l'extinction des feux, il s'était faufilé dans les couloirs obscurs pour venir se glisser sans bruit dans sa chambre et dans son lit.

La pluie avait cessé de tomber ; la nuit était calme, sereine. Et la journée avait été si parfaite qu'elle s'offrit le luxe de rester blottie contre le corps de l'homme qu'elle aimait, en rêvant qu'il avait affronté les gardes en armes et escaladé les murs de la tour pour l'enlever à ses geôliers et la faire sienne à tout jamais.

— Raconte-moi…, murmura Preston, trop détendu après l'amour pour songer à regagner sa chambre dans l'immédiat.

— Te raconter quoi ? Qu'on n'a encore jamais réussi à déterminer avec précision la quantité exacte d'anges pouvant danser simultanément sur une tête d'épingle ?

— Je croyais que ce nombre avait été fixé définitivement à six cent trente-quatre ?

— Simple hypothèse. Mais aucune démonstration un tant soit peu solide n'est venue confirmer ce postulat. Il n'a pas encore été établi non plus combien de grenouilles il convient d'embrasser avant de tomber sur un prince.

— Le débat reste ouvert, en effet, rétorqua Preston, le plus sérieusement du monde.

Ravi d'entendre le son étouffé du rire de Cybil, il la cala confortablement dans le cercle de ses bras.

— Mais ma question porte sur l'attitude de Daniel

pendant que nous prenions le thé. Pourquoi toutes ces bizarreries ?

Cybil souleva la tête de son épaule et repoussa la mèche qui lui tombait sur les yeux.

— Ah... les petites manies de mon grand-père. J'aurais dû me douter qu'il te ferait son grand numéro. Je ne sais pas pourquoi j'avais naïvement espéré qu'il se tiendrait tranquille. C'est ma faute. Désolée. Il aurait été plus juste que je te mette en garde.

Se laissant rouler sur le ventre, elle se plaça au-dessus de lui.

— Tu sais que tu as des yeux extraordinaires, McQuinn ? Ils sont presque translucides. On a l'impression qu'on pourrait plonger dans ce bleu liquide et y disparaître.

— Est-ce un constat authentique ou une façon d'échapper à la conversation en cours ?

— Les deux, mon capitaine.

Cybil soupira. Preston avait le droit d'être informé, après tout. Elle se pencha pour l'embrasser puis attrapa le peignoir qu'elle avait jeté au pied du lit.

Il la regarda procéder avec l'ombre d'un sourire aux lèvres.

— Pourquoi faut-il toujours que tu te couvres lorsque nous avons à parler ?

— Un fond de pudeur, peut-être ? suggéra-t-elle, les joues légèrement empourprées, en nouant sa ceinture.

Preston sourit en songeant aux étreintes effrénées qu'ils venaient de partager.

— Un tout petit fond, alors, concéda-t-il en caressant une cuisse soyeuse. Mais au sujet de ton grand-père, alors... Comment expliques-tu qu'il soit fasciné à ce point par mon nom de famille ? Et pourquoi ces histoires de lignée, de « souche solide », de devoir envers la postérité ?

— Ma foi, McQuinn, un Ecossais est un Ecossais.

— Américain depuis trois générations, tout de même.

— Qu'est-ce que trois malheureuses petites générations à l'échelle de l'humanité ?

Cybil se leva pour leur servir un verre d'eau à partager.

— Je tiens à te présenter mes excuses, déclara-t-elle, le dos tourné. Mais j'aimerais que tu saches que mon grand-père l'a fait avec les meilleures intentions du monde. C'est sa façon à lui de dire qu'il m'aime. Et qu'il a de l'estime pour toi.

Preston se redressa contre ses oreillers, le ventre noué par un début d'appréhension.

— Qu'est-ce que Daniel a fait avec les « meilleures intentions du monde », au juste ?

— Je dois reconnaître qu'il a procédé assez magistralement, car je ne m'étais même pas aperçue de la manœuvre. C'est seulement en arrivant ici que ça a fait tilt.

S'asseyant sur le bord du matelas, Cybil lui tendit le verre.

— L'autre soir, quand j'ai su que c'était par lui que tu avais eu l'appartement, j'aurais dû en tirer les conclusions qui s'imposaient. Mais je me suis laissé distraire. Cela dit, au point où nous en étions, cela n'aurait pas changé grand-chose, de toute façon.

Sourcils froncés, Preston secoua la tête.

— Je ne comprends toujours rien à rien. Ça n'aurait pas changé grand-chose à quoi ?

Cybil se mordit la lèvre puis prit une profonde inspiration.

— Au fait qu'il t'ait choisi pour moi.

Preston bondit hors du lit comme s'il venait d'être attaqué par une colonie de puces.

— Comment ça, il m'a choisi pour toi ? C'est quoi ce traquenard ?

— Hé, pas d'affolement ! Il le fait uniquement par amour pour moi. Daniel veut m'offrir ce qui, pour lui, compte le plus au monde. C'est-à-dire le mariage, l'amour, une famille. Et à ses yeux, tu résumes tout ça.

— *Moi ?*

Le léger malaise de Preston s'était mué en terreur panique. Il reposa le verre avec tant de force que l'eau gicla jusque sur le lit.

— Comment ? Mais c'est complètement aberrant ! Il est ravagé ou quoi ?

Le ton de Cybil se fit glacial.

— Le fait que tu aies été sélectionné pour moi n'est pas à prendre comme une insulte, mais comme un compliment. Mon grand-père pense que je suis la septième merveille du monde. S'il considère que tu es digne de m'épouser et de me faire de nombreux enfants, c'est qu'il a une haute opinion de toi. Alors inutile d'afficher cet air offusqué !

— Je croyais que tu ne voulais pas te marier !

Elle soupira avec impatience.

— Calme-toi, McQuinn ! Je n'ai jamais dit que j'avais des projets matrimoniaux en tête. C'est mon grand-père qui en a pour moi. Nuance !

Cybil se leva d'un mouvement brusque et déambula jusqu'à la coiffeuse pour passer un coup de brosse dans ses cheveux emmêlés.

— Et je me permets quand même de te signaler que ta réaction horrifiée est parfaitement humiliante, lança-t-elle en lui tournant le dos.

— Parce que ça t'amuse, toi, ce genre de situation ?

— Je trouve ça attendrissant.

— *Attendrissant ?* Attendrissant pour un homme de quatre-vingt-dix et quelques années de recruter des types pour sa petite-fille ?

— Mais arrête ta parano ! Il ne va pas les ramasser dans la rue pour leur faire passer une audition !

Stupidement blessée, Cybil jeta sa brosse sur la coiffeuse.

— Bon, inutile de paniquer, McQuinn, O.K. ? Je n'ai pas préparé mon trousseau ni lancé d'invitations pour la cérémonie. Et je suis parfaitement capable de choisir moi-même mon conjoint si je décide un jour de me marier. Ce qui — je le répète — n'est pas le cas.

Elle ouvrit un pot de crème et entreprit de s'en appliquer sur les mains.

— Je suis fatiguée maintenant et j'aimerais me coucher. Puisqu'il n'entre pas dans tes habitudes de dormir avec moi suite à *l'acte sexuel,* je te propose de regagner ta chambre.

Preston garda les yeux rivés sur le joli visage tourmenté dont le miroir lui renvoyait le reflet. Etait-ce seulement de l'exaspération qu'il lisait dans son regard ? Ou sa mauvaise humeur recouvrait-elle une émotion plus profonde ?

— Pourquoi es-tu en colère, Cybil ?

— Pourquoi je suis en colère ?

Que faire ? Hurler ? S'effondrer en larmes ? Stoïque, Cybil renonça à l'une et l'autre tentation et se résigna à aborder la situation de front.

— Comment quelqu'un qui écrit avec une sensibilité comme la tienne peut-il poser une question pareille ? Tu ne comprends vraiment pas ce qui me met en rogne, Preston ? Mais regarde-toi ! Tu es assis dans mon lit, entre mes draps, avec l'odeur de ma peau sur la tienne. Mais si quelqu'un de bien intentionné ose émettre l'hypothèse qu'il puisse y avoir autre chose que du sexe entre nous, cela te fait bondir au plafond.

— Tu sais très bien que notre relation n'est pas uniquement sexuelle ! protesta Preston en se levant pour enfiler son jean.

— Ah vraiment ?

La froideur de son ton lui fit tourner la tête en sursaut dans sa direction. Une culpabilité insidieuse s'infiltra en lui.

— Je tiens à toi, Cybil. Tu le sais, non ?

— Je t'amuse, oui. Je te distrais, certainement. Mais tenir à quelqu'un, c'est autre chose.

Ce n'était donc pas que de la colère, en effet. Il y avait également de la tristesse. Sans le vouloir, il l'avait blessée une fois de plus. Lui prenant la main, il la fit pivoter vers lui.

— J'ai une réelle affection pour toi, Cybil.

Elle hésita. Mais son cœur qui, déjà, lui appartenait beaucoup trop se laissa attendrir.

— Je te crois. N'en parlons plus, O.K. ?

Preston soupira. Il aurait préféré en rester là. Eviter les complications. Mais le rapide sourire qu'elle lui adressa avant de lui tourner le dos pour se diriger vers la fenêtre restait teinté de mélancolie. Et il la connaissait suffisamment, désormais, pour savoir qu'elle luttait contre les larmes.

— Je n'ai que mon amitié à t'offrir, Cybil. Le reste est mort en moi.

— Je ne te demande rien, McQuinn — strictement rien. Regarde, la lune s'est levée. Il n'y a plus un seul nuage dans le ciel. Demain, si tu veux, nous irons marcher sur la falaise.

Cybil se tut quelques instants, se frotta les bras.

— Il fait un peu froid, non ? murmura-t-elle d'une toute petite voix. Il faudrait rajouter une bûche.

— Je m'en occupe.

Le feu dans l'élégante cheminée en marbre brûlait haut et clair, diffusant une chaleur bienfaisante. Preston rajouta du bois quand même et regarda les flammes s'enrouler voracement autour de l'écorce crépitante.

Si Cybil lui avait posé la moindre question, il aurait sans doute gardé le silence. Mais comme elle ne lui demandait rien, il éprouva le besoin de lui parler de Pamela.

— Tu ne viens pas t'asseoir ?

Obstinément plantée devant la croisée, elle repartit dans son monologue :

— Je préfère rester debout et regarder les étoiles. C'est à peine si on les entrevoit, à New York. Il y a trop de lumière, dans les grandes villes. Du coup, on ne pense même plus à lever les yeux. Dans le Maine, où j'ai grandi, je passais beaucoup de temps à contempler le ciel. Tant que je suis à New York, je n'ai pas vraiment conscience que les étoiles me manquent.

C'est quand je les retrouve que je m'aperçois à quel point elles comptent pour moi. C'est étonnant, non, qu'on puisse traverser de longues périodes où on ne s'aperçoit pas que quelque chose d'important nous fait défaut ?

— Cybil…

Elle eut une crispation involontaire lorsque les mains de Preston vinrent se poser sur ses épaules. Se forçant à sourire, elle se tourna vers lui.

— Et si nous sortions marcher un peu ? On pourrait aller jusqu'au bord de la falaise, regarder l'océan.

— J'aimerais que tu t'assoies et que tu m'écoutes.

— D'accord.

Faisant un louable effort sur elle-même pour paraître détendue, Cybil s'installa dans un des fauteuils, devant la cheminée.

— Voilà. Je suis tout ouïe.

Preston s'assit à côté d'elle et se tourna de façon à la regarder droit dans les yeux.

— J'ai toujours voulu écrire. Je ne me souviens pas qu'il en ait jamais été autrement. Pas les romans qu'espérait mon père. Depuis le début, je savais que mon écriture à moi serait théâtrale. Dans ma tête, tout était déjà tracé. Je voyais la scène, les décors, les déplacements des acteurs et même les jeux de lumière. Souvent — trop souvent, peut-être — j'étais absorbé dans ce monde-là au point d'oublier l'autre, celui de la vie de tous les jours… Tu es issue d'une famille en vue, sur laquelle pèsent de nombreuses obligations sociales.

— D'une certaine façon, oui, admit Cybil.

— Chez nous, c'était la même chose. De temps en

temps, je jouais le jeu et je faisais ce qu'on attendait de moi. Mais très souvent, je me tenais à l'écart et je fuyais les mondanités comme la peste.

Cybil hocha la tête.

— Même combat chez les Campbell. Enfin, chez certains d'entre nous, en tout cas. Mon père est un vrai sauvage. Et Matthew tient de lui.

— J'ai besoin, moi aussi, de solitude et d'espace.

Trop agité pour rester en place, Preston arpenta la chambre.

— J'aime mes parents et j'adore ma sœur, même si nous avons le plus grand mal à nous comprendre, eux et moi. Je crains de les avoir blessés souvent par mon attitude asociale. Par ma distraction aussi qu'ils prenaient pour de l'indifférence. Mais je n'ai jamais cherché à leur faire du mal à dessein. J'ai un immense respect pour eux, contrairement à ce qu'ils s'imaginent parfois.

D'un signe de tête, Cybil l'encouragea à poursuivre, consciente qu'il avait besoin de parler sans être interrompu.

— Jenna a toujours été très différente de moi. Ni sauvage ni renfermée, mais ouverte, spontanée, sociable. Et tellement jolie ! C'était un vrai rayon de soleil, ma petite sœur. Elle n'avait pas vingt et un ans lorsqu'elle a épousé Anthony, mon meilleur ami de l'époque. Je les avais présentés l'un à l'autre et l'attirance entre eux a été immédiate.

Penser qu'il avait été l'instrument de leur rencontre restait un point douloureux pour Preston. Plongeant le regard dans son verre d'eau, il regretta que ce ne soit pas du whisky.

— C'était un bonheur de voir Jenna et Anthony ensemble. Ils formaient un couple très soudé, très dynamique ; toujours débordant d'idées et de projets. Jacob est né un peu plus d'un an après le mariage. Onze mois plus tard, Jenna était de nouveau enceinte. Et plus rayonnante que jamais.

Fourrant les mains dans ses poches, Preston se plaça à son tour face à la fenêtre.

— De mon côté, je me préparais à voir monter la première des pièces abouties que j'avais écrites. Par une petite troupe de théâtre, en l'occurrence, qui jouait dans une salle de dimensions modestes. Mais c'était un lieu que j'appréciais et qui programmait des spectacles de qualité. Mon père est un écrivain connu. On s'est donc intéressé à ce que produisait son fils.

— Tu te serais fait un nom dans le théâtre même si tu n'avais été le fils de personne, Preston.

Il tourna la tête pour lui jeter un regard reconnaissant. Nul mieux que Cybil ne pouvait comprendre à quel point il était difficile de se faire un prénom lorsqu'on embrassait la vocation d'un parent déjà célèbre.

— Je sais maintenant que mon travail est apprécié pour ce qu'il est. Mais à l'époque, j'avais encore à faire mes preuves. C'était grâce à mon père que l'on me donnait une chance. Il me restait à prouver que je la méritais. Voilà pourquoi cette première pièce avait pris une importance presque démesurée à mes yeux. C'était un examen de passage, en quelque sorte.

Le cœur débordant d'amour, Cybil scruta son dos tourné.

— Je n'ai pas fermé l'œil de la nuit, la veille du jour où le premier épisode de *Voisins et Amis* est sorti. Le travail me passionnait, mais je n'aurais pas supporté que les critiques insinuent que je me servais de la réputation de mon père pour percer.

— Il y aura toujours des imbéciles et des frustrés pour penser que notre réussite est usurpée, murmura Preston. Mais ni toi ni moi n'avons de temps à perdre avec ces gens-là. Ce qui compte, c'est notre travail, notre création. Et cette pièce était l'occasion pour moi de montrer que je n'étais pas seulement le fils de Brandon McQuinn, mais que j'avais un talent qui m'était propre. Je m'étais investi sur tous les plans. Le travail à la table avec les comédiens, la création des décors, le choix des acteurs, les lumières.

Un sourire joua sur les lèvres de Cybil.

— J'imagine que tu devais te démener sans relâche et que la troupe n'avait pas une seconde de répit ?

— J'étais infernal, oui. Et présent sur scène vingt-quatre heures sur vingt-quatre. Je ne manquais pas une répétition. La comédienne principale était d'une beauté angélique. Je n'avais encore jamais vu des traits aussi parfaits, aussi délicats. Je la regardais, ébloui, incapable de détacher les yeux d'elle. Très vite, je suis tombé dans la fascination.

Preston se détourna de la fenêtre pour lui faire face.

— Je venais juste d'avoir vingt-cinq ans et j'étais amoureux comme je ne l'avais encore jamais été. Chaque instant que je passais avec Pamela me rendait fou de bonheur. Je ressentais une volupté extraordinaire à entendre tomber de ses lèvres les mots que j'avais moi-même écrits. De temps en temps, elle s'interrompait pour me demander si c'était bien ainsi que je désirais qu'elle les prononce. Peu à peu, je cessais de m'intéresser à la pièce en elle-même et je ne me passionnais plus que pour l'actrice.

Preston serra les poings. Il s'était détourné de la seule chose qui comptait vraiment pour lui dans l'existence et avait tout sacrifié à une illusion. Cinq ans plus tard, il ne se pardonnait toujours pas d'avoir été aussi aveugle.

— C'était une fille très douce, très gentille. Et même un peu timide lorsqu'elle ne jouait pas. Je m'arrangeais pour passer du temps avec elle, l'emmener boire un verre sous prétexte de discuter de la pièce. Non seulement Pamela ne se faisait pas prier mais elle multipliait de son côté les occasions de me rencontrer. Un dimanche après-midi, en sortant du cinéma, nous avons fait l'amour pour la première fois dans le petit studio qu'elle louait à Newport. J'étais fou de joie. Elle, elle a fondu en larmes dans mes bras et m'a avoué qu'elle m'aimait. J'étais sur un nuage. Je crois que si elle m'avait demandé de me couper la main pour elle en cet instant, je l'aurais fait.

Cybil croisa les mains sur ses genoux. Et songea que l'exquise Pamela avait bien de la chance. Mais elle ne fit pas de commentaires. A en juger par l'attitude de Preston, la suite de l'histoire devait être nettement moins idyllique.

— Pendant les semaines qui ont suivi, ma vie entière a tourné autour d'elle. Le soir de la première, la salle était comble. Les critiques dans les journaux furent assez bonnes, mais je me contentais de les parcourir d'un regard distrait. Ma pièce ne m'intéressait plus que dans la mesure où elle avait été le véhicule qui m'avait conduit à Pamela. Seul l'amour m'importait encore. J'étais comme ces malades mentaux obsédés par une idée fixe. Tout ce que je pensais, voyais, imaginais se rapportait à cette fille.

— L'amour est, dans la vie, ce qui doit compter le plus, murmura Cybil doucement.

Preston eut un petit rire cynique.

— Je respecte toutes les opinions sur la question. Mais dans mon cas, j'ai découvert que l'amour passe et que l'écriture reste. Un écrivain devrait s'occuper des mots et laisser les sentiments à ses personnages.

L'amour reste. L'amour dure, aurait-elle voulu répondre. Mais l'amertume de Preston laissait clairement entendre que, dans ce cas précis, l'amour avait été transitoire.

— Je la couvrais de cadeaux, car les cadeaux la rendaient heureuse. Je l'emmenais danser, car c'était un enchantement de la voir bouger sur une piste. Pamela aimait sortir, voir du monde. Et pour moi, elle était si idéalement belle qu'elle méritait d'être montrée à la terre entière. C'eût été un crime de garder tant de perfection enfermée. Et pour mettre cette grâce extraordinaire en valeur, quoi de plus naturel que de lui acheter les vêtements, les bijoux qui la souligneraient ? Lorsqu'il lui manquait quelques centaines de dollars pour joindre les deux bouts, je lui faisais un chèque, bien sûr. Ce n'était que de l'argent, après tout. Et j'en avais à ne plus savoir qu'en faire.

Le cœur de Cybil se serrait à mesure que la teneur de son récit en laissait entrevoir le dénouement. Elle aurait voulu se blottir sur ses genoux, nouer les bras autour de son cou, le réconforter. Mais ce n'était pas de la tristesse qu'exprimait la voix de Preston. Et l'amertume qui émanait de lui n'appelait ni consolation ni réconfort.

— Elle avait du talent et voulait atteindre à la renommée. Quoi de plus normal ? Et au nom de quoi lui aurais-je refusé le soutien que pouvaient lui apporter mon nom, ma famille, la réputation de mon père ?

Cybil en avait presque mal pour lui.

— Tu l'aimais passionnément. C'est pourquoi tu as utilisé pour elle ce dont tu refusais de te servir pour toi.

— Et à tes yeux, c'est une justification ?

Preston secoua la tête.

— Non, je n'avais pas à lui obtenir des auditions en faisant peser le nom de mon père dans la balance. C'était contraire à toute éthique. Mais je l'ai fait. Puis Pamela a commencé à me parler mariage. Timidement, toujours. Comme si elle n'osait y croire. Là, j'ai hésité, cependant. Je voulais qu'elle se consacre d'abord à sa carrière. Plus tard, lui ai-je répondu. Lorsqu'elle aurait décroché un rôle à New York. Une fois que nous nous serions fait un nom dans le monde du théâtre. Ensemble, bien sûr. Je nous voyais unis pour l'éternité. Elle sur scène, moi dans l'ombre, tissant patiemment mes mots pour les entendre jaillir sur ses lèvres, anoblis par la beauté de sa voix.

« Ensemble », songea Preston, était un mot auquel il avait cessé de croire depuis Pamela.

— Un matin, elle a fait irruption chez moi. En larmes, tremblant des pieds à la tête, si pâle que sa peau parfaite en paraissait translucide. Dans un sanglot de terreur, elle m'a annoncé qu'elle était enceinte. Elle prenait la responsabilité sur elle, se traitait de tous les noms, me suppliait de ne pas l'abandonner. Qu'allait-elle faire ? Elle était seule, démunie, morte de peur. Et elle était persuadée que je la haïrais.

— Non, chuchota Cybil. Jamais tu n'aurais pu la haïr. Au contraire.

— Je ne l'ai pas haïe, non. Et je ne lui en ai pas voulu non plus. J'avais peur, j'étais bouleversé, mais l'idée que nous serions parents m'émouvait terriblement. La décision que j'avais souhaité reporter s'imposait désormais d'elle-même. Je n'avais plus à donner la priorité à des considérations pratiques. Je pouvais épouser la fille que j'aimais et construire ma vie avec elle.

Preston arpentait la chambre, pris dans les rets de son passé comme dans une cellule aux parois trop étroites.

— L'argent ne posait aucun problème. J'avais touché une partie de mon héritage à vingt-cinq ans et je savais qu'à trente, je serais riche… Non, l'argent n'était pas un problème, répéta-t-il en donnant un violent coup de tison à une bûche rougeoyante.

— J'ai séché ses larmes adorables et je l'ai bercée dans mes bras en lui promettant un amour éternel. Je lui jurai que tout irait bien et que nous serions merveilleusement heureux ensemble. Le mariage pourrait être célébré rapidement. Nous resterions à Newport jusqu'à la naissance du bébé. Ensuite, comme prévu, ce serait New York. A part que nous serions trois au lieu d'être deux. Mais plus on est de fous, plus on rit, après tout. Nous nous sommes séparés sur cette scène touchante, riant et pleurant à la fois. Elle devait regagner son appartement pour prendre un peu de repos et téléphoner à sa famille pour leur annoncer la bonne nouvelle. Et nous nous retrouverions ce soir-là après la représentation pour informer mes parents de notre grand projet.

— Tu le désirais, cet enfant, murmura Cybil.

Il hocha la tête. Se plaçant dos au feu, il affronta de nouveau son regard.

— Oui, j'étais heureux. Je me réjouissais d'être père et la perspective de partager la vie de Pamela m'enchantait. J'étais sur un nuage, ce jour-là. Mais mon grand bonheur a dû durer une heure en tout et pour tout. Mes yeux ne se sont pas dessillés petit à petit, mais brutalement et le jour même, lorsque ma sœur a déboulé chez moi.

La scène, Preston la revoyait encore jusque dans ses détails les plus infimes.

— Tout comme Pamela, Jenna était en larmes — tremblante et livide. Tout comme Pamela, elle était enceinte. Mais sa grossesse, plus avancée, était déjà visible. Et j'étais très inquiet de la voir dans cet état. Elle se raccrochait à moi en sanglotant et en hoquetant. Et pas moyen de lui faire dire ce qui se passait.

La voix de Preston se fit neutre et froide.

— Lorsqu'elle a enfin réussi à se calmer un peu, elle m'a expliqué qu'elle était retournée chez elle en coup de vent après avoir laissé Jacob à ma mère, afin de récupérer un doudou oublié. Comme elle était censée s'absenter pour la journée, personne ne s'attendait à la voir revenir moins d'une heure après son départ. Personne ne s'attendait à ce qu'elle surprenne son mari en train d'enfiler un pantalon à la hâte pendant qu'une femme jaillissait de leur lit conjugal.

— Oh, Preston ! Quel choc pour ta sœur !

Cybil se leva spontanément pour le consoler.

— Ça a dû être affreux pour elle. Dans son propre lit, en plus. Comment a-t-elle… ?

Elle se tut brusquement en se remémorant *La Valse des Ames mortes*. Une à une, les pièces du puzzle se mirent en place.

— Oh non, chuchota-t-elle. Oh, mon Dieu…

Preston fit un pas en arrière, comme pour se protéger de sa compassion envahissante.

— Exactement, oui. Dans la pièce, elle s'appelle Leanna, mais le personnage est très proche de la réalité. Pamela n'était pas seulement une excellente comédienne sur scène. Elle l'était également dans la vie courante. Elle a joué avec moi parce que j'avais l'argent, le pouvoir, les relations. Et elle m'aurait épousé par intérêt, pour donner un nom à l'enfant qu'elle avait conçu avec le mari de ma sœur. Malheureusement pour elle, je n'étais plus vraiment d'humeur. L'imbécile de service avait renoncé à sa vocation de pigeon.

— Tu l'aimais et elle t'a blessé. Cruellement, même. Je suis désolée.

— Oui, je l'aimais, mais elle m'a donné une leçon très utile : le cœur est naïf et on ne peut pas se fier à ses certitudes. La trahison d'Anthony aurait pu détruire ma sœur. Je crois que s'il n'y avait pas eu Jacob et le bébé en route, elle aurait fini en clinique psychiatrique. Mais les enfants avaient besoin d'elle et ça lui a permis de tenir.

— Et toi, Preston ? chuchota-t-elle. Tu n'avais rien pour t'aider à tenir.

— Si, l'écriture. Et la satisfaction de confondre la

femme qui, par son opportunisme et sa totale absence de morale, avait semé le chaos dans nos existences. Pamela, en larmes, a juré qu'elle m'aimait et qu'il s'agissait d'un malentendu terrible, d'une conjuration ourdie contre nous. Elle m'a supplié de la croire et j'ai failli me laisser convaincre. Ce qui te donne une idée de la force de son talent.

Cybil secoua la tête.

— Tu avais envie de la croire parce que c'était la femme avec qui tu envisageais de partager ta vie. Tu l'aimais, Preston !

— C'est possible… Quoi qu'il en soit, nous nous sommes disputés et le masque angélique a glissé, petit à petit, révélant enfin quelque chose de la vraie Pamela. J'ai fini par voir qui elle était réellement : une manipulatrice dévorée par l'ambition, fascinée par l'argent, férocement égocentrique. Tout était faux, tout était fabriqué chez elle. Nous avons rompu avec fracas. Mais elle a tenu jusqu'au bout son rôle dans la pièce, en revanche.

— Comment as-tu réussi à le supporter ?

— C'était une bonne comédienne. Je me disais qu'elle ne comptait pas, que la seule chose qui importait, c'était ce qui se passait sur scène. Le théâtre avant tout… Tu trouves que c'était cynique comme décision de ma part ?

— Non. C'était courageux, au contraire.

— J'étais décidé à laisser tout ça derrière moi. Et j'ai tiré un trait définitif sur cette histoire.

Un trait définitif ? Le cœur serré, Cybil posa les mains sur ses épaules. Ne voyait-il donc pas qu'il n'avait rien réglé, rien surmonté, rien mis à distance ?

Que Pamela, à sa façon, restait vivante en lui ? Nouant les bras autour de son cou, elle soupira lorsqu'il la prit enfin par la taille pour la serrer contre lui.

— Tu avais l'âge des grandes passions aveugles et sa beauté t'a pris au piège. Mais comme tu le dis toi-même, Pamela n'était qu'une illusion. Elle ne mérite pas que tu continues à lui accorder autant d'importance.

— Aujourd'hui, elle n'est rien de plus qu'un personnage dans une pièce. Mais les capacités d'amour que j'avais il y a cinq ans, je les ai perdues. La source est définitivement tarie.

— Si tu le crois vraiment, c'est que tu as accepté qu'elle te détruise.

Elle leva vers lui un visage baigné de larmes.

— Tu as laissé Pamela gagner, Preston. Sur tous les plans.

Ses mâchoires se crispèrent.

— Non, *personne* n'a gagné dans l'histoire. Ni ma sœur, ni mon ami, ni moi. Trois vies gâchées pour pas grand-chose. Quant à Pamela, qu'a-t-elle obtenu, sinon une grossesse solitaire et quelques auditions qui n'ont peut-être même pas abouti ?

Il cueillit une larme sur sa joue.

— Ne pleure pas pour si peu. Je ne t'ai pas raconté cette histoire pour te rendre triste, mais pour que tu comprennes qui je suis.

— Je sais qui tu es et je ne peux pas m'empêcher d'avoir mal pour toi.

— Cybil, chuchota-t-il en l'attirant dans ses bras. Tu es trop sensible, trop généreuse. Continue comme ça et tu vas finir par tomber sur un type qui te brisera le cœur avant même que tu l'aies vu venir.

Evitant de lui répondre que c'était chose faite, elle ferma les yeux et l'embrassa avec une tendresse éperdue.

Chapitre 10

Anna et Cybil étant occupées au jardin, Daniel jugea le moment opportun pour prendre le jeune Preston McQuinn entre quatre yeux. Matthew, lui, n'était nulle part en vue. Il avait dû sortir en solitaire et chercher de nouvelles sources d'inspiration dans la lande. Sculpter d'étranges objets en métal était l'unique vraie passion de ce garçon, songea Daniel en secouant la tête.

Entraînant Preston dans son bureau, au premier étage de la tour, Daniel lui fit signe de s'asseoir.

— Mets-toi à l'aise, mon garçon.

Se dirigeant vers la bibliothèque, il retira d'une étagère un gros exemplaire relié cuir de *Guerre et Paix* et l'ouvrit. De ce qui apparut alors être un coffret, il sortit un cigare aux dimensions imposantes.

— Saine lecture, commenta Preston, amusé.

— Je t'en offre un ?

— Non, merci.

Avec un soupir de satisfaction, Daniel prit place dans son fauteuil de bureau et huma le havane.

— Voilà à quoi j'en suis réduit pour ne pas me faire gronder par ma femme. Si ce n'est pas malheureux d'être obligé de fumer en cachette à mon âge !

Daniel prit son temps pour allumer son cigare,

savourant d'avance son plaisir. Ouvrant le dernier tiroir de son bureau, il en tira un coquillage qui lui servait de cendrier. Puis il installa à côté de lui un petit ventilateur à piles. C'était la dernière en date de ses inventions destinées à déjouer la surveillance d'Anna.

— Ma femme était médecin et la santé, c'est son dada, commenta-t-il en secouant tristement la tête. Tu me croiras si tu veux, mais plus elle vieillit, plus son odorat s'aiguise. Un vrai chien de chasse !

Avec un profond soupir, Daniel se renversa contre son dossier et ferma les yeux en aspirant sa première bouffée.

— Et si elle monte ? Qu'est-ce qui se passe ? voulut savoir Preston.

— A mon âge, mon garçon, on apprend à ne se soucier des problèmes qu'au fur et à mesure qu'ils se présentent.

— C'est une bonne philosophie.

Daniel souffla la fumée et examina son jeune vis-à-vis.

— Parle-moi un peu de ta nouvelle pièce ? Elle avance ?

— Raisonnablement, oui.

— Je ne te pose pas la question par simple politesse. Je m'intéresse à ce que tu fais, Preston.

— Mmm...

— J'ai toujours apprécié ce qu'écrivait ton père. J'ai quelques-uns de ses livres ici, d'ailleurs... Mon petit doigt m'a dit que tu avais eu des propositions d'Hollywood ?

— Votre petit doigt est bien informé.

— C'est vrai. Et qu'est-ce que tu en penses, toi, de

toutes ces adaptations cinématographiques que l'on fait de nos jours ?

— Pas grand-chose.

Un large sourire joua sur les traits de Daniel.

— Tu es aussi avare de tes mots qu'un joueur de poker professionnel, McQuinn !

— C'est un reproche ou un compliment ?

Daniel tapota son cigare sur le rebord du coquillage.

— Un compliment, en l'occurrence. Tu comptes rester à New York encore un certain temps ?

— Un mois, à peu près. Le gros des travaux devrait être terminé d'ici là.

— C'est une grande et belle maison que tu possèdes d'ailleurs. Et au bord de l'océan en plus.

— Vous êtes décidément très bien informé, monsieur MacGregor.

— Mon petit doigt me parle beaucoup. Il est bon pour un homme d'avoir un endroit à lui sur cette terre. Tout le monde n'est pas fait pour vivre dans la foule, avec des voisins tout autour de la ceinture. Pour ma part, j'apprécie d'avoir mon espace. Et de pouvoir fumer tranquillement un petit cigare dans mon domaine réservé sans que personne vienne me faire la morale, nom de nom !

Preston réprima un sourire en regardant Daniel tirer sur son havane, avec une mimique rebelle sur son visage massif.

— Je suis de votre avis. Même si ma maison est loin d'avoir les proportions de la vôtre.

— Tu as encore la vie devant toi. Tu agrandiras au fur et à mesure de tes besoins. L'essentiel, c'est que tu aies l'océan. Un homme libre a besoin de vastes horizons.

Ne voyant toujours pas où le vieil homme voulait en venir, Preston hocha la tête.

— Je préfère vivre en pleine nature qu'en pleine ville. Et je crois que si je devais habiter dans un lotissement, je me trancherais la gorge au bout d'une semaine.

Daniel rit de bon cœur. Mais le regard bleu qui l'examinait à travers la fumée de cigare était singulièrement perspicace.

— Un écrivain a besoin de tranquillité. Normal. Mais si la solitude est bonne, l'isolement, lui, peut devenir excessif. Voire pathologique.

Preston eut un léger haussement d'épaules.

— Ah vraiment ? Je ne vois pourtant pas de voisins poussant leur tondeuse ou taillant leur haie sous vos fenêtres, monsieur MacGregor.

Daniel sourit dans sa barbe.

— Pour ça, tu ne risques pas d'en voir, en effet. Mais si nous apprécions notre espace, nous n'avons jamais été isolés pour autant. La famille circule ; les amis entrent et sortent. C'est une maison qui reste ouverte, pas une maison où l'on s'enferme… Tu sais que Cybil, aussi, a grandi au bord de l'océan ? Elle est née sur la côte du Maine, auprès d'un père tellement épris de solitude qu'il chassait en hurlant les malheureux touristes qui osaient s'aventurer près de chez lui.

— J'ai entendu dire que Grant Campbell était assez sauvage, en effet.

— Attention : tout Campbell qu'il est, Grant reste

un homme remarquable. Et un excellent dessinateur humoristique qui plus est.

L'air soudain soucieux, Daniel pianota du bout des doigts sur le bois ancien de son bureau.

— Il fut un temps où nous autres, des clans des Highlands, nous aurions préféré partager notre lit avec des rats et des fouines plutôt que d'ouvrir notre porte à un Campbell. Tu ne leur tiens pas rigueur, toi non plus, McQuinn ?

Il fallut un moment à Preston pour comprendre que Daniel faisait allusion aux vieilles querelles qui opposaient les clans écossais quelque deux siècles et demi plus tôt. Imaginant qu'un rire serait déplacé, Preston réussit à le dissimuler sous une quinte de toux.

— Non, je ne leur en veux pas, répondit-il avec le plus grand sérieux. On ne peut pas ressasser éternellement les mêmes griefs, n'est-ce pas ?

— C'est exactement mon point de vue, mon garçon. Il faut savoir vivre avec son temps.

Manifestement rassuré par son absence d'animosité envers « ces traîtres de Campbell », Daniel tapa du poing sur le bureau.

— Grant Campbell est un homme respectable. Et sa femme descend d'une solide lignée, elle aussi. Quant à leurs enfants, ils leur ont toujours fait honneur.

Preston acquiesça poliment.

— Je n'en doute pas.

— Tu as pu en juger par toi-même, non ? Cybil est vive, intelligente, jolie. Et elle a le cœur sur la main. Les gens gravitent autour d'elle parce que cette fille est un soleil. Tu n'es pas de cet avis ?

— Cybil est unique dans son genre, oui.

Le regard bleu de Daniel se fit grave.

— La ruse, la tricherie, Cybil ne connaît pas. Elle est franche comme l'or. Et tellement soucieuse de ménager les sentiments d'autrui que sa gentillesse se retourne parfois contre elle. Ce n'est pas une carpette, cela dit. Loin de là. Elle a suffisamment de sang écossais en elle pour cracher comme un chat en colère si quelqu'un cherche à lui faire du tort. Mais elle préférera se mutiler elle-même plutôt que de blesser un de ses proches. Et il m'arrive de m'inquiéter à son sujet.

Preston changea nerveusement de position dans son fauteuil.

— Je ne pense pas que vous ayez de souci à vous faire pour Cybil.

— Tout grand-père digne de ce nom s'inquiète pour sa descendance. Ce qu'il faudrait à Cybil, c'est quelqu'un sur qui elle puisse focaliser tout l'amour dont elle déborde. L'homme qui réussira à se faire aimer d'elle vivra heureux jusqu'à la fin de ses jours, c'est moi qui te le dis.

— Cet homme-là aura de la chance, en effet.

Penchant son buste puissant en avant, Daniel plongea ses extraordinaires yeux bleus dans les siens.

— Tu as posé l'œil sur elle, McQuinn. Je n'ai pas besoin de mon petit doigt pour le savoir.

Il avait posé sur elle beaucoup plus qu'un simple regard. Preston toussota et décroisa les jambes.

— Cybil est très jolie, admit-il.

— Et toi, tu es célibataire et en âge de prendre femme. Quelles sont tes intentions envers elle ?

Cette fois, Daniel avait au moins le mérite d'aller

droit au but. Conscient que le moment était venu de trancher, Preston se redressa dans son fauteuil.

— Je vais être très clair avec vous, monsieur MacGregor : je n'en ai aucune.

Daniel abattit son poing sur la table.

— Alors il serait temps que tu commences à en avoir. Tu n'es ni aveugle ni stupide, pour autant que je sache ?

— Ni l'un ni l'autre, non.

— Alors, qu'est-ce qui te retient ? Cybil est exactement ce qu'il te faut pour contrebalancer ton excès de sérieux. Elle t'empêchera de rester terré au fond de ta grotte comme un ours mal léché.

Le regard lançant des éclairs, Daniel fit tomber la cendre de son cigare dans son cendrier improvisé.

— Si je n'avais pas été persuadé d'autre part que tu étais le compagnon idéal pour elle, tu ne te serais pas retrouvé sur le même palier qu'elle, c'est moi qui te le dis.

— Je me suis retrouvé sur ledit palier parce que vous m'y avez *placé,* monsieur MacGregor.

Furieux d'avoir été traité comme un simple pion, Preston se leva pour arpenter la pièce.

— Sous prétexte de me rendre service, vous m'avez parachuté sur le pas de sa porte, comme… comme une espèce de colis express !

— Je t'ai rendu le plus beau service de ton existence, mon garçon. Et tu devrais m'en être reconnaissant au lieu de me foudroyer de ce regard meurtrier.

— Monsieur MacGregor, votre famille et vos amis apprécient peut-être que vous vous livriez avec eux à vos petits jeux de manipulation. Mais pour ma part, je me passe de ce genre d'interférence. Je suis capable de conduire ma vie sans l'aide de personne.

Nullement impressionné, Daniel rugit de sa voix de stentor :

— Ah oui ? Tu n'as besoin de personne pour te remettre les idées en place, n'est-ce pas ? Alors comment se fait-il que tu continues à broyer du noir à cause d'une bêtise passée au lieu de cueillir la réalité présente à bras-le-corps ?

Le visage de Preston se ferma.

— Ça, c'est mon problème.

Satisfait de le trouver à court d'arguments, Daniel hocha la tête et poursuivit sur un ton plus calme :

— Ce n'est pas ton *problème*, c'est ta *faille*, Preston. Mais tout homme a droit à ses points faibles. Voilà plus de quatre-vingt-dix ans maintenant que je vois des couples se faire et se défaire autour de moi. A force d'observer j'ai fini par repérer certains critères de compatibilité. Et je vais te dire clairement une chose, McQuinn, puisque tu es trop jeune ou trop têtu pour regarder la réalité en face : Cybil et toi, vous allez ensemble. A vous deux, vous formez une unité. Et elle fonctionne.

— Je suis désolé de ternir votre réputation d'infaillibilité, monsieur MacGregor, mais cette fois-ci vous n'avez pas visé juste. Ce n'est pas moi qu'il aurait fallu sélectionner comme voisin de palier !

Daniel émit un petit rire.

— Cybil ne t'aurait pas proposé de venir si elle n'avait pas été amoureuse de toi. Et tu n'aurais pas accepté l'invitation si tu n'avais pas été fou d'elle de ton côté.

Voyant Preston pâlir, Daniel se renversa avec satisfaction contre son dossier. Ainsi, il tremblait de peur, le gaillard. L'amour, décidément, faisait peur même aux plus braves.

— Vous êtes sans doute très fort, monsieur MacGregor, mais dans ce cas précis, votre petit calcul psychologique tombe faux, riposta froidement Preston. Ce qui se passe entre nous n'a rien à voir avec l'amour. Et si je fais souffrir Cybil — ou, plus exactement, *lorsque* je ferai souffrir Cybil —, vous porterez votre part de responsabilité.

Sur ces accusations tranchantes, le jeune McQuinn sortit du bureau au pas de charge. Daniel le suivit des yeux en tirant pensivement sur son cigare. Toute histoire d'amour véritable comportait sa part de souffrance, en effet. Et le cœur de Cybil subirait sans doute quelques égratignures, au passage. McQuinn avait raison sur ce point : lorsque sa précieuse petite-fille serait malheureuse comme les pierres, il aurait sa part de responsabilité à porter.

Mais dès que le jeune Preston cesserait de se débattre comme une truite accrochée à son hameçon et qu'il accepterait de la rendre heureuse, alors là…

Oui, alors là, qui ramasserait les louanges, si ce n'était le bon vieux Daniel MacGregor ? Avec un large sourire aux lèvres, Daniel dégusta son cigare.

Jusqu'au bout et en toute impunité.

Leur bref séjour à Hyannis ne semblait pas avoir réussi à Preston. Au grand regret de Cybil, il avait quitté le Massachusetts d'humeur maussade. Et depuis une semaine qu'ils étaient de retour à New York, la situation ne s'était guère améliorée. Il restait sombre, distant et irritable.

Preston n'était pas un homme facile. Et elle le savait depuis le départ. A présent qu'elle connaissait son histoire avec Pamela, elle était consciente qu'il lui faudrait des mois, voire des années, avant de réapprendre la confiance dans un rapport d'intimité.

Elle était décidée à l'attendre, bien sûr. Mais aimer seule et en silence faisait mal. C'était chaque fois le même petit pincement au cœur lorsqu'il se détournait d'elle un peu trop vite, lorsqu'il se barricadait chez lui avec son écriture ou sa musique, lorsqu'il partait faire de longues marches solitaires à travers les rues de la ville.

Des promenades auxquelles il ne souhaitait clairement pas qu'elle se joigne.

Stoïque, Cybil s'accommodait de son éloignement. Elle supputait que le dernier acte de sa pièce lui donnait du fil à retordre et qu'il avait besoin de solitude pour avancer. Mais ce n'était que simple supposition de sa part.

Elle ne savait plus du tout comment il progressait dans l'écriture de ses dernières scènes. Pour la bonne raison que Preston avait cessé de lui parler de sa pièce depuis leur retour de Hyannis. Il estimait sans doute qu'elle était incapable de comprendre ce qu'il traversait ; qu'elle n'entendait rien aux joies et aux affres de la création littéraire.

Cybil souffrait de son silence mais se répétait patiemment que c'était sans importance.

Elle s'était toujours menti à elle-même avec beaucoup plus de facilité qu'elle ne mentait aux autres.

Son propre travail, d'autre part, la sollicitait plus qu'à l'ordinaire. Le rendez-vous auquel elle s'était rendue juste avant de partir pour Hyannis avait marqué un tournant décisif dans sa carrière. Mais elle n'en avait parlé à personne. Ni a ses amis. Ni à sa famille. Ni à son amant.

Par peur de crier victoire trop tôt, sans doute.

Mais aujourd'hui, le contrat était signé et elle pouvait l'annoncer à la terre entière. Le cœur battant d'excitation, Cybil descendit du taxi qui la déposait devant son immeuble et gravit en courant les marches du perron. Elle était tellement heureuse qu'elle en riait toute seule.

Peut-être improviserait-elle une petite fête pour célébrer l'événement ? Elle rassemblerait quelques individus hétéroclites, ferait couler le champagne à flots et voler les ballons de baudruche. Pizzas, caviar, foie gras et chips : il y aurait tout et n'importe quoi. Et l'ambiance serait aussi délirante que le buffet.

Elle monta l'escalier comme en dansant. Vite ! Appeler ses parents, sa famille, raconter la nouvelle à Jody et tomber dans ses bras, virevolter avec elle d'un bout à l'autre de la pièce en poussant des cris de joie.

Mais en priorité, elle voulait partager son secret avec Preston.

Elle martela sa porte des deux poings, imitant le roulement joyeux d'un tambour. A cette heure, il devait être rivé à son ordinateur, entièrement absorbé dans son travail.

Mais il comprendrait que sa grande nouvelle ne

pouvait pas attendre. Ils fêteraient l'événement en tête à tête, se griseraient de champagne au beau milieu de l'après-midi, finiraient au lit en riant.

Lorsque Preston la vit dressée sur le pas de sa porte, elle lui fit l'effet d'un rayon de soleil.

— Oh, Preston, je suis tellement contente que tu sois là ! Figure-toi que j'arrive juste. Tu ne me croiras pas, mais...

Preston était péniblement conscient de ses vêtements froissés et de sa barbe de deux jours. Pire encore : il s'apercevait qu'il lui suffisait de poser les yeux sur elle pour perdre sa concentration. Et ce constat l'exaspérait.

— Je suis en plein dans une scène difficile, Cybil.

— Je sais. Je suis désolée. Mais si je n'en parle pas à quelqu'un tout de suite, je vais exploser.

Portant les mains à ses joues râpeuses, elle l'examina d'un œil critique.

— De toute façon, tu me parais mûr pour une petite pause.

— Pas à proprement parler, non. Je...

Mais Cybil était déjà dans l'appartement.

— Je parie que tu n'as rien mangé à midi. Tiens, à propos, j'ai déjeuné dans un truc super, je te raconterai. Et si je te préparais un sandwich ? Ça te calera. Et pendant que tu mangeras je te raconterai...

— Je ne veux pas de sandwich, la coupa-t-il sans prendre la peine de dissimuler l'irritation dans sa voix. Je n'ai pas faim.

Il se versa une tasse de café à peine tiède.

— Sérieusement, Cybil, je n'ai pas le temps de faire un break maintenant.

— Juste cinq minutes ! Tu ne peux pas travailler toute une journée sur un estomac vide, de toute façon.

Elle avait déjà la tête dans le réfrigérateur lorsqu'elle l'entendit grimper dans sa chambre. Avec un soupir résigné, elle monta à sa suite.

— Bon, O.K., on laisse tomber le sandwich. Mais j'ai besoin de te dire ce qui m'est arrivé aujourd'hui. Ce matin, j'avais…

Elle s'interrompit net en faisant irruption dans sa chambre.

— Oh, McQuinn, tu me désespères. Comment fais-tu pour travailler dans ce tombeau ?

Se dirigeant vers la fenêtre par réflexe, elle commença à ouvrir les rideaux.

— Ne touche pas à ça !

Son geste se figea. Sa main retomba en même temps que sa bonne humeur. Preston avait déjà les doigts sur son clavier, le regard rivé sur l'écran. Il l'avait écartée de lui, tout comme il écartait la vie qui bruissait de l'autre côté de ses rideaux fermés.

Malgré le grand et beau soleil dehors, il travaillait à la lumière de sa lampe en buvant son café rance. Et il lui tournait le dos.

Elle avait beau trembler d'excitation, rien de ce qui faisait ses joies et ses peines ne pesait dans la balance, lorsque Preston McQuinn travaillait à son Œuvre.

— C'est tellement facile pour toi de faire comme si je n'existais pas, murmura-t-elle, défaite.

Preston entendit la douleur dans sa voix mais refusa de se sentir coupable.

— Non, ce n'est pas facile. Mais c'est nécessaire en l'occurrence.

— Oui, je sais : tu écris. Et cette pauvre Cybil est quand même sacrément gonflée d'interrompre un génie à l'œuvre, elle qui ne comprend rien à la littérature — la grande, la vraie.

Il lui jeta un bref regard irrité par-dessus l'épaule.

— Arrête tes idioties, Cybil. Je sais que tu serais capable de réaliser un épisode de ta bande dessinée même au beau milieu d'une bacchanale. Mais ce n'est pas mon cas et je n'y peux rien.

— Sans doute, oui. Mais il t'arrive de m'ignorer même lorsque tu n'écris pas.

Avec un soupir démonstratif, il se détourna de l'ordinateur pour lui faire face.

— Je ne suis pas d'humeur à entamer ce genre de discussion maintenant, Cybil.

— Et seule *ton* humeur est déterminante, n'est-ce pas ? Ce sont tes envies qui nous gouvernent. On se voit si ça te chante ; on se touche si tu es dans les dispositions adéquates et on s'ignore si tu as mieux à faire.

Le ton de Cybil avait quelque chose d'irrévocable. Preston eut un léger sursaut de panique.

— Si cela ne te convenait pas, il fallait le dire.

— Eh bien je le dis, justement. Cela ne me convient pas d'être traitée comme un jouet commode que l'on prend et que l'on rejette à son gré. Cela ne me convient pas que tu ne trouves même pas une minute pour m'écouter lorsque j'ai besoin de parler de quelque chose d'important pour moi.

— Tu voudrais que je m'interrompe dans ma pièce pour écouter le récit de ta journée de shopping et m'intéresser au menu de ton déjeuner ?

Les yeux écarquillés, Cybil ouvrit la bouche. Puis la referma sur un son bref, poignant, qui lui rappela le cri d'un oiseau blessé.

— Je suis désolé.

Il se leva, furieux contre lui-même. Cybil le regardait, immobile. Elle n'aurait pas eu l'air plus choquée s'il l'avait giflée.

— Ecoute, j'arrive à la fin de ma pièce et ça me porte sur le système. Je deviens négligent, distrait. Mauvais.

Comme elle ne réagissait pas, il se passa nerveusement la main dans les cheveux.

— Viens. Je vais te faire un café.

Cybil secoua lentement la tête.

— Non, merci. Il faut que je rentre. J'étais juste venue en coup de vent, en fait. J'ai quelques coups de fil importants à passer. Et puis… et puis j'ai mal à la tête.

Comme elle se détournait pour partir, il la retint par le bras. Et la sentit trembler comme une feuille sous ses doigts.

— Cybil…

— J'ai un gros coup de pompe, Preston. Excuse-moi, mais il faut que j'aille m'allonger un moment.

Se dégageant d'un petit coup sec, elle sortit de la pièce et dévala l'escalier. Preston fit la grimace lorsqu'il entendit la porte claquer derrière elle.

— Bravo, McQuinn. Mes compliments. Tant qu'à faire, tu aurais pu lui mettre aussi un coup de pied ou deux, pendant que tu y étais.

Ecœuré de lui-même, il ouvrit les rideaux en grand.

Le soleil entra à flots, inondant la pièce. Aveuglé, il cligna des paupières et se traita mentalement de taupe.

Cybil n'avait pas tort lorsqu'elle l'accusait de se couper du monde extérieur. Preston pesta avec force en observant le ballet des passants dans la rue en contrebas. Ce n'était tout de même pas sa faute s'il lui était plus facile d'écrire lorsque rien ne venait le distraire. Et il n'avait pas à se justifier sur la façon dont il choisissait de travailler.

— Peut-être. Mais tu n'as pas à traiter Cybil comme un chien dans un jeu de quilles sous prétexte que tu es occupé.

Mais elle avait débarqué au pire moment ! Alors qu'il était complètement pris dans sa scène ! Il avait le droit de préserver son espace privé.

D'ailleurs comment *osait-elle* l'accuser de l'ignorer, alors qu'elle était en permanence présente dans ses pensées ?

« Oui, mais ça, elle ne peut pas le deviner. Et tu avoueras que tu as tout fait pour essayer de l'oublier. »

Et cela depuis sa discussion houleuse avec Daniel MacGregor à Hyannis. Parce que ce diable de vieillard avait vu juste : il était bel et bien amoureux d'elle.

Voilà pourquoi il appliquait une politique de déni systématique depuis une semaine. Plus il se sentait en danger de s'attacher à elle, plus il se montrait odieux.

Car le risque de l'amour, il n'était pas disposé à le prendre. Il n'était pas prêt à repasser par ce qu'il avait déjà traversé. Et il refusait en bloc l'idée de la dépendance.

D'un geste décidé, Preston referma ses rideaux. Cette attirance immodérée pour Cybil, il se débrouillerait pour en venir à bout d'une façon ou d'une autre. Mais en attendant, il voulait compenser l'attitude infecte qu'il avait eue avec elle. Cybil n'avait rien fait pour mériter ce qu'il lui avait infligé. En vérité, elle n'avait cessé de donner. Pendant qu'il s'était contenté de recevoir, de son côté.

Conscient qu'il était inutile d'espérer se remettre à sa pièce, il hésita à aller frapper à la porte en face. Mais Cybil avait exprimé le besoin d'être seule. Et elle avait droit à sa tranquillité, elle aussi. Il sortit donc de l'immeuble et partit au hasard des rues.

Seulement lorsqu'il vit la devanture de la fleuriste, l'idée d'un bouquet s'imposa à son esprit. Des roses ? Non. Ce serait trop sérieux, trop rigide. Des marguerites ? Trop quelconque. Preston finit par arrêter son choix sur des tulipes d'un délicat jaune pâle.

Et se sentit plus léger dès qu'il les eut en main.

En poursuivant ses déambulations, il songea qu'il naviguait à vue depuis le début de sa relation avec Cybil. A force d'essayer de préserver son indépendance, n'en était-il pas arrivé à se comporter comme le dernier des égoïstes ?

Les quelques paroles amères qu'elle avait prononcées pendant leur bref échange dans sa chambre lui revinrent à l'esprit. Combien de fois n'avait-elle pas été obligée de mettre ses propres besoins de côté pour s'ajuster aux siens ? Le MacGregor n'avait pas manqué, d'ailleurs, de souligner cet aspect du caractère de Cybil : c'était dans sa nature de faire passer les autres avant elle.

Il n'avait jamais connu quelqu'un d'aussi généreux, d'aussi désintéressé et d'aussi bien dans sa peau. Cette spontanéité, cette extraordinaire joie de vivre, il les avait perdues depuis longtemps de son côté. Sauf lorsqu'il était avec elle. Sauf lorsqu'il acceptait d'être lui-même en sa compagnie.

Cybil était arrivée chez lui surexcitée, heureuse, brûlante d'impatience de lui parler. Mais il était tellement habitué à la voir gaie qu'il n'avait pas réalisé sur le moment qu'elle avait quelque chose de particulier à lui annoncer.

Non seulement il n'avait pas pris le temps de l'écouter mais il avait cassé son élan d'enthousiasme et éteint les soleils qui rayonnaient dans ses yeux. Depuis le début, d'ailleurs, il avait profité de la nature généreuse de Cybil sans rien lui donner en retour.

Et il était temps — grand temps — d'inverser les rôles.

Il lui rendrait tout ce qu'il avait pris afin de rétablir l'équilibre. Ainsi lorsque l'heure viendrait pour eux de se quitter, ils pourraient se séparer en amis.

Car il refusait d'envisager que Cybil disparaisse entièrement de son existence. Comment imaginer encore une vie dont elle ne ferait plus partie ?

Lorsque, en début de soirée, il se présenta à sa porte avec son bouquet de fleurs, Preston ne se sentit pas ridicule du tout. Mais apaisé au contraire.

— Tu as pu te reposer ? demanda-t-il lorsqu'elle vint lui ouvrir.

Cybil hocha la tête.

— Oui, je te remercie. J'ai dormi deux heures d'affilée.

— Est-ce qu'un peu de compagnie et quelques tulipes te feraient plaisir ?

En voyant le bouquet, Cybil ouvrit des yeux ronds.

— Tu as pensé à apporter des fleurs ? Oh, mon Dieu… Elles sont magnifiques ! Entre, je vais les mettre dans un vase.

Preston conclut qu'il avait vraiment été en dessous de tout si la vue d'une malheureuse dizaine de tulipes la sidérait à ce point.

— Je regrette pour cet après-midi, Cybil.

— Ah…

Cybil ressentit une vague déception. Ainsi les fleurs étaient un geste d'excuse. Bizarrement, elle aurait préféré qu'il les lui offre sans raison particulière.

Chassant au loin ces pensées négatives, elle disposa les tulipes dans un vase de verre et se tourna pour lui sourire.

— Aucune importance. C'est le risque que l'on court à débusquer un ours de sa tanière.

— Ce qui s'est passé cet après-midi *a* de l'importance, Cybil. Et tu as toutes les raisons de m'en vouloir.

Elle sourit faiblement.

— Tu es pardonné.

— Déjà ? Nombreuses seraient celles qui, à ta place, en auraient profité pour me faire ramper à leurs pieds.

— Je n'aime pas trop voir ramper autour de moi. Tu as de la chance, non ?

Il lui prit la main et la porta à ses lèvres.

— Oui, j'ai de la chance. Une chance infinie, même.

Pour la seconde fois en cinq minutes, il vit la stupéfaction se peindre sur les traits de Cybil. « Jamais, je n'ai eu pour elle le moindre geste de tendresse », songea-t-il, effaré d'avoir poussé la muflerie jusqu'à de telles extrémités.

— J'ai pensé que si tu te sentais mieux, on pourrait peut-être sortir dîner en tête à tête ?

Elle cligna des yeux.

— *Sortir ?* C'est bien toi qui viens de prononcer le mot « sortir », Preston ?

— Seulement si tu en as envie. Mais si tu es encore fatiguée, rien ne nous empêche de rester tranquillement ici. A toi de choisir, murmura-t-il en lui prenant le visage entre les mains pour lui poser un baiser sur le front.

Plongée dans des abîmes de perplexité, Cybil leva les yeux pour scruter ses traits.

— Qui êtes-vous, aimable inconnu ? Et que faites-vous, dissimulé sous l'apparence de Preston ?

Il l'embrassa en riant sur les deux joues.

— Dis-moi de quoi tu as envie.

De quoi elle avait envie ? D'être touchée, comme il la touchait. De voir cet instant de grâce prolongé à l'infini.

— Je peux préparer un repas simple à la maison, proposa-t-elle presque timidement.

— Tu préfères que nous passions la soirée ici ? C'est d'accord. Mais je me charge du dîner.

— *Toi ?* Bon, cette fois, plus d'hésitation, j'appelle la police… ou peut-être plutôt une ambulance, se récria-t-elle en posant la main sur son front, comme pour s'assurer qu'il n'avait pas de fièvre.

Il l'attira en riant dans ses bras.

— Rassure-toi. Je ne pensais pas t'infliger une de

mes réalisations culinaires. Comme je tiens à passer une soirée agréable, je préfère faire appel à des prestataires extérieurs.

— Comme tu voudras, murmura-t-elle, trop étourdie pour protester.

Preston la serrait dans ses bras. La tenait contre lui comme s'il n'avait d'autre désir au monde que de la garder ainsi. Purement par tendresse. Sans l'ombre d'une arrière-pensée sexuelle.

— Tu es tendue, observa-t-il en lui massant doucement le dos et les épaules. C'est la première fois que je te sens crispée comme ça. Tu as encore mal à la tête ?

— Non. Presque plus.

— Tu sais quoi ? Tu vas monter te faire couler un bain et te détendre dans l'eau chaude. Puis tu enfileras un de ces peignoirs que tu affectionnes tant et nous dînerons ensuite.

— Tu es gentil, mais ça va aller. Je peux très bien…

Elle laissa le reste de sa phrase en suspens lorsque la bouche de Preston vint se poser sur la sienne, se retira, puis revint avec une douceur, une patience qui la laissèrent muette et les jambes coupées.

— Monte, je te dis. Fais-toi du bien. Je m'occupe de tout.

Il l'écarta de lui et sourit lorsqu'elle leva vers lui un regard mi-rêveur mi-désorienté.

— Bon, d'accord. Tu trouveras le numéro du livreur de pizza dans le carnet près du téléphone.

— O.K. Merci.

Il la poussa en direction de l'escalier.

— Va. Trempe dans ton bain le temps qu'il te

faudra pour te détendre. Et laisse-moi faire ce que j'ai à faire.

Preston la suivit des yeux tandis qu'elle gravissait les marches dans un état second. Si un simple bouquet de fleurs et quelques gestes tendres la laissaient déjà sans voix, la soirée qu'il se promettait de lui offrir risquait de provoquer un véritable accès de mutisme.

Qui aurait cru qu'un peu de gentillesse réduirait l'intarissable Cybil au silence ?

Il décrocha le téléphone et appela Jody.

— Allô, Jody ? C'est Preston McQuinn… Oui, dis-moi, tu pourrais m'indiquer le restaurant préféré de Cybil ?… Non, non, pas l'italien du coin, rétorqua-t-il avec un sourire en coin. Quelque chose, disons… d'un peu plus gastronomique.

A l'autre bout du fil, Jody émit un « Ah ! » appréciateur. Il nota le nom du restaurant français favori de Cybil.

— Merci. Tu n'aurais pas leur numéro de téléphone sous la main, par hasard ?… Super. Jody, tu es parfaite. Si tu réponds à ma troisième et dernière question, tu seras couronnée « Meilleure Voisine de l'Année ». Quel serait le dessert sur leur menu susceptible de la plonger dans le coma ?… Génial, je note… Quoi ?… Si nous avons quelque chose à fêter, elle et moi ?

Preston sourit.

— Rien de spécial, non. Nous passons juste une soirée tranquille à la maison. Merci pour les renseignements.

Comme Jody le bombardait de questions, il l'interrompit en riant.

— De toute façon, je sais — et tu sais — qu'Emily

te racontera tout en détail demain matin. Bonne soirée, Jody.

Il raccrocha et appela le restaurant pour passer sa commande. Puis, relevant les manches, il s'attela à ses préparatifs.

Chapitre 11

Cybil se conforma aux instructions et se prélassa un bon moment dans son bain. Elle avait besoin d'un temps de solitude pour se remettre du choc et s'habituer à ce Preston nouvelle manière.

Ou était-ce l'ancien Preston qui dévoilait un côté de lui qu'il avait toujours caché jusque-là ?

Jamais elle n'aurait imaginé qu'il puisse se montrer aussi attentif à ses besoins, aussi soucieux de son bien-être. Cybil ferma les yeux dans l'eau tiède. Ce changement radical d'attitude la confrontait à un nouveau problème. Contenir ses sentiments pour lui n'était pas toujours facile en temps ordinaire. Mais lorsqu'il se montrait prévenant et affectueux, lui taire son amour relevait carrément de la gageure.

Elle l'aimait lorsqu'il était cassant et en colère ; l'adorait lorsqu'il était drôle et détendu ; tremblait de passion pour lui lorsqu'il la désirait jusqu'au délire. Comment ne pas laisser ses sentiments déborder lorsqu'il faisait preuve d'affection et de tendresse ?

Ce radoucissement soudain n'était rien de plus, sans doute, qu'une tentative de compenser son rejet de l'après-midi. Mais s'il cherchait à se faire pardonner, c'était signe qu'elle comptait pour lui, non ? Et que leur relation avait suffisamment d'importance à ses yeux pour qu'il souhaite réparer le mal qu'il lui avait fait ?

Comment, dans ces conditions, aurait-elle eu le cœur de lui en vouloir ?

Une soirée paisible à la maison leur ferait le plus grand bien. Preston n'aimait ni la foule ni le bruit. Et elle n'était pas suffisamment en forme de son côté pour apprécier une sortie au restaurant. Tout rentrerait dans l'ordre entre eux s'ils s'affalaient sur le canapé pour manger une pizza à même le carton, en regardant une comédie à la télévision. Ils riraient pour des bêtises, échangeraient des propos sans importance, feraient l'amour sans complication.

Les plaisirs simples, c'était encore ce qui leur réussissait le mieux, dans le fond.

Rassérénée, Cybil enfila un long kimono de soie verte assorti à ses yeux, se passa un coup de peigne et descendit rejoindre Preston. Le pied sur la première marche, elle constata qu'il avait mis un disque de jazz en l'attendant. Une musique qui donnait envie de danser, songea-t-elle rêveusement.

L'atmosphère était d'autant plus festive que Preston avait allumé des bougies par douzaines. Debout en bas de l'escalier, sa haute silhouette éclairée par la lueur tremblante des flammes, il l'attendait, la main tendue.

Non seulement il s'était rasé, mais il avait troqué son éternel T-shirt contre une chemise. Et son jean contre un pantalon. Saisie de vertige, elle laissa son regard se perdre dans le sien.

— Que se passe-t-il ? s'enquit-elle en clignant des yeux. Tu attends quelqu'un ?

— Oui : toi. Pour dîner.

— Le décor est un peu sophistiqué pour une simple pizza, non ? chuchota-t-elle, troublée, lorsqu'il porta ses doigts à ses lèvres.

— Quelle importance ? J'aime te regarder à la lumière des bougies. Tes yeux paraissent encore plus immenses. Je crois que je ne t'ai encore jamais dit que tu avais des yeux magnifiques ?

Il laissa glisser ses lèvres sur sa pommette.

— Ta peau est si fine que l'on croit toucher un satin précieux. J'ai dû te couvrir de bleus, comme une brute que je suis.

— Mmm ?

La tête de Cybil lui tournait tellement qu'elle avait de la peine à se concentrer sur ses paroles.

— J'ai été négligent avec toi, Cybil. Mais je ne le serai pas ce soir.

De nouveau, il lui prit les mains, les embrassa.

— J'ai quelque chose pour toi.

Il lui tendit un petit paquet emballé avec soin. Effarée, Cybil secoua la tête.

— Je n'ai pas besoin de cadeaux, vraiment. Je préfère que tu ne m'en fasses pas, Preston.

Il fronça les sourcils, décontenancé par la véhémence de son refus. Il lui fallut quelques secondes pour comprendre qu'elle pensait à Pamela.

— Et si tu ouvrais le paquet d'abord et que tu décidais ensuite ? suggéra-t-il calmement. Ce que tu trouveras à l'intérieur, je ne l'ai pas acheté pour satisfaire des goûts de luxe que tu n'as pas. C'est juste quelque chose qui m'a fait penser à toi.

Se sentant vaguement ridicule, Cybil prit la boîte et retira l'emballage.

— Au fond, ça tombe bien, puisque tu as manqué mon anniversaire.

— J'ai laissé passer ton anniversaire ?

Preston avait l'air tellement coupable qu'elle ne put s'empêcher de rire.

— Oui, c'était début février. Et le fait que nous ne nous connaissions pas encore, à l'époque, ne constitue en rien une excuse. Donc ce cadeau vient en compensation de…

Elle se tut en découvrant les boucles d'oreilles : deux longs pendentifs en hématite. Le tout sous la forme d'un alignement de petits poissons aux formes saugrenues. Elle éclata de rire, les sortit de leur boîte et les secoua pour les faire claquer l'une contre l'autre.

— Ils sont ridicules, ces poissons ! s'esclaffa-t-elle, enchantée.

— Je sais.

— Je les adore.

— C'est ce que j'ai pensé en les voyant.

Amusée, elle fixa les clips.

— Alors ? Qu'est-ce que tu en penses ?

— C'est tout à fait toi.

Elle jeta les bras autour de son cou.

— Tu les as choisies avec tant de soin, Preston !

Elle l'embrassa avec effusion. Mais juste au moment où les effets du baiser commençaient à lui chauffer le sang, il l'entendit renifler.

— Cybil ?… Oh non, pas ça !

— Désolée, hoqueta-t-elle, le visage pressé dans son cou. Mais les fleurs, les bougies et les poissons en une même soirée, ça fait beaucoup pour une seule personne, non ?

Elle prit une profonde inspiration, libéra l'air lentement et recula d'un pas.

— Et voilà. C'est fini. Je ne pleure plus.

— Ouf !

Il essuya une larme minuscule qui perlait encore à un cil.

— Tu es prête à boire le champagne, alors ?

Les yeux de Cybil étincelèrent de plaisir.

— Du champagne ? Alors, là, pas de problème. Je suis *toujours* prête pour boire du champagne.

Preston passa côté cuisine et sortit une bouteille qu'il avait préparée dans un seau à glace. Pensive, Cybil s'assit dans un fauteuil et le suivit des yeux. Il était si détendu, si joyeux, si charmeur. Qu'est-ce qui avait pu induire un changement d'attitude aussi radical ?

— Euréka ! J'ai compris ! Tu as terminé ta pièce, c'est ça ?

— Non. Pas tout à fait encore.

Elle pencha la tête sur le côté, chercha désespérément à comprendre.

— Bon. Je donne ma langue au chat. Que fêtons-nous alors ?

— Toi, et uniquement toi, murmura-t-il en faisant tinter sa flûte contre la sienne.

Les yeux mi-clos, Cybil goûta le vin pétillant, comme une mousse légère sur la langue.

— Mmm…

Plus encore que les arômes du champagne, c'était le regard de Preston sur elle qui lui faisait tourner la tête.

— Je ne sais que te dire, chuchota-t-elle.

Avec un sourire amusé, il se percha sur le bras de son fauteuil.

— Voilà un événement sans précédent. Je dirais même : un exploit.

— Ah, c'est donc ça : depuis le début, tu cherches une stratégie pour me réduire au silence. Brillante tactique, McQuinn. Tu vois que l'obstination finit par payer.

— Attends. Ça ne fait que commencer.

Se renversant contre son dossier, Cybil se détendit et savoura son champagne. Ayant vidé sa coupe, Preston lui prit son verre des mains, la tira vers lui et la prit dans ses bras. Non pas pour lui prodiguer un de ces baisers ravageurs dont il avait le secret mais pour presser sa joue contre la sienne et se mouvoir au rythme de la musique.

— Je ne t'avais encore jamais invitée à danser.

Cybil ferma les yeux avec un soupir d'aise.

— C'est vrai. Il était temps d'y penser.

Les mains dans son dos et la tête sur son épaule, elle ajusta son corps à celui de Preston, ses gestes à la musique. Lorsqu'il effleura sa tempe de ses lèvres, elle tourna légèrement la tête, lui offrant sa bouche. Son pouls était lent, comme dilué, tous ses muscles relâchés.

— Preston, chuchota-t-elle, se dressant sur la pointe des pieds pour intensifier le baiser.

— Ça doit être le dîner, annonça-t-il contre ses lèvres.

— Mmm ?

— La sonnerie de l'Interphone.

— L'Interphone ? murmura-t-elle rêveusement. *Quel* Interphone ?

Lorsque Preston se détacha d'elle pour débloquer

la porte d'entrée, Cybil dut prendre appui sur le bar pour ne pas tomber.

— J'espère que tu ne seras pas déçue, dit-il en revenant cueillir un baiser sur ses lèvres. Mais je n'ai pas commandé de pizzas.

— Aucune importance, tout me va.

Manger était le dernier de ses soucis, en l'occurrence. L'appétit que Preston venait d'ouvrir ne serait pas comblé par de la nourriture.

Ce ne fut pas à un livreur, cependant, que Preston ouvrit la porte. Deux serveurs en smoking firent une entrée particulièrement stylée. Avec efficacité et discrétion, ils disposèrent un repas complet sur la table que Preston avait mise.

Lorsqu'ils repartirent moins de dix minutes plus tard, Cybil n'avait toujours pas recouvré sa voix.

— Tu as faim ? s'enquit Preston en posant les mains sur ses épaules.

— Preston, je n'en crois pas mes yeux… C'est un festin… un banquet des dieux.

— Prenez place, belle dame.

Il lui prit la main, tira une chaise. Et se pencha pour déposer un baiser dans sa nuque avant d'aller s'asseoir à son tour.

Dans un état second, Cybil dégusta les merveilles qu'il déposa sur son assiette. Mais les particularités du menu lui échappèrent. Même son sens aigu du détail l'avait momentanément désertée. Toute son attention était pour Preston. De cette soirée de rêve, elle ne retint que ses gestes, ses paroles, ses expressions. Elle mémorisa la façon dont il la regardait ; dont il lui prenait la main ;

sa force lorsqu'il la souleva dans ses bras pour la porter jusque dans sa chambre.

Toute sa vie, elle se souviendrait de la façon dont ils avaient fait l'amour cette nuit-là. De la tendresse que Preston avait mise dans chaque caresse. De leurs gestes qui s'étaient enchaînés comme dans un rêve fait en commun. Elle se souviendrait de la lenteur et de la grâce. De leurs tremblements et de leurs murmures. Des mots qu'il avait prononcés — si doux qu'elle avait cru mourir.

Elle se souviendrait de la façon dont leurs mains s'étaient entrelacées lorsque la jouissance les avait soulevés ensemble pour les arracher à eux-mêmes et les laisser flotter comme en apesanteur.

Et surtout, *surtout,* elle se souviendrait d'avoir, en ouvrant les yeux le lendemain, trouvé Preston endormi à son côté, ses bras autour d'elle, sa joue sur son oreiller…

— Il n'y a pas de doute, commenta Jody en changeant la couche de Charlie d'une main experte. C'est LA soirée romantique par excellence. Elle dépasse en intensité la Saint-Valentin de ma cousine Sharon, lorsque son amoureux l'a emmenée en calèche dans le parc et qu'il lui a offert des boucles d'oreilles en diamant et trois douzaines de roses blanches. Sharon sera vexée comme un pou lorsqu'elle apprendra que Preston a surpassé son Alan. Mais il faudra qu'elle se fasse une raison.

Les yeux mi-clos, Cybil serra distraitement une des peluches de Charlie contre sa poitrine.

— Il a été merveilleux, Jody. Absolument merveilleux. Personne, jamais, n'a été aussi généreux, aussi tendre, aussi soucieux de moi. Et pas seulement pour ce que tu penses.

Jody ajusta le body de Charlie en lui jetant un regard en coin.

— Mais j'imagine que pour « ce que je pense », ça a été extraordinaire aussi ?

— Plus qu'extraordinaire, Jody. Bouleversant. Sublime.

Elles passèrent dans le salon pour que Charlie puisse s'entraîner à se déplacer à quatre pattes sur le tapis.

— Tu veux dire que c'était encore plus fort que d'habitude, alors ? s'enquit Jody, incrédule.

Cybil ferma les yeux.

— Comment te le décrire ? J'ai eu l'impression qu'il retirait mon cœur de ma poitrine pour le prendre et le remettre à sa place ensuite. C'est une expérience de transformation, Jody. C'est indescriptible.

Son amie se laissa tomber dans un fauteuil.

— J'en ai les jambes qui tremblent. C'est magnifique, Cybil.

— Mais il n'y avait pas que le lit. Chaque regard, chaque parole… Tout était parfait.

Jetant les bras vers le plafond, elle pirouetta sur elle-même en poussant un cri de joie. Pour le plus grand plaisir de Charlie qui se balança d'avant en arrière en tentant de frapper dans ses mains.

— Je déborde tellement d'amour que j'ai l'impression d'être une machine à vapeur au bord de l'explosion. C'est un miracle que tu ne voies pas de fumée blanche s'échapper de mes oreilles.

— Ça irait mieux si tu le lui disais franchement, non ?

— Je ne peux pas.

Avec un léger soupir, Cybil se pencha pour prendre le marteau en plastique de Charlie et se frappa l'intérieur de la paume.

— Je ne suis pas assez courageuse pour lui infliger une vérité qu'il n'a pas envie d'entendre.

— Mais enfin, Cyb, qu'est-ce qui te fait penser une chose pareille ? Je suis sûre qu'il est amoureux de toi.

— Il tient à moi, c'est certain. Et peut-être qu'avec un peu de temps et de patience, lorsqu'il se rendra compte que je ne le laisserai pas tomber, il finira par se lâcher un peu plus sur ses sentiments.

— Le laisser tomber ? Toi ? Tu ne laisses jamais tomber personne. Sauf peut-être toi-même, en l'occurrence.

— Il a de bonnes raisons d'être méfiant, Jody.

Avant que son amie puisse poser la moindre question, Cybil secoua la tête.

— Non, ce sont ses secrets à lui. Je ne peux rien te dire, je suis désolée.

— D'accord. Je comprends.

— Bon, il faut que je file. J'ai des tonnes de courses à faire. Tu as besoin de quelque chose ?

— Juste un petit truc, en fait. Léger en poids mais qui sera peut-être lourd de conséquences.

Intriguée, Cybil sortit sa liste.

— Lance ta commande. J'ai déjà quelques achats à faire pour Mme Wolinsky. Et un kilo de raisin blanc à prendre pour M. Peebles, si j'en trouve du beau sur le marché.

Un sourire rêveur joua sur les lèvres de Jody.

— Je te le demande parce que c'est toi, mais ne dis à personne ce que je vais te confier maintenant, O.K. ?

Il n'était pas loin de 19 heures lorsque Cybil frappa à la porte de Jody. Elle avait déjà fait une première halte chez Mme Wolinsky et livré le raisin blanc de M. Peebles. Mais seul le silence lui répondit chez les Myers.

Zut et zut. Jody avait dû sortir avec son Chuck, finalement. Il ne lui restait plus qu'à faire taire son impatience et à attendre que son amie revienne.

Les bras chargés de paquets, Cybil poursuivit son ascension jusqu'au troisième étage. Et poussa une exclamation de joie lorsqu'elle trouva Preston qui l'attendait de pied ferme sur le palier.

— Hello, toi !

— Salut, voisine !

Avant même qu'il ait fini de la débarrasser de ses sacs, elle se dressa sur la pointe des pieds pour l'embrasser.

— Encore, murmura-t-il lorsqu'elle redescendit sur ses talons.

— D'accord.

Nouant les bras autour de son cou, elle mit une belle dose d'énergie dans son second baiser.

— C'est mieux comme ça ?

— Nettement, oui. Qu'est-ce que tu transportes là-dedans ? Des briques ?

Tout en cherchant ses clés vagabondes, Cybil lui résuma ses achats du jour.

— J'ai essentiellement de la nourriture. Et quelques produits d'entretien. J'ai pensé à toi, d'ailleurs. Les pommes étaient jolies. Je me suis dit qu'il serait préférable pour toi d'en croquer une de temps en temps plutôt que d'avaler du chocolat et des gâteaux.

— Sage initiative.

Avec une exclamation de triomphe, elle finit par extirper le trousseau de son sac.

— Ah, quand même ! J'ai pris également de l'eau de Javel, au fait. Pour la salle de bains.

— Mmm… Des pommes et de l'eau de Javel. Que pourrait-on désirer de mieux ?

— Des beignets à la cannelle, par exemple ? J'en ai vu de si appétissants dans la vitrine du boulanger que je n'ai pas pu résister.

— C'est la hotte du Père Noël, ton truc.

Preston posa les sacs de provisions sur le bar et la souleva pour la faire tournoyer dans les airs. Prise de vertige, Cybil se pencha pour l'embrasser.

— Tu es de bonne humeur, toi, dis donc ? Tu as un sourire tellement démesuré que je pourrais presque tomber dedans.

— Méfie-toi car je t'avalerais toute crue, fillette… J'ai terminé ma pièce.

Avec un cri de joie, Cybil noua les bras autour de son cou.

— Non ? C'est génial !

— J'ai l'impression qu'elle s'est écrite toute seule, contrairement à la précédente. Il faut que je la retravaille, bien sûr. Mais la trame narrative est en place. Il n'y aura plus qu'à étoffer et à élaguer ici et là. Je te préviens que tu te reconnaîtras presque trait pour trait.

— Moi ?

— Dès que je t'ai rencontrée, le personnage féminin principal s'est mis à vouloir adopter ta philosophie, ton sens de la repartie, tes attitudes. Au début, j'ai lutté pour t'évacuer et pour garder le rôle tel que je l'avais prévu au départ. Mais dès le moment où j'ai renoncé à essayer de te chasser de ma pièce, j'ai pu avancer à pas de géant.

Cybil était aux anges.

— Je suis sans voix ! Quelle part de moi as-tu mise dans ton personnage ? Qu'as-tu écrit à mon sujet ? A quoi je ressemble ? Je pourrai la lire ?

Preston secoua la tête en riant.

— C'est ce que tu appelles être sans voix, toi ? la taquina-t-il en la reposant sur ses pieds. Une fois que j'aurai retravaillé ce qu'il me reste encore à améliorer, tu pourras la lire. Mais en attendant, je t'embarque au petit restau italien pour fêter ça !

— Le petit restau italien ? Tu veux célébrer la fin de ta pièce en avalant un plat de spaghettis dans un vulgaire boui-boui ?

— Absolument. Pour des raisons purement senti-mentales. C'est là qu'un beau jour d'avril, tu as offert un repas chaud à un musicien dans le besoin.

— Ne me dis pas que tu as mis cet épisode dans ta pièce ! se récria-t-elle, effarée. Et le fait que je t'ai payé pour m'embrasser, ça apparaît aussi ?

Il rit doucement.

— Ne t'inquiète pas. Je suis certain que la scène te plaira.

— Au moins, dis-moi le nom que tu m'as donné dans la pièce ! *S'il te plaît, Preston.*

— Zoé.

Cybil serra les lèvres un instant, puis la fossette apparut dans sa joue gauche.

— Ça me va.

— C'est vrai qu'il te va. J'ai mis du temps à le trouver. Mais une fois qu'il m'a traversé l'esprit, j'ai tout de suite su que c'était le bon.

Il rit doucement.

— Tu as l'air tellement heureux ! murmura-t-elle en lui passant la main dans les cheveux. Ça me fait plaisir de te voir comme ça.

— Le bonheur tourne à la constante chez moi depuis quelque temps. On y va ?

— Le temps de ranger les courses et de m'arranger la façade, et je suis à toi.

— Ta façade me paraît parfaite telle qu'elle est. Mais monte faire ce que tu as à faire et je me charge du rangement.

Cybil s'élança dans l'escalier.

— Bon, ça roule ! Mais il ne s'agit pas seulement de tout bourrer dans le premier placard venu, McQuinn, nous sommes bien d'accord ? Une place pour chaque chose ; chaque chose à sa place.

— Tu me connais, non ? Je suis une vraie fée du logis.

Preston vida un premier sac en un temps record. Il y avait une heure déjà qu'il tournait en rond en attendant Cybil, brûlant d'impatience de lui annoncer que la pièce était terminée.

Brûlant d'impatience surtout de lui dire qu'il n'était plus le même. A quel moment précis la transformation avait eu lieu, il n'aurait su le dire. Mais même s'il avait ignoré, nié, combattu ses sensations, elles avaient fini par s'imposer. Et il avait dû se rendre à l'évidence. Lui le sombre, le ténébreux, l'inconsolé s'était stabilisé dans un état qu'il croyait à jamais devenu inaccessible : le bonheur.

Elle avait raison. Il avait l'air heureux. Il *était* heureux. Mais pas seulement à cause de sa pièce. C'était Cybil, sa pourvoyeuse de félicité.

Son nouvel état d'esprit s'était communiqué à sa pièce. Une nuance d'espoir s'était glissée, presque à son insu, dans le destin de ses personnages. Même la fin ouverte laissait présager un dénouement positif.

Et cette irrésistible légèreté, c'était Cybil qui la lui avait communiquée. En déboulant dans sa tanière avec ses cookies, sa compassion, ses monologues décousus. En lui apportant sa générosité, son rire et sa verve.

Les sentiments qu'elle avait su éveiller en lui avaient fini par le sauver de lui-même. L'amour avait été pour lui la plus belle des thérapies.

Confiant en l'avenir, il plongea la main dans le second sac et en retira une petite boîte. Et la terre qui lui avait paru si ferme, si solide sous ses pieds se mit à osciller et à se dérober de nouveau.

— Je pensais me changer mais, finalement, j'ai renoncé pour gagner du temps ! annonça Cybil en dévalant l'escalier.

Elle avait mis les boucles d'oreilles qu'il lui avait offertes et les petits poissons cliquetèrent joyeusement lorsqu'elle le rejoignit au pas de course.

— Il faut juste que je passe poser un truc chez Jody et…

Laissant sa phrase en suspens, elle scruta les traits livides de Preston. Vit ses yeux bleus lancer des éclairs.

— J'aimerais savoir ce que signifie ceci, tonna-t-il en posant le test de grossesse devant elle. Tu es enceinte ?

— Je…

— Tu n'aurais pas acheté ce kit si tu n'avais pas au moins un doute. Mais moi, tu ne juges même pas utile de me tenir au courant, c'est ça ? Qu'est-ce que tu attendais, au juste, pour me parler de ce « petit problème », Cybil ? Que tu sois d'humeur à communiquer ?

Elle sentit le sang se retirer de son visage.

— C'est ce que tu penses de moi, Preston ?

— Parce que je suis censé penser *quoi,* à ton avis ? Tu arrives ici d'un pas dansant, arborant un sourire radieux comme si tu n'avais pas l'ombre d'un souci au monde ! Et voici ce que je trouve dans tes courses ! Tu me certifies que tu ne mens pas, que tu ne dissimules pas, que tu as horreur des petits jeux. Mais comment appelles-tu ce genre d'attitude ?

— Autrement dit, je suis une Pamela bis, c'est ça ?

Toute la joie qui avait brûlé en elle au cours de la journée s'éteignit d'un coup et retomba en cendres.

Cendres grises. Cendres mortes. Cendres définitivement éteintes.

— Je suis une manipulatrice, Preston ? C'est ce que tu cherches à me dire ?

Il s'enjoignit de rester calme. Mais comment avait-elle pu le trahir précisément aujourd'hui, juste au moment où il avait décidé de couper définitivement avec le passé ?

— Laisse Pamela en dehors de cette histoire, O.K. ?
Je te parle de toi et moi, et de personne d'autre, Cybil.
Et j'attends tes explications.

— Je me demande s'il y a jamais eu un « toi et
moi » d'où Pamela aurait été absente, murmura-t-elle
d'une voix blanche. Mais je peux te fournir une explication, oui. En allant faire mes courses, j'ai pris des
pommes pour toi, des biscuits et du bicarbonate de
soude pour Mme Wolinsky, du raisin pour le 1B et un
test de grossesse pour Jody. Chuck et elle espèrent que
Charlie aura bientôt une petite sœur ou un petit frère.

— Jody ? Le test est pour Jody ?

Chaque mot prononcé brûlait la gorge serrée de
Cybil.

— Oui, *Jody*. Je peux t'affirmer avec la plus
complète certitude que je ne suis pas enceinte. Tu es
rassuré, j'espère ?

— Je regrette.

— Pas tant que moi, Preston.

Réprimant ses larmes, Cybil prit le test et le posa
au creux de sa paume.

— Jody était tellement excitée lorsqu'elle m'a
confié qu'ils avaient peut-être un petit second en route.
Elle rayonnait d'espoir. Pour certaines personnes, la
perspective d'avoir un enfant est un bonheur, une
promesse. Toi, en revanche, l'idée même de la grossesse te plonge en plein cauchemar, constata-t-elle
en se forçant à le regarder en face. Tu la vis comme
une menace.

— J'ai réagi comme un idiot, Cybil. Ça a été
purement instinctif.

— Si c'est ton instinct qui parle, il est dénaturé, en

l'occurrence. Qu'aurais-tu fait, Preston, si j'avais été enceinte, comme tu l'as cru un instant ? M'aurais-tu accusée de t'avoir pris au piège et de l'avoir fait exprès pour te gâcher l'existence ? Ou pire encore : m'aurais-tu soupçonnée d'avoir fait cet enfant dans ton dos avec un autre ?

— Non. Jamais je n'aurais pensé une chose pareille.

L'idée même choqua Preston profondément.

— Ne sois pas ridicule. Ça ne m'avait même pas traversé l'esprit.

— Pas si ridicule que ça, Preston. Puisqu'elle l'a fait, pourquoi pas moi ? C'est toi qui as laissé Pamela s'immiscer entre nous. Tu lui as ouvert la porte en grand pour qu'elle vienne tout détruire.

— C'est vrai. Mais écoute-moi, Cybil, je...

Le visage fermé, elle se rejeta en arrière lorsqu'il essaya de la prendre par les épaules.

— Ne me touche pas ! Je ne sais plus très bien au juste si tu me prends pour une idiote ou pour une garce finie. Mais je ne me reconnais ni dans l'un ni dans l'autre personnage. Depuis le début, j'ai été moi-même — tout simplement. Et je ne t'ai jamais menti. De toi, j'ai accepté beaucoup de choses, Preston. Mais il y avait une limite à ne pas dépasser et tu viens de la franchir. Je veux que tu sortes d'ici. Tout de suite.

— Je ne partirai pas avant que nous ayons tiré ce malentendu au clair.

— Tout est déjà *très* clair, Preston Et je ne te reproche rien, rassure-toi. Tu ne m'as jamais promis la lune. Au contraire. Tu m'avais averti que tu n'avais pas grand-chose à m'offrir et je savais à quoi m'en tenir. Mon erreur a été de croire que je pouvais me contenter du peu que tu me donnais. Mais c'était me nier moi-même, m'autodétruire à petit feu. Je veux quelqu'un dans ma vie qui me fasse confiance et qui me respecte. Comme tu en es manifestement incapable, je te demande de disparaître de ma vue. Et rapidement de préférence.

Marchant jusqu'à la porte au pas de charge, Cybil l'ouvrit en grand.

— Autrement dit, en termes clairs : fiche le camp d'ici.

Si ses yeux lançaient des éclairs, ils n'en ruisselaient pas moins de larmes. Preston s'immobilisa avant de franchir le seuil.

— Je suis désolé, Cybil. J'ai eu faux sur toute la ligne.

— Rassure-toi, je suis tout aussi désolée que toi. Je t'ai dit que j'avais toujours été sincère avec toi, mais c'est inexact. Il y a un point sur lequel je t'ai menti par omission : je t'aime mais je me suis bien gardée de te le faire savoir. Pathétique, non ?

Il murmura son nom, fit un pas dans sa direction. Mais elle lui claqua la porte au nez. Il tambourina sur le battant clos, mais elle refusa de lui ouvrir. Lorsqu'il essaya le téléphoner, elle s'abstint de décrocher.

Et quand, à bout de nerfs, il retourna frapper chez elle en la suppliant de lui ouvrir, il n'obtint pas non plus de réponse.

Preston dut se rendre à l'évidence : son bonheur à peine entrevu lui avait déjà filé entre les doigts. Et il était le seul et unique responsable de ce gâchis.

Chapitre 12

— Je ne sais pas ce qui me retient d'aller trouver cet enfant de salaud et de lui briser le cou.

Grant Campbell arpentait la cuisine de la maison familiale, d'humeur aussi tourmentée que l'océan qui se déchaînait tout près de là.

Gennie, son épouse, se tenait à la fenêtre, cherchant à distinguer la silhouette de leur fille dans la pénombre.

— Même si tu le casses en morceaux, ça ne diminuera pas le chagrin de Cybil pour autant.

— Ça aurait au moins le mérite de me calmer.

Sourcils froncés, Grant scruta le ciel assombri.

— Bon, on ne peut pas la laisser dehors toute seule comme ça. Je vais aller la chercher.

Se détournant de la croisée, Gennie observa son mari avec tendresse. Il était si semblable encore à l'homme dont elle était tombée amoureuse presque trente années plus tôt.

— Laisse-la tranquille, Grant. Elle a besoin de solitude.

— Mais il fait déjà presque nuit noire, protesta-t-il, écrasé par le constat de son impuissance.

— Elle rentrera lorsqu'elle sera prête.

Grant secoua la tête.

— C'est au-dessus de mes forces de supporter ça.

Pas elle ; pas Cybil. Pas mon petit rayon de soleil. C'est intolérable de la voir brisée comme ça.

— Elle remontera la pente, Grant. Mais elle a d'abord à traverser sa souffrance. Et ni toi ni moi ne pouvons le faire à sa place.

Comme ils avaient besoin de se remonter le moral l'un et l'autre, Gennie se glissa entre les bras de son mari et posa la tête sur son épaule.

— Elle sait qu'elle peut compter sur nous. C'est déjà ça.

Grant soupira en enfouissant les lèvres dans ses cheveux.

— C'était tellement plus simple lorsqu'ils tombaient de vélo et qu'il fallait soigner leurs petits bobos. Ou quand ils étaient malades et qu'il fallait se lever cinq fois par nuit.

Gennie laissa perler son beau rire rauque.

— Tu ne disais pas ça, à l'époque.

Elle lui prit le visage entre les mains.

— Chaque fois, tu souffrais plus qu'eux, rappelle-toi.

— Ce que je voudrais, c'est la prendre sur mes genoux et faire partir le « bobo » avec un bonbon et deux bisous. Et l'entendre rire aux éclats.

— Et moi donc ! admit-elle.

Avec l'ombre d'un sourire, Grant appuya son front contre le sien.

Ce fut ainsi que les trouva Cybil lorsqu'elle regagna la maison quelques minutes plus tard. Elle observa un instant ses parents enlacés, puis s'approcha pour leur glisser un bras autour de la taille, prenant sa place dans le cercle. C'était un lien comme celui qui existait entre eux qu'elle voulait instaurer avec l'homme qu'elle aimait. C'était cette même intimité, chaleureuse et quotidienne, qu'elle espérait recréer avec son partenaire pour la vie.

— Toute mon enfance, je vous ai vus proches l'un de l'autre, murmura-t-elle. Il y avait toujours cette tendresse, cette proximité entre vous. Vous ne pouvez pas vous imaginer comme c'est bon d'avoir des parents qui s'aiment comme vous vous aimez.

— Tu as les cheveux mouillés, observa Grant en frottant la joue sur le sommet de sa tête.

— A cause des embruns. Je regardais les vagues, en bas sur la plage.

Cybil lui effleura la joue.

— Arrête de te faire du souci pour moi, papa.

— Promis. Dès que tu auras cinquante ans, je cesserai de m'inquiéter à ton sujet. Enfin… peut-être. Tu veux boire quelque chose ?

— Mmm… Non merci. Je crois que je vais me plonger dans un bain brûlant, puis me glisser dans mon lit avec un bon bouquin. C'est une méthode qui a toujours très bien marché pour moi lorsque j'étais gamine et que j'affrontais un de mes « énoooormes » chagrins d'amour.

— Dans ces cas-là, c'était toujours moi qui te faisais couler ton bain, fit remarquer Gennie. On pourrait reprendre la tradition ?

— Je suis une grande fille, maintenant.

Gennie glissa un bras autour de ses épaules.

— Laisse-moi te chouchouter un peu.

Avec un soupir de bien-être, Cybil se laissa entraîner jusqu'au premier étage.

— Je n'osais pas le dire mais j'espérais que tu

me le proposerais. Tu sais que c'est bon de se faire materner, même à vingt-quatre ans ?

— J'ai tout le temps qu'il faut devant moi. Ton père a besoin d'un moment de tranquillité pour râler et détester ton jeune ami.

— « Jeune ami » n'est pas le mot, maman.

Bras dessus bras dessous, elles entrèrent dans la chambre où Cybil avait fait ses rêves de jeune fille.

— Et ce que tu ressens pour cet homme n'a rien à voir avec le feu de paille des amourettes adolescentes, n'est-ce pas ?

Les larmes jaillirent comme une fontaine, montant du plus profond d'elle-même, inondant ses joues.

— Oh, maman...

Gennie s'assit sur la couverture en patchwork qui couvrait toujours son lit de jeune fille et lui ouvrit les bras. Se pelotonnant dans le merveilleux refuge offert, Cybil se cramponna aux épaules de sa mère et laissa venir les sanglots.

— Si seulement je parvenais à le détester ! Ça me soulagerait d'y arriver, au moins pendant quelques minutes. Et ce serait tellement moins épuisant que de l'aimer.

— Je ne sais pas s'il faut espérer en arriver là, murmura Gennie en la berçant contre elle. Certains hommes sont bardés de défenses et capables des pires férocités pour éviter qu'on se glisse dans leur intimité. Mais je te connais si bien, ma chérie. Je sais que tu ne pourrais pas l'aimer à ce point s'il ne le méritait pas d'une façon ou d'une autre.

— Il est merveilleux et terrifiant de dureté à la

fois. Oh, maman… Tu sais qu'il me fait penser à papa, en fait ?

Gennie ouvrit de grands yeux.

— Non ! Ce n'est pas possible ! Oh, mon pauvre bébé.

— J'ai toujours adoré l'histoire de votre rencontre, hoqueta Cybil. Quand tu es tombée en panne en pleine tempête, que tu t'es traînée jusqu'au phare où papa vivait encore en ermite et qu'il a été tellement abominable avec toi que tu as été à deux doigts de repartir de nuit et sous l'orage pour dormir dans ta voiture.

Gennie lui caressa les cheveux lorsqu'elle s'interrompit pour s'essuyer les yeux.

— Ton père n'aurait pas demandé mieux, d'ailleurs. Il n'avait qu'une hâte : que je débarrasse le plancher.

— Lui, il dit toujours que tu as surgi dans sa vie comme une sirène échouée devant sa porte. Et qu'il était d'autant plus furieux que tu étais irrésistiblement belle et mouillée.

Cybil soupira en examinant sa mère : le teint de miel, l'élégante ossature du visage, la chevelure restée d'un noir de jais.

— Tu es tellement belle, maman.

— Tu as mes yeux, murmura Gennie. C'est ce qui me fait me sentir belle.

Epuisée par sa crise de larmes, Cybil se dégagea doucement.

— Tout nous oppose, Preston et moi. Là est le problème. C'est un sauvage qui ne vit que pour son écriture. Ce qui ne l'empêche pas d'avoir une certaine dose d'humour, cela dit.

Elle soupira et se leva pour voir la lune se refléter sur la surface de l'océan.

— Parfois la vie avec lui peut être pleine de charme. Puis, brusquement, le côté sombre, destructeur reprend le dessus et c'est l'enfer. En apprenant à mieux le connaître, tu t'aperçois que c'est une sensibilité à fleur de peau qui se cache sous les dehors sarcastiques et que c'est la peur qui le fait se tenir à distance. Mais dès qu'il te touche, tu es fichue. Il est entièrement là, présent dans ses gestes, dans ses caresses. Tu sens sa complexité, sa richesse. Et néanmoins, il ne se livre jamais tout à fait.

— Mon Dieu... Mais il est bel et bien comme ton père. C'est hallucinant ! Cybil, tu dois te préserver, bien sûr. Mais si tu l'aimes à ce point, tu ne crois pas que tu devrais au moins essayer une dernière fois de mettre les choses au point avec lui ?

— Il me trouve un peu frivole et je le soupçonne de considérer mon travail comme nettement moins important que le sien. Et crois-tu qu'il aurait confiance en moi ? Jamais de la vie ! Quand il n'a pas de temps à me consacrer, il me chasse comme un vulgaire moucheron. Ce qui ne l'empêchera pas de ne plus vouloir me lâcher cinq minutes plus tard.

Cybil se retourna, prête à enchaîner sur une longue liste de doléances, lorsqu'elle vit le sourire de sa mère.

— Tu trouves ça amusant, toi ?

— Un peu, oui. Je croyais qu'il n'en existait qu'un, comme celui-là. Comment as-tu fait pour en dégoter un second exemplaire ?

— Ce n'est pas moi qui ai fait cette heureuse

trouvaille, c'est grand-père. Il a eu l'idée de placer Preston dans l'appartement en face du mien.

Haussant ses sourcils aristocratiques, Gennie posa les poings sur les hanches.

— Ah vraiment ? Daniel a fait ça ? Intéressant. Je pense que ton père sera ravi de l'apprendre.

Le ton de sa mère était si menaçant que, pour la première fois en l'espace de vingt-quatre heures, Cybil se surprit à sourire.

Avec une grimace de dépit, Preston glissa son saxophone dans son étui. Maudite soit Cybil Campbell ! Il n'avait même pas réussi à évacuer sa frustration en soufflant dans son instrument. Et pas moyen de travailler à sa pièce non plus, évidemment. Il avait passé sa journée à scruter son écran sans le voir. En interrompant sa contemplation désœuvrée tous les quarts d'heure pour aller cogner à la porte de Cybil.

Jusqu'au moment où il avait fini par comprendre qu'elle n'était plus chez elle.

Ainsi, Cybil l'avait quitté. C'était de loin la décision la plus sensée qu'elle ait jamais prise à son égard. Après avoir ressassé la question, Preston avait fini par conclure que le meilleur service qu'il pouvait rendre à Cybil serait d'éviter d'être là à son retour.

Dès le lendemain matin, donc, il plierait bagage et retournerait dans le Connecticut. Il pouvait à la rigueur tolérer une bruyante armée de maçons, de plombiers, d'électriciens et autres carreleurs. Mais il ne supporterait pas d'habiter en face de la femme qu'il aimait tout en sachant qu'il l'avait perdue stupidement par sa faute.

Tout ce que Cybil lui avait jeté à la figure était scrupuleusement exact. Il n'avait pas l'ombre d'un argument à avancer pour sa défense.

— Je quitte New York demain, annonça-t-il à André. Vous me verrez un peu moins souvent dorénavant.

Sourcils froncés, le pianiste l'observa à travers le nuage de fumée qui montait de la cigarette éternellement fichée entre ses lèvres.

— Tu prends la fuite, l'ami ?

Avec un rire sans joie, Preston haussa les épaules.

— On peut dire ça comme ça, oui. A un de ces quatre, André.

— Tu sais que pour toi, la porte est toujours ouverte.

Dès que Preston eut le dos tourné, André fit un signe du menton à sa femme. Delta hocha la tête et rejoignit Preston lorsqu'il passa devant le bar.

— Tu rentres déjà, Preston ? Même les poules ne sont pas encore couchées à cette heure.

Il haussa les épaules.

— A 23 heures ? De toute façon, je joue comme un pied, ce soir. Et demain je me lève tôt pour rentrer dans le Connecticut.

Delta passa un bras autour de ses épaules.

— Tu retournes dans ta campagne, Preston ? Reste au moins le temps de boire un verre, alors. Ta belle tête va me manquer.

— La tienne de même, Delta.

Elle fit signe au barman qui leur apporta deux verres.

— C'est la petite Cybil qui te met du blues plein le

cœur, constata Delta. Et tu n'as pas réussi à l'oublier, même avec ton saxo.

— C'est fini avec Cybil, annonça-t-il d'un ton rogue avant d'avaler une lampée de whisky.

Le liquide ambré lui brûla la gorge sans parvenir pour autant à réchauffer le désert de glace en lui.

— *Fini ?* Comment ça, fini ?

— Elle m'a jeté dehors.

Delta avança ses belles lèvres pulpeuses en une moue sceptique.

— Et toi tu te laisses virer comme un malpropre ?

— Elle avait les meilleures raisons du monde de me fiche à la porte. Ce n'est pas elle qui a tout gâché, c'est moi.

Delta secoua la tête et lui caressa la joue.

— Quand on casse quelque chose de précieux, on essaye de le réparer, mon ami. On ne reste pas les bras croisés à regarder les débris par terre.

Preston reprit son verre.

— Je me suis comporté comme un salaud avec elle, Delta. C'est son droit de vouloir fermer sa porte. Et de tirer le verrou.

— Peut-être. Mais c'est *ton* droit d'aller crocheter la serrure et d'avoir une explication. Fais-toi pardonner, bon sang. Tu l'aimes, cette fille, oui ou non ?

Le regard fixe, il contempla le contenu de son verre.

— Je ne savais pas qu'on pouvait aimer à ce point. Je n'imaginais même pas que ça existait.

Delta lui prit le visage entre les mains et l'embrassa.

— Va crocheter sa serrure, Preston. C'est tout ce que j'ai à te dire.

Il secoua la tête, finit son whisky d'un trait et rentra

chez lui. Delta avait tort, songea-t-il en progressant à grands pas sur le trottoir. *Tout* n'était pas réparable, malheureusement. Il y avait des cassures définitives. Jamais Cybil ne le laisserait crocheter sa serrure. Jamais elle n'accepterait de lui ouvrir encore une fois sa porte.

Preston revit son visage livide, ses yeux verts noyés de larmes. Il avait été monstrueux avec elle. De bout en bout. Lui demander de pardonner serait présomptueux.

Insensé. Cruel.

Il fallut qu'il sonne, hors d'haleine, à la porte de l'appartement de Jody, pour se rendre compte qu'il avait couru tout le long du chemin.

— McQuinn ! grommela Jody en serrant les pans de son peignoir autour d'elle. C'est quoi, ces manières ? Tu harcèles les gens après minuit, maintenant ? Si tu as réveillé Charlie, je t'étrangle.

— Où est-elle, Jody ?

L'amie de Cybil fronça les narines et prit un air digne.

— Tu es ivre mort, McQuinn, je parie ?

— J'ai bu un seul verre et je n'ai jamais été aussi lucide. Je veux juste savoir où est passée Cybil.

— Parce que tu crois que je vais te le dire, après tout le mal que tu lui as fait ?

Dressée comme une déesse de la vengeance dans sa robe de chambre en flanelle, Jody brandit un index vengeur.

— Remonte te terrer dans ton trou, McQuinn. Avant que je réveille Chuck et que je rameute le voisinage.

A ta place, je serais prudent, car ils pourraient te lyncher sur place. Tout le monde aime Cybil.

— Moi aussi j'aime Cybil.

La lèvre de Jody tremblait. Elle sortit un mouchoir en papier de sa poche et essuya furtivement une larme.

— C'est parce que tu l'aimes que tu l'as torturée hier comme une brute ? Je ne l'avais encore jamais vue dans cet état, Preston McQuinn. *Jamais,* tu m'entends ?

Anéanti par la culpabilité, il ferma les yeux.

— S'il te plaît, dis-moi où elle est. C'est tout ce que je te demande.

— Et si je te le dis, comment comptes-tu utiliser l'information ?

— J'irai ramper à ses pieds pour lui donner une chance de frapper un homme à terre. Et une fois qu'elle aura frappé, je la supplierai de me pardonner. Mais il *faut* que je la voie.

Jody l'examina soudain d'un regard plus attentif. Il avait les yeux fixes, hantés par le désespoir, la bouche crispée par l'angoisse, le teint terreux.

— Ma parole, Preston, tu es *réellement* amoureux d'elle, ma parole !

Il faillit s'arracher les cheveux.

— C'est ce que je me tue à te dire depuis le début, non ? Je l'aime tellement que j'accepterai de m'en aller si c'est ce qu'elle désire. Mais avant de renoncer, il faut que je tente une dernière fois ma chance. Tu peux comprendre ça ?

Le petit soupir que poussa Jody était indiscutablement teinté de romantisme.

— Cybil est dans le Maine, chez ses parents. Tiens, je te note l'adresse.

Le soulagement de Preston fut si intense qu'il ferma de nouveau les yeux.

— Merci.

— Mais si tu oses la faire souffrir encore une fois, je te poursuivrai jusqu'à l'autre bout de la terre — et même au-delà s'il le faut — et je te tuerai de mes mains. C'est clair ?

— Très clair. Et je m'engage à n'opposer aucune résistance. Mais au fait, et le test ? Tu es… euh…

Jody sourit en posant la main sur son ventre.

— Oui, je suis « euh ». Et il ou elle devrait naître pile le jour de la Saint-Valentin. C'est bien étudié, non ?

— C'est une belle nouvelle, Jody. Mes félicitations.

Preston prit l'enveloppe où elle avait griffonné l'adresse des parents de Cybil et la glissa dans sa poche. Puis il cueillit le visage de Jody entre ses paumes et la gratifia d'un baiser reconnaissant.

En plein sur la bouche.

— Merci. Tu es une amie, une vraie. Et tu viens de me sauver la vie.

Jody attendit qu'il soit reparti dans l'escalier avant de laisser filer l'air entre ses lèvres.

— Pff… Voilà qui pourrait très vite tourner au hors-échelle, en effet. Il y a indiscutablement du potentiel.

Avec un léger sourire, elle ferma la porte et croisa les doigts.

— Cette fois, ma Cybil, c'est gagné. On te marie dans l'année ou je ne m'appelle pas Jody Myers !

*
* *

— Cette fichue bourrique de MacGregor, maugréa Grant entre ses dents serrées.

Gennie secoua la tête. Grant, elle le savait, avait toujours eu une profonde affection pour Daniel.

— Je croyais que c'était une tête de mule, un vil magouilleur, un apprenti sorcier sur le retour ?

— Ce n'est pas incompatible, que je sache. S'il n'était pas âgé de quelques siècles, je lui mettrais mon pied au derrière.

— Grant…

Gennie reposa son carnet de croquis, consciente que les tendres bourgeons du vieil érable qu'elle tentait de dessiner auraient le temps d'éclore avant que son mari ne cesse de vociférer et de s'agiter autour d'elle.

— Si Daniel a orchestré leur rencontre, tu sais qu'il l'a fait par amour, n'est-ce pas ?

— Et tu as vu le résultat ?

Gennie allait répondre lorsqu'elle entendit une voiture approcher. Elle porta la main en visière pour se protéger du soleil du matin. Et eut comme un pressentiment que le perspicace Daniel n'avait pas encore dit son dernier mot.

— Nous avons de la visite, apparemment, commenta-t-elle.

Grant pesta avec force.

— Ce n'est pas l'heure du facteur. Quel est l'imbécile qui vient nous déranger au beau milieu de la matinée ? Si c'est encore un touriste, je l'accueille avec mon fusil.

— Nous n'avons jamais eu d'arme à la maison, mon chéri.

— Je vais en acheter une de ce pas.

Ce fut plus fort qu'elle. Gennie se leva, posa son carnet d'esquisses sur l'antique balancelle de bois et noua les bras autour du cou de son mari.

— Grant, je t'adore.

— Genviève…

Il n'y avait plus que de l'amour dans les yeux de Grant lorsqu'il se pencha pour l'embrasser.

— Gennie… Dis à ces gêneurs de s'en aller et de ne jamais revenir.

Un bras passé autour de sa taille, Gennie regarda la Porsche approcher à vitesse réduite sur la route étroite et creusée d'ornières que Grant refusait obstinément de faire réparer.

— Je crois que ce sera à Cybil d'en décider, murmura-t-elle.

— *Quoi* ?

Plissant les yeux, Grant tenta de discerner les traits du conducteur.

— Tu crois que c'est lui ? Bien, bien… Je vais avoir des fesses à botter, tout compte fait.

Grant se serait dégagé si Gennie ne l'avait pas retenu fermement par la taille.

— Essaye de te tenir, O.K. ?

— Ne compte pas trop là-dessus.

Preston repéra le couple au moment précis où il alla donner de la tête contre le plafond de sa voiture, après avoir négocié une bosse particulièrement pernicieuse. Il avait été trop occupé jusque-là à tenter d'éviter les nids-de-poule tout en pestant contre l'état de la route pour voir quoi que ce soit.

Genviève et Grant Campbell se tenaient debout

devant leur maison, sur la pelouse tout juste verdissante, à côté d'une vieille balancelle de bois.

Les parents de la femme qu'il aimait.

Se demandant lequel des deux l'assassinerait le premier, il violenta sa malheureuse voiture sur les quelques derniers mètres qu'il restait à parcourir. Puis il examina brièvement les lieux avant de descendre.

Du paysage qui se déployait sous ses yeux, il avait déjà capté l'austère beauté à travers les toiles de Genviève Grandeau. Il reconnut le phare qui se dressait sur la falaise, la farouche obstination de la roche arc-boutée face aux flots, des quelques arbres tordus et courbés par le vent qui résistaient aux éléments.

De la maison de bois blanc se dégageait une impression de confort simple et de beauté. C'était donc ici que Cybil avait grandi. Au cœur de cette nature superbe et sauvage. Dans un lieu qui ne ressemblait à nul autre.

Preston s'arracha à sa contemplation. Le couple sur la pelouse l'attendait visiblement de pied ferme. Et le regard du père disait clairement qu'il arrivait en territoire interdit.

Rassemblant son courage, Preston descendit de voiture. Quelles que soient les intentions de Grant Campbell à son égard, il était déterminé à rester en vie suffisamment longtemps pour parler à Cybil. Il serait toujours temps, ensuite, d'essuyer les foudres de son père. Et de faire son mea culpa, le cas échéant.

— Bonjour, dit-il en s'avançant vers le couple.

Il les salua d'un signe de la tête mais se garda bien de leur tendre la main. Avoir à taper sur un clavier avec un moignon pourrait compliquer sérieusement la suite de sa carrière.

— Je suis Preston McQuinn et je voudrais Cybil. Enfin, je voudrais *parler à* Cybil, rectifia-t-il hâtivement.

Gennie observa l'arrivant en silence. Rien d'étonnant si Cybil était tombée aussi éperdument amoureuse. Elle maintint fermement son mari dont les muscles vibraient d'une tension à peine contenue.

— Quel âge avez-vous, McQuinn ? demanda Grant calmement.

Perplexe, Preston fronça les sourcils.

— Trente ans.

Grant hocha la tête.

— Si vous avez envie d'atteindre les trente et un, je vous conseille de monter dans votre belle voiture, de faire demi-tour et de disparaître rapidement de ma vue.

D'instinct, Preston se mit en position de combat.

— Je ne partirai pas d'ici avant d'avoir vu Cybil. Après cela, vous pourrez me casser la figure. Ou essayer, en tout cas.

— Si vous osez vous approcher de ma fille, je vous écrase.

Soulevant sa femme, Grant Campbell l'écarta de lui comme si elle ne pesait pas plus qu'une enfant. Lorsqu'il fit un pas en avant, Preston attendit, les bras ballants. Il laisserait au père de Cybil le privilège de porter le premier coup. Ce ne serait que justice, après tout.

— Arrêtez immédiatement, tous les deux !

Gennie s'interposa entre eux, les gratifiant l'un après l'autre d'un regard impérieux. Un regard de reine, songea Preston confusément. Puis il vit le visage de Gennie et son cœur tressaillit au plus profond de lui-même.

— Elle a vos yeux, murmura-t-il, toute agressivité oubliée. Cybil a vos yeux...

L'expression de Gennie se radoucit.

— Oui, elle a mes yeux. Vous la trouverez sur la falaise, derrière le phare.

— Gennie !

— Merci, murmura Preston.

Il se tourna vers Grant et soutint son regard.

— Je ne suis pas venu lui faire du mal.

Grant glissa le bras autour des épaules de Gennie et ils suivirent Preston des yeux.

— Pourquoi m'as-tu empêché de le frapper, Gen ?

Avec un soupir, elle prit le visage de son mari entre ses paumes.

— Parce qu'il me fait penser à quelqu'un.

— A *moi* ? Tu plaisantes ?

Elle rit doucement.

— Et je crois que notre fille sera bientôt une femme heureuse.

Grant pesta tout bas.

— J'aurais quand même dû lui mettre un coup pour le principe. Et je parie qu'il m'aurait laissé faire, en plus.

Tournant la tête, il vit Preston disparaître derrière le phare.

— En fait, je lui aurais placé un direct du droit s'il n'avait pas eu un électrochoc en voyant tes yeux. Il est fou amoureux de Cybil, le pauvre.

— A l'évidence, oui. Tu te souviens à quel point c'était angoissant d'aimer comme ça ?

— Parce que tu crois que ça ne m'effraie plus maintenant ? commenta Grant avec un grand rire en attirant sa femme dans ses bras. Bon. Il a des tripes, ce garçon. Et il vaut mieux pour lui, d'ailleurs. Car Cybil étant la fille de sa mère, elle va commencer par lui faire passer un très mauvais quart d'heure.

— C'est normal qu'elle le fasse souffrir un peu. Mais Daniel a vu juste : Preston McQuinn est l'homme qu'il lui faut.

Impressionné, Grant hocha la tête.

— Il a du nez, bon sang ! Mais on va quand même le laisser mariner un peu avant de lui annoncer que tout est arrangé. Je ne suis pas pressé de voir ce vieux brigand savourer son triomphe une fois de plus.

Preston la trouva assise sur un rocher avec un carnet d'esquisses sur les genoux. Le crayon volait sur la page ; le vent jouait dans ses cheveux.

Il demeura un instant pétrifié, incapable d'avancer ou de dire un mot. Toute la nuit, il avait conduit en essayant d'imaginer le moment où il reverrait Cybil. Mais son imagination pourtant fertile avait été loin en dessous de la réalité.

Il murmura son nom mais les hurlements du vent couvrirent le son de sa voix. Empruntant l'étroite sente rocailleuse, il progressa dans sa direction. Quelque chose dut avertir Cybil de sa présence car elle leva la tête à son approche.

Pendant une fraction de seconde, il vit comme un feu vif éclairer son regard. Puis une fine pellicule de glace vint étouffer les flammes. Et les yeux verts fixés sur lui n'exprimèrent plus qu'une hautaine indifférence.

Sans plus s'inquiéter de lui, elle recommença à dessiner, comme si elle avait affaire à quelque vague connaissance de passage.

— Tu t'es perdu en route, McQuinn ? Ce n'est pas par ici, le Connecticut.

— Cybil...

— Désolée de ne pas t'accueillir à bras ouverts, mais nous n'apprécions pas beaucoup les visiteurs, à la Pointe des Vents. Mon père rêve depuis des années de placer des mines tout le long de la route privée qui mène jusqu'à la maison. Dommage qu'il n'ait pas encore mis son projet à exécution.

— Cybil, répéta-t-il.

Ses mains le démangeaient. Il aurait voulu la saisir par les épaules, la secouer pour la faire réagir et effacer cet air d'ennui poli qu'elle arborait.

— Je t'ai déjà dit tout ce que j'avais à te dire, McQuinn. Si j'avais eu quoi que ce soit à ajouter, je l'aurais fait à New York.

« Va-t'en, maintenant, hurlait la voix de sa souffrance en elle. Vite, avant que les larmes ne reviennent. »

— Moi, je ne t'ai pas tout dit à New York, Cybil.

Refermant son carnet d'esquisses, elle se leva.

— Mais il se trouve que je n'ai pas envie de t'entendre. Ceci étant réglé, je...

— Prends au moins le temps de m'écouter. S'il te plaît, plaida-t-il stoïquement. Ensuite, je m'en irai si tu le souhaites. Tu n'auras qu'un mot à dire et je te ficherai la paix.

Avec un léger soupir, elle se rassit sur son rocher.

— Bon, O.K., je t'accorde dix minutes. Je continue à dessiner, si cela ne te dérange pas.

— Eh bien, je…

Par où commencer ? se demanda-t-il, effaré. Il avait passé la nuit à préparer son plaidoyer. Et à présent qu'il avait Cybil en face de lui, il se trouvait stupidement à court d'arguments.

— Hier, ton agent a rencontré le mien hier, finit-il par annoncer.

— Ah vraiment ? Comme le monde est petit !

Les yeux rivés sur Cybil, il tenta de faire abstraction de son ironie mordante.

— *Voisins et Amis* va faire l'objet d'une adaptation télévisée. Une série de cinquante épisodes minimum. Tu as signé un contrat important.

— Important pour certains, oui.

— Tu ne m'en avais rien dit.

Elle lui jeta un bref regard réfrigérant.

— Tu ne t'intéresses pas à ce que je fais.

— C'est faux, mais je comprends que j'aie pu te donner cette impression. En me basant sur les indications de Mandy, j'ai réussi à faire le recoupement : lorsque tu as sonné à ma porte, toute surexcitée, tu venais m'annoncer ta super nouvelle, n'est-ce pas ? Mais moi je n'ai rien voulu entendre et j'ai gâché ton plaisir en te fermant plus ou moins ma porte au nez.

Il s'interrompit pour scruter la surface houleuse de l'océan.

— J'étais distrait, perturbé. A cause de ma pièce, mais pas seulement. J'étais tourmenté par ce que je ressentais pour toi. Par ce que je *refusais* de ressentir pour toi, plus exactement.

Les doigts de Cybil se crispèrent et elle cassa la pointe de son crayon.

— C'est ça que tu tenais absolument à me dire ? Bon, c'est chose faite. Tu peux rentrer chez toi, maintenant.

— Non, ce n'est pas ce que je suis venu te dire. Mais je voulais commencer par m'excuser. Et puis te féliciter surtout. Je suis très heureux pour toi.

— Youpi, ironisa-t-elle.

Preston serra les poings. Ainsi même Cybil — sa Cybil — était capable de cruauté.

— Tout ce que tu m'as balancé à la figure le soir où tu m'as jeté hors de chez toi était justifié. J'ai effectivement laissé Pamela s'immiscer entre nous depuis le début. Je me suis servi du passé pour me couper du bonheur que nous vivions ensemble. J'ai vu l'univers de ma sœur s'effondrer ; je l'ai vue se battre pour survivre, pour élever son fils seule et donner naissance à son enfant.

Touchée malgré elle, Cybil referma son carnet.

— Et la vie brisée de ta sœur, tu te l'es toujours reprochée, murmura-t-elle.

— En partie, oui.

Il se retourna et vit la lueur de compassion dans le regard de Cybil.

— Cela marcherait, n'est-ce pas, si je me servais de Jenna pour me faire pardonner ? Mais je ne suis pas venu ici pour faire appel à ta pitié, Cybil.

Il s'avança jusqu'à l'endroit où la roche semblait avoir été taillée net, d'un grand coup de hache, pour former un mur abrupt érigé face à l'océan en furie. Des mouettes hurlaient au-dessus de leurs têtes, rayaient le ciel de leur blancheur.

C'était donc là, dans cette atmosphère de bout du monde, que Cybil venait se retirer, les rares fois où elle avait besoin de solitude. Preston prit une profonde inspiration. Ce n'était pas un hasard, sans doute, s'il choisissait ce lieu privilégié pour lui livrer ce qu'il avait en lui de plus secret.

— J'étais amoureux de Pamela. Ce qui s'est passé entre nous m'a changé.

— Je sais.

Le cœur de Cybil s'attendrissait déjà. Elle comprit qu'elle devrait en passer par le pardon avant de le laisser partir et de l'oublier à tout jamais.

Preston fit un pas dans sa direction.

— J'étais amoureux, oui. Mais ce que je ressentais pour Pamela était insignifiant à côté de ce que j'éprouve pour toi. En elle, j'idolâtrais une image. Pamela n'était qu'un joli fantasme, alors que ce que j'aime chez toi... c'est toi. Et ça fait toute la différence. Mon amour pour toi me transforme et me dépasse, me fait souffrir et me fait espérer.

Cybil l'écoutait sans rien dire, mais son cœur tremblait de joie. Sur le visage de Preston, elle lisait une passion dont elle n'aurait jamais pensé être l'objet. Submergée par un bonheur presque intolérable, elle détourna les yeux pour fixer la ligne tourmentée de la côte.

— Cela te fait espérer quoi, Preston ? demanda-t-elle doucement.

— Un miracle — rien de moins qu'un miracle. Mais je t'ai fait du mal. Et je n'ai aucune excuse.

Preston parlait vite, enchaînant ses phrases de peur qu'elle ne lui annonce qu'il arrivait trop tard, que ses sentiments n'avaient plus aucune importance à ses yeux.

— Je t'ai agressée lorsque je croyais que tu étais peut-être enceinte, parce que j'étais furieux contre moi-même. Furieux contre la part de moi qui pensait qu'avoir un bébé avec toi serait un moyen commode de te garder.

Voyant Cybil ouvrir de grands yeux, il se passa nerveusement la main dans les cheveux.

— Je savais que tu ne souhaitais pas le mariage. Mais je me disais qu'au nom de cet enfant à naître, je pourrais peut-être te convaincre de m'épouser quand même. Et pour ne pas être tenté de te manipuler dans ce sens, je me suis retourné contre toi.

— Tu craignais de me forcer la main pour t'épouser ? murmura Cybil.

Stupéfaite, elle se leva pour regarder les vagues s'effondrer à ses pieds. Ainsi, sous l'apparence du rejet, il y avait eu la réalité de l'amour. Comment assimiler une révélation aussi fracassante ?

— Sache, Cybil, que je n'ai jamais pensé que tu avais essayé de me prendre au piège. Je ne connais personne au monde qui soit aussi peu calculateur que toi. Tu as une personnalité généreuse, ouverte, avec une capacité unique pour le bonheur. T'avoir dans ma vie a été une révélation pour moi. Tu m'as rendu le plaisir alors que j'avais oublié ce que c'était.

Elle tourna vers lui des yeux noyés de larmes.

— Preston…

— Non, s'il te plaît, laisse-moi terminer.

Il prit ses mains dans les siennes et les serra avec force.

— Je t'aime et tout en toi m'émerveille et me déconcerte. Tu m'as dit que tu m'aimais et je sais que tu ne mens jamais.

Scrutant son visage, elle vit l'épuisement dans son regard, la tension qui marquait ses traits.

— Non, je ne mentais pas, chuchota-t-elle.

— Mais je sais aussi que tu m'es infiniment nécessaire et que l'inverse n'est pas vrai. Si nous devons nous séparer, ta blessure se refermera et tu ne garderas aucune séquelle. Tu es tellement saine, radieuse et bouillonnante de vie que tu ne resteras pas longtemps la tête sous l'eau. Ordonne-moi de partir maintenant et tu finiras par m'oublier.

Le regard rivé au sien, Preston lâchait prise. Il prononça l'aveu le plus difficile qu'il lui ait jamais été donné d'exprimer :

— Moi, en revanche, je ne m'en remettrai jamais si je dois te perdre. Je ne cesserai jamais de t'aimer ni de regretter d'avoir tout sabordé. Si tu veux que je parte, je partirai, Cybil. Tu n'as qu'un mot à dire… Mais ce mot-là, je te supplie de ne pas le prononcer, ajouta-t-il dans un souffle en appuyant son front contre le sien.

— Tu crois vraiment que je pourrais t'oublier ? s'enquit-elle doucement, étonnée par le son calme et mesuré que rendait sa propre voix.

Elle attendit qu'il relève la tête pour plonger son regard dans le sien.

— Oui, je le crois, Cybil. Je le sais, même.

— Ce serait à vérifier… Mais je n'ai aucune envie de faire le test. Ce n'est pas non plus dans ma nature de t'ordonner de partir alors que je meurs d'envie de te voir rester.

Toute la tension qui crispait les muscles de Preston se dissipa d'un coup.

— Merci, murmura-t-il. Merci de ne pas m'avoir laissé tout détruire entre nous.

La voix de Preston était rauque, douloureuse. Et son cœur battait si fort contre le sien qu'elle avait l'impression de le sentir cogner jusque dans sa propre poitrine.

Les yeux embrumés, elle le serra plus étroitement dans ses bras. Cet homme fort, entêté et grave se tenait désarmé devant elle, affaibli par la violence de l'amour.

— Je ne te laisserai plus jamais rien détruire entre nous, Preston. Tu m'es infiniment trop nécessaire pour cela.

Il l'écarta de lui pour caresser ses joues de ses pouces.

— J'aime tant ton visage et je croyais l'avoir perdu.

Il lui embrassa le front, les paupières.

— J'ai eu tellement peur d'avoir tout gâché, Cybil.

Puis il couvrit sa bouche de la sienne et mit dans son baiser tout l'amour qui bouillonnait en lui comme l'océan en contrebas.

Lorsqu'il releva la tête, les yeux de Cybil ruisselaient de larmes.

— Ne pleure pas, chuchota-t-il.

— Il faudra que tu t'y habitues. Nous avons tendance à laisser parler librement nos émotions, nous les Campbell.

— J'ai eu l'occasion de m'en apercevoir, oui. Ton

père veut me découper en morceaux et me donner en pâture aux requins.

Cybil éclata de rire.

— Tu auras peut-être la vie sauve, si je plaide ta cause. Non, mieux que cela, il se prendra d'affection pour toi. Et ma mère aussi. D'abord parce que je t'aime et ensuite parce que tu es toi.

— Maussade, grossier et colérique ?

— Absolument.

Elle rit de nouveau lorsqu'il fit la moue.

— Je pourrais le nier, bien sûr, mais c'est un de mes grands défauts de ne pas savoir mentir.

Prenant la main de Preston dans la sienne, elle contourna le phare.

— J'adore ce lieu. C'est ici que mon père vivait en ermite avant de rencontrer ma mère. Lui, tout ce qui l'intéressait, c'étaient ses dessins satyriques et son anonymat. C'est un individu maussade, grossier et colérique, précisa-t-elle en lui jetant un regard en coin.

Preston sourit.

— Un type bien, en somme ?

Il souleva leurs deux mains jointes pour les porter à ses lèvres.

— Cybil, tu accepterais de m'accompagner à Newport pour que je te présente ma famille ?

— Avec le plus grand plaisir.

Preston s'éclaircit la voix.

— Il y a autre chose…

— Quoi ?

Preston s'immobilisa pour se tourner vers elle, le visage inondé de lumière, avec l'immensité de l'océan dans son dos.

— Je sais que tu ne veux pas entendre parler de mariage ni de maison isolée en pleine campagne. Tu es jeune, tu fais une carrière fulgurante, et New York te va comme un gant. Mais tu pourrais peut-être venir faire un saut chez moi de temps en temps ? J'habite une vieille maison sympa, au bord de la mer. Un peu comme ici, en fait.

Comme elle continuait à le regarder sans rien dire, Preston soupira.

— Je comprends que tu n'aies aucune envie de changer ton mode de vie. Mais si, dans quelque temps, le désir te venait de te marier, de fonder un foyer et d'avoir des enfants avec moi, tu penseras à me faire signe ?

Le cœur de Cybil fit un très joli salto dans sa poitrine. Mais elle se contenta de hocher la tête.

— O.K. Tu seras le premier à être au courant.

Surmontant sa déception, Preston décida qu'il avait déjà obtenu beaucoup et qu'il pouvait se contenter de cette promesse dans un premier temps. Se gardant bien d'insister, il reprit sa progression le long du chemin. Mais Cybil s'immobilisa au premier pas en le retenant par le bras.

— Preston ?

Surpris, il se retourna.

— Oui ?

— Je veux t'épouser, fonder un foyer et avoir une ribambelle d'enfants avec toi.

Comme il la regardait avec des yeux ronds, Cybil éclata de rire.

— Eh bien, tu vois : tu es le premier à être au courant.

Très vite, son incrédulité se mua en une joie sans mélange. D'un geste sec, il l'attira contre lui et plongea son regard dans le sien.

— Bon. Je suis ravi de l'entendre. Mais tu étais *vraiment* obligée de me laisser dans les affres du doute aussi longtemps ?

Dès le 1er novembre, 4 romans à découvrir dans la

collection NORA ROBERTS

Le triomphe de la passion - *La saga des MacGregor*

De ses ancêtres écossais, Cybil Campbell a hérité l'intelligence et la fougue, mais aussi une imagination débordante. Un goût pour le romanesque qui lui est bien utile dans son travail de scénariste de bandes dessinées, mais qui, dans la vie de tous les jours, pourrait bien lui jouer des tours. En effet, ne s'est-elle pas mis en tête de percer le mystère de son nouveau voisin, un homme séduisant qu'elle prend pour un artiste maudit, pauvre et solitaire ? Une entreprise bien hasardeuse, elle va très vite s'en rendre compte, et qui pourrait bouleverser sa vie tout entière…

Le scénario truqué - *La saga des Stanislaski*

Natasha, Mikhail, Rachel, Alexi, Frederica, Kate : tous sont membres de la famille Stanislaski. De parents ukrainiens, ils ont grandi aux Etats-Unis. Bien que très différents, ils ont en commun la générosité, le talent, et l'esprit de clan. Et pour chacun d'entre eux, va bientôt se jouer le moment le plus important de leur vie.

Alexi Stanislaski incarne, dit-on, tout ce qu'une femme attend d'un homme : la force, le charme et la sensibilité. Pourtant, sa relation avec Bess McNee ne débute pas dans la douceur… Bâti comme un boxeur et précédé d'une réputation de flic de choc, Alexi, le plus jeune des deux frères Stanislaski, ne se doute pas, en arrêtant une inconnue pour racolage sur la voie publique, qu'il vient en réalité de « coffrer » la fille de l'une des plus riches familles de Manhattan. Et il ne va pas tarder à être séduit par ce mélange détonant et sexy d'audace et de provocation, qui ne peut que charmer son tempérament de rebelle…

Dangereuse tentation

En s'installant à Orcas Island, l'agent du FBI Roman Dewinter n'a qu'un objectif en tête : démanteler un trafic dont l'île serait le carrefour. Mais quand il se retrouve face à la femme que le FBI suspecte d'être à l'origine de ce trafic, il comprend que cette mission qu'il pensait de routine est peut-être, en réalité, la plus risquée de sa carrière. Car Charity Ford, une ravissante jeune femme pleine de caractère, lui plaît tout de suite. Beaucoup trop. A tel point que lorsqu'il plonge le regard dans les splendides yeux bleus de Charity, il se prend à espérer que celle-ci est innocente.

Installé dans l'auberge pleine de charme tenue par la jeune femme, au cœur de cette île à la beauté sauvage, Roman s'apprête à livrer le plus âpre, et le plus ardent des combats…

Un été au Maryland - La soif de vivre

Rafe, Jared, Devin et Shane MacKade. Quatre frères profondément attachés à leur famille et à leur Maryland natal, cette région aussi belle en hiver qu'en été, aussi magique recouverte d'un épais manteau de neige que verdoyante sous le soleil. Farouchement indépendants, ces quatre hommes au caractère bien trempé sont décidés à ne jamais renoncer à leur liberté pour une femme. Mais une rencontre va tout changer…

Shane MacKade a beau trouver les femmes merveilleuses et ne pouvoir résister à leur charme, il est hors de question pour lui de s'engager dans une relation sérieuse. Pourtant, face à la délicieuse – et insupportable… – Rebecca Knight, que sa belle-sœur lui a demandé d'accueillir à l'aéroport, il sent tout de suite que quelque chose de très inattendu est en train de se passer…

Prochain rendez-vous le 1er février 2014

BestSellers

A paraître le 1er novembre

Best-Sellers n°585 • suspense

Jamais je ne t'abandonnerai - Antoinette Van Heugten

Son enfant est innocent. Elle le sait comme seule une mère peut en avoir la certitude. Pour défendre Max, elle aura tous les courages.

Que se passe-t-il ? Danielle Parkman ne reconnait plus son fils. Plus du tout. Pourtant, elle n'imagine pas un instant que la terrible maladie dont Max souffre ait pu transformer le petit garçon tendre et attentionné qu'il était en adolescent au comportement inquiétant. Certes, l'autisme est un mal étrange mais, quoiqu'en disent les médecins, elle seule connaît le cœur de son enfant. Et elle a confiance en lui.

Jusqu'au jour où Max est accusé du meurtre d'un patient hospitalisé dans le même établissement que lui. Sous le choc, Danielle est aussitôt assaillie par un terrible doute : se pourrait-il qu'elle se soit trompée ? Non, c'est impossible. Max n'a fait de mal à personne. Par chance, l'avocat Tony Sevillas, le seul qui semble la croire, fait tout pour défendre sa cause : avec lui, Danielle est prête à braver la peur et le doute pour que la vérité triomphe. Et jamais, jamais, elle n'abandonnera Max.

Best-Sellers n°586 • suspense

L'inconnu de Home Valley - Karen Harper

Une famille à chérir, un champ de lavande à cultiver, et la prière pour la guider. Ella connaît son bonheur de vivre auprès des siens, dans la paisible communauté amish de Home Valley, Ohio. Aussi est-ce avec une certaine inquiétude qu'elle voit arriver chez elle un *ausslander*, un étranger que ses parents ont accepté d'héberger à la demande du FBI. Cible de dangereux criminels contre lesquels il va témoigner, Andrew devra vivre caché sous l'identité d'un amish jusqu'au jour du procès.

Face à cette intrusion dans son univers, Ella se sent perdue. Car si elle est prête à aider Andrew, elle pressent aussi que ce dernier représente une menace pour sa communauté. Pour sa communauté, et pour son cœur, si elle en croit le trouble qui s'empare d'elle chaque fois qu'elle pose les yeux sur lui. Une crainte qui ne fait que se confirmer, lorsque la violence fait soudain irruption dans la vallée, la contraignant à fuir en compagnie du seul homme qu'il lui est interdit d'aimer…

Best-Sellers n° 587 • thriller
Le couvent des ombres - Lisa Jackson

La cathédrale de La Nouvelle-Orléans… Au pied de l'autel gît le corps sans vie d'une jeune novice vêtue d'une robe de mariée jaunie. Autour de son cou, un collier de perles écarlates…

Camille, sa petite sœur adorée, est morte. Si seulement Valerie avait pu convaincre sa cadette de quitter ce couvent austère et angoissant, Camille serait vivante aujourd'hui !

Bouleversée, révoltée par ce meurtre, Valerie Renard, une ex-policière, décide de mener sa propre enquête, parallèlement à celle de Rick Bentz et Ruben Montoya, les inspecteurs chargés de l'affaire. Car Valerie le sait : le couvent Sainte-Marguerite n'est pas la paisible retraite que tout le monde imagine, et tous ceux qui y résident, du séduisant père Frank O'Toole à la sévère mère supérieure, semblent avoir quelque chose à cacher. Camille elle-même avait une vie secrète, des zones d'ombre que Valerie ne soupçonnait pas.

Une découverte qui pourrait faire d'elle, si elle découvrait la vérité, la prochaine proie du tueur.

Best-Sellers n° 588 • roman
Retour au lac des Saules - Susan Wiggs

A présent que sa fille a quitté la maison, Nina Romano s'apprête à réaliser son rêve de toujours : racheter et rouvrir l'auberge du lac des Saules. Aussi est-elle furieuse d'apprendre que le domaine vient d'être vendu à Greg Bellamy, qu'adolescente elle aimait en secret. En secret, car Greg, le fils de riches propriétaires de la région, était d'un autre monde que le sien. Inaccessible et hautain, il l'avait fait souffrir, et à présent, de retour après un divorce mouvementé, il parvenait encore à lui voler sa part de bonheur…

Pourtant, quand il lui propose de s'associer avec lui, Nina hésite, déchirée entre sa méfiance envers ce rival déloyal, et son attirance pour un Greg encore plus séduisant qu'autrefois…

Best-Sellers n° 589 • roman
Le parfum du thé glacé - Emilie Richards

Alors qu'une tempête menace les rivages coralliens de la presqu'île de Happiness Key, cinq femmes vont mettre à l'épreuve leur amitié et, en chemin, découvrir l'amour.

La vie amoureuse de Tracy Deloche, ancienne jet-setteuse, traverse une sérieuse zone de turbulences… Mais heureusement pour elle, elle a le soutien complice de quatre de ses amies, qui louent les petits pavillons qu'elle possède en bord de mer. Il y a la pétulante Wanda, toujours prête à rire, qui régale tout le monde de ses pâtisseries décadentes. Mais aussi Janya, la jeune et superbe Indienne qui, malgré un mariage arrangé compliqué, rêve de devenir mère. Ainsi qu'Alice, la courageuse Alice, qui élève seule sa petite-fille bientôt adolescente. Sans oublier Maggie, l'ex-policière et discrète fille de Wanda, dont la vie sentimentale chaotique n'a rien à envier à celle de Tracy.

Et tandis qu'histoires d'amour et de famille s'enchevêtrent avec tumulte, une tempête tropicale se prépare, rabattant en rafales secrets et surprises vers les rives de Happiness Key. Pour les cinq amies, c'est l'occasion de découvrir qu'elles ont plus que jamais besoin les unes des autres…

Best-Sellers n°590 • roman

Coup de foudre à Icicle Falls - Sheila Roberts

Avec consternation, Samantha découvre que la chocolaterie familiale, installée à Icicle Falls depuis des générations, est au bord de la faillite : la gestion fantaisiste et les dépenses mirobolantes du précédent directeur ont eu raison des finances de l'entreprise à laquelle elle est passionnément attachée. Pour l'aider à redresser la situation, Samantha ne peut guère compter sur ses deux sœurs, certes aimantes mais totalement incompétentes en la matière, ni sur sa mère, incapable d'accepter la réalité. Aussi n'a-t-elle qu'un seul espoir : convaincre le directeur de la banque de la soutenir. Sauf que le directeur en question, Blake Preston, est un arrogant play-boy totalement insensible. Et bien trop beau pour se donner la peine d'aider une jeune femme comme elle…

Best-Sellers n°591 • historique

Les secrets d'une lady - Nicola Cornick

Londres, novembre 1814.

Lady Merryn Fenner mène une double vie. Aux yeux de tous, elle est une lady comme les autres, une femme délicate et raffinée qui fréquente les salons et les salles de bal. Qui pourrait croire que sous ses dehors fragiles se cache une femme aussi différente qui ne craint pas de travailler en sous-main pour le détective Tom Bradshaw, un homme au passé louche ? Ce travail, elle ne l'a accepté que pour une seule raison : trouver les preuves qu'elle cherche. Douze ans plus tôt, en effet, son frère a été tué en duel par Garrick Farne, un homme qu'elle aimait en secret. Or, elle a aujourd'hui toutes les raisons de croire qu'il s'agissait en réalité d'un assassinat. Un crime qu'elle veut absolument voir puni.

Best-Sellers n°592 • historique

Le clan des MacGregor - Nora Roberts

Glenroe, Écosse, 1745.

Dix ans se sont écoulés depuis que, par une nuit glacée, Serena a vu les soldats anglais faire irruption dans le fief des MacGregor à la recherche de Ian MacGregor, son père, injustement accusé de meurtre. Dix ans qui n'ont rien effacé de la terreur qu'elle a éprouvée alors, et de l'horrible humiliation subie par Fiona, sa mère, violée par un officier lâche et cruel. Lors de cette nuit tragique, Serena est devenue une autre : la petite fille douce et innocente qu'elle était a brusquement connu la haine et la soif de vengeance, et s'est juré de ne jamais pardonner…

Depuis dix ans, pas un Anglais n'a franchi le seuil du manoir familial. Aussi est-ce avec une hostilité farouche que, sur ordre de son père, Serena accueille Brigham Langston, le fier et impétueux comte d'Ashburn, à qui son frère aîné doit la vie. Un aristocrate anglais qu'elle considère comme son pire ennemi, mais qui va la contraindre à un impossible choix…

Recevez directement chez vous la

collection NORA ROBERTS

7,32 € (au lieu de 7,70 €) le volume

Oui, je souhaite recevoir directement chez moi les titres de la collection Nora Roberts cochés ci-dessous au prix exceptionnel de 7,32 € le volume, soit 5% de remise. Je ne paie rien aujourd'hui, la facture sera jointe à mon colis.

❏ Le triomphe de la passion   NR00036
❏ Un été au Maryland-La soif de vivre   NR00037
❏ Dangereuse tentation   NR00038
❏ Le scénario truqué   NR00039

+ 2,95 € de frais de port par colis

RENVOYEZ CE BON À :
Service Lectrices Harlequin - BP 20008 - 59718 Lille Cedex 9

N° abonnée (si vous en avez un) ⬚ ⬚⬚⬚⬚⬚⬚⬚

Mme ❏ Mlle ❏ **Prénom** _____

NOM _____

Adresse _____

Code Postal ⬚⬚⬚⬚⬚ **Ville** _____

Tél. ⬚⬚⬚⬚⬚⬚⬚⬚⬚⬚ **Date de naissance** ⬚⬚⬚⬚⬚⬚⬚⬚

E-mail _____ @ _____

❏ oui je souhaite recevoir par e-mail les informations des éditions Harlequin
❏ oui je souhaite recevoir par e-mail les offres des partenaires des éditions Harlequin

Composé et édité par les

éditions ✠ **HARLEQUIN**

Achevé d'imprimer en Italie (Milan)
par Rotolito Lombarda
en octobre 2013

Dépôt légal en novembre 2013